家康、江戸を建てる

門井慶喜

祥伝社文庫

目次

第一話

流れを変える

天正《てんしょう》十八年（一五九〇）夏、豊臣秀吉《とよとみひでよし》は、相州《そう》石垣山《いしがき》の山頂にのぼり、放尿をはじめた。

眼下に小田原城《おだわら》をながめつつ、秀吉自身を除《のぞ》けば日本一の大名である徳川家康《とくがわいえやす》へ、

「ご覧なされ」

上きげんで告げた。

「あの城は、まもなく落ちる。戦国の梟雄《きょうゆう》・伊勢新九郎《いせしんくろう》（北条早雲《ほうじょうそううん》）あらわれて以来五代一百《いっぴゃく》年をかぞえる北条家が、あわれ、われらの軍門にくだるのじゃ。気味《きみ》よし、気味よし」

家康は、横で放尿につきあいながら、

「気味よし、気味よし」

「されば家康殿、このたびの戦《いくさ》がすみしだい、貴殿には北条家の旧領である関東八か国をそっくりさしあげよう。相模《さがみ》、武蔵《むさし》、上野《こうずけ》、下野《しもつけ》、上総《かずさ》、下総《しもうさ》、安房《あわ》、常陸《ひたち》、じつに合わせて二百四十万石《ごく》。天下一の広大な土地じゃ。お受けなされい」

「格別のおぼしめし、かたじけなくお受け申します」

家康がそんなふうに快諾《かいだく》したことが、のちのち東国の児童《わらべ》の好んで囃《はや》すところとなる、

――関東の連れ小便。

なる言葉の由来《ゆらい》なのであるというのはもちろん後代の、講釈師あたりの作り話だろう。もっとも秀吉がこの小田原攻めの陣中で、家康に「関八州《かんはっしゅう》をやろう」と申し出たことそのものは事実であり、家康は、

「…………」

沈黙を余儀なくされた。さしもの家康ですら、即答し得なかったのだ。

家康はいったん駿府《すんぷ》城にかえり、家臣たちに相談した。家臣たちは口をそろえて、

「断固拒否すべし」

猛反対した。或《あ》る者は、あぐらをかいたまま、

「ただもらうだけなら結構ですが、そのかわり現在の所領である、駿河《するが》、遠江《とおとうみ》、三河《みかわ》、甲斐《かい》、信濃《しなの》をぜんぶ差し出せとは関白《かんぱく》様はどういうご料簡《りようけん》か」

と床板を手で乱打したし、或る者は、

「おもてむき小田原征伐の功《こう》に報《むく》いると見せかけて、じつは殿様を本領の地から引き剝《は》がすのが真の目的。そうに決まっておりましょう。父祖の代より心の底から臣服している侍や百姓どもを殿様から奪い、そうして殿様のもつ強大な力を弱めようという深謀遠慮《しんぼうえんりよ》。やはり関白様は狡猾《こうかつ》じゃ。狡猾な猿じゃ」

憤慨《ふんがい》のあまり涙を落とした。家康は、

「ふむ、ふむ」

と、じゅうぶん耳をかたむけた上、しかしはっきり、

「わしは、この国替えに応じようと思う」

「殿様!」

家臣一統、驚愕《きようがく》したが、家康はむしろ何かおもしろい狂言でも見せられたような笑みを浮かべて、

「ほかならぬ関白様のお話じゃからのう。ことわると、あとが怖いわ。それに関

東という土地は、なかなか望みがあるような」

「ありませぬ」

べつの家臣が、断言した。

「なるほど関八州となれば面積《じづら》もひろがり、いちおうは石高《こくだか》も増しましょう。しかしながら実際には安房の里見《さとみ》氏、上野の佐野《さの》氏、下野の宇都宮《うつのみや》氏、常陸の佐竹《さたけ》氏等がいまだ天下に服属しておらぬ」

「ただちに殿様の手に入るのは、のこりの四か国にすぎぬ」

「その手に入る四か国もこれまで長いあいだ北条家に臣従いたしておりまする故《ゆえ》、いざわれわれが徳川の旗をかかげて乗りこんだところで、地下人《じげにん》どもは言うことを聞かぬばかりか一揆《いっき》すら起こしかねぬ。領国経営は困難をきわめる」

家康は、こういうときは引く男だ。

「おぬしらの危惧《きぐ》、よくわかる」

と、ひとしきり家臣たちの功績や忠誠《ちゅうせい》に対して感謝の辞《じ》を述べてから、

「ここは初志をつらぬかせてくれぬか。くりかえして言う、関東には未来《のぞみ》がある」

——殿、ご乱心。

誰もがそう確信した。家康はこのとき四十九歳。ふつうなら未来どころか過去の生涯をふりかえり、清算すべきを清算し、そうして子々孫々のため良き死の準備をすることをこそ意識すべき年齢だろう。未来などというものは、若い連中の現実逃避の口実にすぎぬのだ。

「これで、徳川の家も終わったか」

結局。

家康は、我意を通した。

石垣山の陣中へもどり、秀吉の前に参上して、

「国替えのお沙汰《さた》、ありがたくお受けつかまつる」

「そりゃ、まことか」

「まことに存じまする。この家康、このような千載一遇《せんざいいちぐう》の機をあたえてくださった関白様には心の底から感謝しておるのでございます」

秀吉は、五十五歳。トントン床をふみならし、ほんとうに雀躍《こおど》りをはじめた。じゃま者を僻地《へきち》へ追い払ったことが、よほどうれしかったのだろう。

「そうと決まれば、徳川殿、のう、さっそく出向かっしゃれ。のう、のう、今月のうちに」

「そのつもりでおりました」

「で、入部先はどこかな」

どの城に入るのか、と聞いている。家康は、

「はあ、それが……」

「酒をもて。酒じゃ」

と、秀吉はまだ陽《ひ》も高いというのに近習《きんじゅ》の者に命じてから、ひとりで勝手に話を進めた。

「やはり関東の中心といえば小田原じゃな。城の大きさ、街の大きさ、京への近さ、あらゆる点から見てそこしかあるまい。あるいは鎌倉《かまくら》も悪うないかの。いまでこそ無城の地ながら、むかしは幕府の根拠地じゃった。源氏の裔《すえ》を称する徳川家には打ってつけの地かもしれぬ。城などは築けばよい」

が、家康の口から出た地名は、

「江戸《えど》」

「は？」

「武州《ぶしゅう》千代田《ちよだ》の地の、江戸城へ居住《いすま》おうかと」

秀吉は雀躍りをやめ、目をぱちくりさせて、

「はあ」

まわりの者も、あっけに取られている。

なるほど、そういう城はこの世にある。もう百年以上も前、扇谷上杉《おうぎがやつうえすぎ》家の家宰《さい》であった太田道灌《おおたどうかん》がそこを根拠地としたところには関東の名城などと呼ばれたこともあったらしいが、現在は小田原の一支城、ただの田舎《いなか》陣屋にすぎぬ。

秀吉は、

「まあ、それが徳川殿のご意志なら」

狐《きつね》につままれたような顔をした。反対する理由もなかったのだろう。

†

小田原城落城から一か月もせぬ八朔《はっさく》（八月朔日《ついたち》）の日に、家康は、はじめて江戸に足をふみいれた。

江戸城を見たとたん、

「……こいつは」

家康は、呆然《ぼうぜん》と、

（わしは、たしかに乱心しておったかもしれぬ）

　想像以上のお粗末さだった。

　なるほど大手門《おおてもん》があり、本丸があり、本丸のまわりを二重の防壁でかこんでいるところは城郭《じようかく》めいているが、その防壁はしかし石垣ではない。ただの芝生を貼《は》った土手にすぎず、その土手の上には木や竹がぼさぼさと生い茂っていた。

「これは、まるで荒れ寺のようじゃ。のう？」

　家康は、背後へ呼びかけた。

　背後には、家臣が三十人ばかり。

　榊原康政《さかきばらやすまさ》、本多忠勝《ほんだただかつ》、井伊直政《いいなおまさ》というような譜代《ふだい》中の譜代というべき顔がずらりと並ぶのは、みなこの徳川家史上最大の事件の現場に立ち会わずにはいられなかったのだろう。

　本多忠勝がすすみ出て、

「それがしに、普請《ふしん》お申し付けくだされ」

　おのが胸をトンとたたいた。家康は首をかしげて、

「普請？」

「この城は、殿様が住まうに値《あたい》しませぬ。ただちに城内を地ならしして、堅固な

石垣をはりめぐらし、御殿《ごてん》は一から造りなおす。あのような廃屋同然のものは一刻《いっこく》もはやく打ち壊して、天守つきの壮麗《そうれい》なやつを……」

「いや、それがしに」

本多を押しのけるようにして、土井利勝《どいとしかつ》が前に出た。いつもは家康の世子《せいし》・秀忠《ひでただ》の世話役のような仕事をしているが、

「殿様、それがしに普請をおおせつけられませ。半年、いや小半年《こはんとし》（約三か月）でひととおりの恰好《かっこう》はつけてみせまする。本多殿は、空濠《からぼり》のことはお考えでないようだが」

「豎子《じゅし》め、何を言うか。むろん考えに入れておるわ。そんなことは申すまでもなき故……」

本多と土井は、親子ほども年がちがう。会えばいつもこの調子なのだ。そこへ井伊直政、これはもう重臣中の重臣だが、その井伊が割って入って、

「わしは十五の年から殿様の目にとまり、殿様の内装《しつらい》のこのみは誰にも増して存じておる。ここはわしが出張《でば》らずばなるまい」

家康は全員へ、たしなめるように、

「あとでよい」

「はっ？」

「いま必要なのは城内の地ならしではない。江戸そのものの地ならしじゃ。城など、あと、あと」

「江戸、そのものの……」

家臣たちが顔を見あわせる。家康は、

「来い」

われから歩きだした。

大手門から城内に入り、本丸にのぼる。小高い丘になっているため、そこからは、周囲の風景が一望できた。

「これが、江戸じゃ」

灰色の土地。

としか、言いようがなかった。

江戸城の東と南は、海である。いまは干潮のため砂地が露出しており、竹の棒が何十本も立てられている。網でも巻きつけて魚をとるのか、あるいは棒そのものに付着した海苔《のり》のたぐいを集めるのか。いずれにしても、沿岸のところどころに藁《わら》葺《ぶ》きの民家がさびしそうにかたまっているのは、漁師町にちがいなかった。

西側は、茫々《ぼうぼう》たる萱原《かやはら》。

北は多少ひらけている。みどり色にもりあがった台地にそって農家がぽつぽつならんでいるのは、唯一《ゆいいつ》、心なごませる光景だった。

とはいえ、百軒あるだろうか。せいぜい七、八十軒くらいではないか。駿府や小田原の城下町とくらべると、五百年、六百年も発展をわすれたような古代的な集落でしかなかった。

「ここを、わしは大坂《おおさか》にしたい」

と、家康は、途方もないことを言った。

家臣たちは、泣き笑いのような顔になった。無限の富があつまり、数十万の市民があつまり、その当然の結果としてあらゆる最新技術や文物があつまった豊臣政権の事実上の首都。世界に冠たる国際都市。そんな大坂をめざすなど、じゃこが鯨《くじら》をめざすよりも、

（あり得ない）

そんなふうに思ったのだろう。が、ここでも本多忠勝が口火を切って、

「その殿様の夢、ぜひ拙者《せっしゃ》にお指図を。打ち見たところ、江戸はほとんどが水びたしの低湿地。あの山と、ほれ、あの山をきりくずして埋め立てれば、地ならし

は成る」

「何とまあ、大口を」

と割りこんだのは、またしても土井利勝。若い世代にありがちな果敢なだけの口ぶりで、

「この地はそう容易には固まらぬでしょう。北のほうから、ほれ、何本の川がこちらへ流れてきておりますか。雨がふるたび大洪水《おおでみず》じゃ。まずは築堤の造作《ぞうさく》こそが……」

「もう決めてある」

家康は、さえぎった。家臣たちを見まわしつつ、

「江戸の地ならしを差配すべきは、この男じゃ。伊奈忠次《いなただつぐ》、まかり出よ」

返事なし。

湿った風が、しばし足もとの雑草をざわつかせた。家臣たちが、

「伊奈？」

「あの伊奈か？」

ささやきを交《か》わした。意外の念、というより不審の念がにじみ出ている。家康はようやく、

「気兼ねは無用じゃ。早《はよ》うせよ」

「は、はい」

蚊《か》の鳴くような返事とともに、小男がひとり。なみいる重臣たちの肩をすり抜けるようにして前に出て、

「伊奈忠次、おん前に」

「そのほうに命じるのは、江戸の街そのものを築く基礎づくりじゃ。たかだか城ひとつ建てるより遥《はる》かに困難な、しかし遥かに名誉な仕事である。よろこんで受けよ」

忠次はうつむいたまま、不景気きわまる口調で、

「ご指名とあらば」

「待たれよ」

忠次を押しのけたのは、井伊直政だった。家臣団第一の存在と自他ともに認めるだけに、よほど心外だったのだろう。家康にむかって礼節もへったくれもなく、

「伊奈殿に、これまで何の武功ありや。武功どころか、三河国で一向《いっこう》宗の門徒どもが一揆を起こしたさいには一揆軍の味方について殿様にやいばを向けたではあ

りませぬか」

「もう二十年以上も前のことじゃ」

家康は一蹴《いっしゅう》したが、井伊はなお、

「よしそのことは忘れるにしろ、伊奈殿はしょせん首を取る男にあらず、数《かず》を取る男にすぎぬ。これまでの仕事といえば田畑《でんぱた》の面積を測《はか》るとか、兵糧の俵《たわら》をかぞえるとか、そんなことばかりではありませぬか。大仕事をおこなうに足る胆力があるとは思われぬ」

「なるほどな」

家康はくすりと笑うと、

「しかしな、わしがこの者を抜擢《ばってき》したのは、じつはその臆病《おくびょう》さの故なのだ。臆病はときに勇気よりも勇である。どれ、伊奈よ、ひとつおぬしの考えを聞かせてくれぬか」

伊奈忠次は、家康の八つ年下。

四十一歳。じゅうぶん世慣《よな》れしているはずの年齢ながら、まるで初陣《ういじん》の若者のように声をふるわせて、

「江戸には、北から何本もの川が流れこんでいて、これが江戸を泥地《どろち》にしていま

す。歩けばびしゃびしゃ音が立つでしょう。これを何とかしないことには、文明の世は永遠に来ない……」

「その話は、拙者がした」

土井利勝が鼻を鳴らすと、忠次はさらにかぼそい声で、

「ええ、まあ……堤《つつみ》は、築かずとも」

「無用だというのか？」

「そこまでは申しませぬが、小さな堤はいくつ盛《も》ろうと、しょせん対症療法にすぎませぬ。根本的な解決のためには、後背の地へ目を向けねば」

「後背の地？」

「北にひろがる、広大な原野です」

関東平野のことを言っている。土井がいらだたしげに、

「つまり、どうなのだ」

話をうながすと、伊奈忠次は、このときばかりは明瞭に、

「川そのものを、まげまする。江戸へ流れこむ前に」

誰よりも雄大な意見を述べた。

†

伊奈忠次は、天文《てんもん》十九年（一五五〇）、三河国幡豆《はず》郡小島《おじま》城に生まれた。

十四歳のとき、一向宗門徒が一斉蜂起《いっせいほうき》した。本来ならば父・忠家《ただいえ》は家康の家臣なのだから、まっさきに家康のもとに馳《は》せ参じて暴徒を鎮圧すべきところだが、このときはただ小島城にたてこもって事態を静観するばかりだった。平定後、家康は激怒して、

「わしに弓を引いたも同然」

忠次ともども領外へ追放した。

伊奈親子は諸国を流浪《るろう》したあげく、堺《さかい》の叔父《おじ》・伊奈貞吉《さだよし》のもとへ身を寄せた。この叔父は各地の物産をあつかう商家をいとなんでいたから、忠次も自然、その手伝いをするようになった。当時は上一珠《だま》、下五珠のそろばんが普及しはじめた時期だったけれども、忠次はこの最新式の計算器には目もくれず、

「このそろばんが、いちばん速い」

と、しばしば自分のこめかみを指さしてみせた。暗算の能力はすばらしかった

が、また生意気な男でもあった。

天正十年（一五八二）、家康が堺に来た。

あの一向一揆から十九年後のことだった。忠次は、三十三歳になっていた。

――帰参が、かなう。

そう胸をふくらませつつ、家康の側近・小栗《おぐり》某のもとを訪ねた。小栗はこれを快く受け入れたが、四年後、忠次は小栗の支配をはなれた。家康直属の近習衆となったのだ。

いうなれば支社の社員が本社の重役になるようなもので、ごぼう抜きの大出世だが、しかし家康は、はじめから忠次の武功などには期待していなかったらしい。こういう逸話《いつわ》があるからだ。

忠次は、甲斐国へ派遣された。

甲斐国はもともと武田《たけだ》家の所領だったが、その滅亡後、曲折をへて徳川家に帰した経緯があり、農村部では治安が悪化していた。忠次はそういう村のひとつへ行って住民に話を聞いたところ、彼らは恐怖のおももちで、

「山賊が、跋扈《ばっこ》しております」

忠次は、まだ若かったのだろう。

あるいは新参の家臣として、目に見える手柄がほしかったのかもしれぬ。きゅうに顔を紅潮させ、刀の柄《つか》をトンと打って、

「よし。退治してやる」

みずから郎党《ろうどう》をひきつれて山へ入り、ねぐらを突きとめ、日没を待って急襲した。ねぐらの奥では、鎧兜《よろいかぶと》を身につけた巨大な男が大杯《おおさかずき》で酒を飲んでいる。

「何者だ」

と忠次が問うと、そいつは杯をばりっと噛《か》んで、

「われこそは近隣村閭《そんりよ》に名を馳《は》せる天下の大野盗、大蔵左衛門《おおくらさえもん》なり。貴下の名を聞こう」

「匹夫《ひっぷ》に聞かせる名は持たぬ」

忠次はおどりこみ、首をはねた。あっというまの出来事だった。ごとりと頭が床に落ちるのを見ると、

「うわっ」

子分どもは、四散した。めいめい壁の穴をぬけて小屋の外へ出たが、これは待ちかまえていた郎党どもの討つところとなる。大蔵左衛門一味は――たしかに近隣では名高かった――こうして壊滅し、村人は生活の安心をとりもどしたのだっ

た。

　このとき、たまたま家康が甲斐に来ていた。鷹狩《たかが》りのためだった。忠次はさっそく首をならべ、事のしだいを報告した。家康はみるみる不機嫌になって、

「そなたも一統の指揮者であろう。みずから賊とわたりあうは血気の勇」

（しまった）

　忠次の頭脳は、この瞬間、おのが立ち位置を正確に知った。

（俺は、武人であることを望まれていない）

　武人など、家康の家臣団にはありあまるほど存在するのだ。

　ただしその反面、文人というか、有能な民政長官の能力を持った人間はほとんどいない。せいぜいが、おなじ甲斐国の奉行として効率よく調査出張をくりかえしている大久保長安《おおくぼながやす》くらいなものか。忠次の割って入る余地がじゅうぶんあるし、またそれを見こんでこそ家康は忠次を直参《じきさん》にしたのだろう。

「殿様、申し訳ありませんでした」

　伊奈忠次は平伏し、以後、二度と刀を抜かぬことを心に誓った。どころか、

「拙者は、臆病者になりまする」

そう宣言し、以後そのようにふるまった。民の政治に専念するには、戦場へひっぱり出されぬ計略がいる。そのためには臆病者をよそおうほど効果的な方法はないのだった。

覚悟は、している。

ほかの家臣にさげすまれ、あざけられ、冷笑されることは確実だろう。青史《せいし》に名をのこすこともあるまい。しかしそれでも、

（この世が、そのように俺を求めるなら）

或る意味、忠次の剛胆さだった。人前でぬけぬけと臆病を演じられるほど、それほど忠次は剛胆だった。

山賊事件以後、忠次は、地方《じかた》まわりに精を出した。

必要がなければ都会には行かず、ひたすら山間《さんかん》の村々をおとずれて田畑の面積を測り、収穫量を計算し、記録した。ときに天正十四年（一五八六）。いわゆる、太閤検地《たいこうけんち》の時期にあたったため、この仕事は多忙をきわめた。しょせんは地方公務員の多忙さだったが、それでも忠次としては、一部の武将のごとくご機嫌うかがいと称して用もないのに駿府へのぼって家康に拝謁《はいえつ》を乞《こ》うことなどより、はるかに、

(殿様のため。世の民のため)

力をつくしている実感があった。

地味な仕事は、むくわれた。

家康は関東へ移るや否《いな》や、本拠地・江戸の「地ならし」を忠次に命じた。忠次はうれしかったけれど、心のどこかで、

(当然じゃ)

自負するふしがないでもない。忠次はまた自尊心の男でもあった。むろん、おもてには決して出さないが。

†

伊奈忠次は、さっそく活動を開始した。

田畑の調査などをしつつ二年かけて関東平野をくまなく歩いたあげく、或る秋の日、

「やはり、利根《とね》川じゃな」

どさりと床几《しょうぎ》に腰をおろした。野外で昼めしを食うつもりなのだ。

米を炊《た》くにおいがして、従者が竹皮のつつみを持ってきた。つつみをひらくと、大きなにぎりめしが六個。うなぎのなれずしが添《そ》えられている。ぶつ切りにしたうなぎを酒にひたして塩漬けしたものだが、やわらかいから、忠次は骨まで食べてしまう。

「うん。やはり野外で食うめしはうまい」

五分ほどでぺろりと平らげてしまうと、

「父上」

となりの床几でちょこんと膝をそろえ、忠次とおなじ大きさのにぎりめしを手にしつつ、八歳の長男・熊蔵《くまぞう》が、

「なぜ利根川なのですか。この関東には、ほかに無数の川がありますのに」

「利根川こそが、江戸の地を水びたしにしている元凶なのだ」

「なぜです」

「流量が多く、江戸湊《みなと》（東京湾）にそそぐ河口が広すぎるからだ」

忠次は、説明した。

そもそも利根川は上野国の北部、水上《みなかみ》（群馬県利根郡みなかみ町）の山ふかくを水源としている。はじめ南東へ、やがて南へ流れて江戸湊にそそぐ、というの

が大ざっぱな流路だった。くりかえすが、東京湾にそそいでいる。二十一世紀の現在とはまったくちがう。

「河口は江戸城の北東方、関屋《せきや》（足立区千住関屋町付近）にある。周囲はいちめん湿地となり、海の水とまじりあい、人のあゆみを拒《こば》んでいる。米も、みのらぬ。畑にもならぬ。江戸で雨がふらずとも、北関東でふれば手のつけられぬ水が押し寄せる。この問題を解決せねば、江戸は永遠に未開のままじゃ」

「ならば、河口を移せばいい」

熊蔵はあっさり言うと、にぎりめしを食べてしまった。

あいた手を総髪の鬢《びん》のあたりにやり、髪をくるくる指にまきつけている。忠次は、

「河口を、移す？」

「はい。大きく東へずらしてしまうのです。そうすれば江戸の土地からは水が引き、人々が住めるようになる。洪水の被害も小さくなりましょう」

あまりにも単純な、あまりにも明快な発想だった。忠次はほほえんで、

「じつは、わしもそう思うていた」

と、熊蔵の頰《ほお》にくっついた飯粒をつまんで取ってやってから、

「まあ、藁《わら》しべを折るようなものじゃな。川が江戸へ入る前、まだ武蔵国（埼玉県）あたりを南流しているうちに川そのものを東へ折る。そうして河口を上総か下総へしりぞけてしまう。江戸の地ならしは、きわめて容易になるじゃろう」

すなわち忠次の構想とは、利根川をほぼ二十一世紀の河道にするものだった。現在の利根川は東京都をかすりもせず、栗橋《くりはし》（埼玉県久喜《くき》市栗橋）のへんから東流して千葉と茨城の境目をゆうゆうと横切ったあげく太平洋、鹿島灘《かしまなだ》へそそいでいる。

「雄大なお仕事です、父上」

と、八歳の息子はきらきらした目でこちらを見あげる。忠次はふと、

（俺ももう、四十三だ）

さみしさのようなものを感じつつ、

「雄大すぎるわ。わしの目の黒いうちには完成せぬじゃろう。何しろこの仕事はまだ端緒《たんしょ》もひらいておらぬ。家康様より江戸の地ならしを命じられてからもう二年が経《た》つというのに、調査に時間がかかりすぎた。おぬしに託さねばならぬ」

「おまかせください！」

「おもてむきはくれぐれも臆病に」

「…………」

熊蔵が不満そうに口をつぐんだとき、従者が来て、

「殿様」

「何じゃ」

「忍《おし》城城主・松平忠吉《まつだいらただよし》様、および付家老の小笠原《おがさわら》三郎左衛門様がお見えになりました」

「おお」

忠次はすばやく熊蔵の小さな耳へ口を寄せた。

「利根川東遷《とうせん》の、端緒が来たぞ」

客人ふたりがあらわれると、忠次は熊蔵とともに地に伏し、

「かような山の上へわざわざお呼び立てをいたしましたこと、はなはだ申し訳なく存じております。若君様には、いつにも変わりませず、ご顔色うるわしく……」

「世辞はよい」

一蹴したのは、若君ではない。

付家老の小笠原のほうだった。城主はじつは家康の四男なのだが、その城主よ

りも先に床几へすわり、がたがた貧乏ゆすりをはじめながら、

「伊奈忠次、ここは何という不便な場所じゃ。わしらをこうまで疲れさせて、くだらぬ話を聞かせたら承知せぬぞ」

城主がまだ十三歳であり、発言も少ないのをいいことに、付家老がまるで家康の息子であるかのごとくふるまっている。

（虎《とら》の威《い》を借《か》る、きつねめ）

忠次は内心、罵倒《ばとう》した。口には決して出さなかった。

「かさねがさね申し訳ありませぬ。本日お運びをいただきましたのは、以前よりご相談のありました御領内での水害につきまして、ひとつ解決法が浮かんだので、ご検討いただきたいと。ここからならば一望千里です」

忠次は立ちあがり、北のほうへ手をかざした。眼下には、忍領東部（埼玉県東部）の平原がひろがっている。

ところどころに集落はあるが、事実上、未踏の大地にひとしかった。ほとんど地平線までと言いたいくらい笹や、ちがやや、すすきの穂《ほ》がびっしり地を覆《おお》っていて、ときどき胡麻《ごま》をまいたように萩《はぎ》の赤い花がちらかっている。川はそのなかを、左から右へ、つまり西から東へ、ゆるやかにつらぬいていた。

「地の民は、会《あい》の川、と呼んでおりまする」

この川はただし、Tの字なりに南へ支流をのばしている。いや、むしろ支流のほうが川幅《かわはば》が大きいので、こちらが本流というべきだろう。すなわち会の川は南流している。東流するほうが支流なのだ。

その分岐点あたりを指さしながら、忠次は、

「あのへんは、地名を『川俣《かわまた》』というそうです」

「見たままの地名だな。で？」

「拙者としては、あそこでの工事をおすすめしたいのです。つまり南へまがる本流をぴたりと締《し》め切る。川全体を、東西の一本道としてしまうのです」

「したら、どうなる」

「南への流れは水源をうしない、廃川となります。いわば長大な沼になるようなものですから、それを利用して、周辺地域に水路をひらきましょう。網の目のように張りめぐらすのです。そうすれば田がひらける、米がとれる、人が住める。舟を使っての資材の運搬も容易です。洪水の心配もない」

「田がひらけるのじゃな」

「はい」

「年貢も増すな」

小笠原はにんまりしかけたが、あっと気づいて、

「しかし伊奈よ、東のほうの地域はどうなるのじゃ。流れがまとまったぶん水量は激増し、洪水が起きやすくなるのでは？」

「さすがは小笠原様、ご慧眼《けいがん》にあらせられる。おおせのとおりです。が、その地域はもはや忍領の領外、ご放念くださって結構に存じます。別途、拙者が差配します」

「そうか」

小笠原は、安心したような顔をした。この名将きどりの、いばり屋の、戦争と出世のことしか頭にない付家老には関東全体をおもんぱかる発想はみじんもない。しょせん二流の為政者なのだ。

（まるめこんだ）

忠次はそう確信しつつ、

「若君、小笠原殿。ご允可《いんか》いただけますや？」

「允可する」

小笠原は、即答した。若君へ同意を求めもしなかった。

ただし小笠原は、予想以上に狡猾だった。

ちらりと若君のほうを見て、交渉とはこういうふうにやるものぞと誇示するごとく咳《せき》払いしてから、

「その工事は、あくまでも忍城主とそれがしが主《ぬし》となる」

「はあ」

「実際は伊奈殿に一任する。異存あるまいな?」

(くそっ)

笑顔のまま、忠次は、こぶしを握りしめた。

金は出さず、人足も出さず、絵図面一枚見ることもせず、しかし名誉はぜんぶ持って行くというのだ。万が一、工事が失敗に終わったら、そのときはむろん全責任を忠次にかぶせる気なのだろう。

忍城主と付家老は、じきに去った。

去るや否や、熊蔵は、

「父上」

「……何じゃ」

「父上は、なぜあのような身勝手な申し出をお呑《の》みになったのです」

この温厚な子にはめずらしい、激した口調だった。

よほどくやしかったのだろう、目には涙がたまっている。忠次はそしらぬふりをして、ひざの土を払いながら、

「わしは代官じゃ。領主ではない。材木一本はこびこむにも領主のゆるしを得ねばならぬ立場なのじゃ。この事業の完成のためなら、わしはいくらでも頭をさげる。おぬしもその心得でおれ」

「またしても、臆病者のふりをせよと？」

「いまに臆病者の世が来る」

忠次は真摯《しんし》に言い返したのだが、熊蔵は、どうやら負け惜《お》しみと受け取ったらしい。ぷいと顔をそらして、ひとりで山をおりてしまった。

忠次はその場にたたずんでいたが、やがて、自分をふるい立たせるように、はるかな原野をながめながら、

「さあ、仕事をはじめようか」

締め切り工事が、はじまった。

†

河道を閉じることそれ自体は、むつかしくなかった。ちょうど南流する川の入口に、大きな中洲《なかす》があったからだ。

それは単なる砂礫《されき》の堆積《たいせき》ではなかった。土で覆われ、木や草もはえている沖積土《ちゅうせきど》だった。地盤はわりあい堅固だろう。

(これは、使える)

中洲そのものを堰《せき》の一部にすればいいのだ。乞食《こじき》のたぐいが住みついているのは、これはよそへ追い出せばいい。

問題はその左右、水の流れをどう堰《せ》き止めるかだが、これに関しては、忠次にはあらかじめ腹案があった。忠次はかつて甲斐国に赴任していたとき、太閤検地がらみの仕事であちこちの田畑を見てまわったことは前述したが、そのさい、

信玄堤《しんげんづつみ》

と呼ばれる堤防に舌を巻いたことがあった。

約五十年前、武田信玄が甲府《こうふ》盆地を深刻な水害からまもるため築いた日本初の大堤防、というより一大水流制御システム。

これにより御勅使川《みだいがわ》という、平安《へいあん》初期の淳和《じゅんな》天皇が安全祈願のため勅使《ちょくし》を下向《げこう》せしめたという伝説をもつほど古くからの暴れ川はほぼ完全に制御され、脅威の対象でなくなった。

完成には二十年の歳月がかかったそうだが、おかげで人々は安心して耕作に精を出すことができ、戦国の世における武田軍団躍進の重要な一因になったという。

（あの工法を、ふめばよい）

具体的には、聖牛《ひじりうし》という装置をつかう。

丸太を組んで三角錐《すい》の枠《わく》をつくる。枠そのものは人の背よりも高いのだが、これへ石をつめた竹かごを入れる。そうして川に沈めると、水面上に突出した部分がちょうど牛の角のように見えるので「聖牛」の名があるという。

この聖牛をいくつも沈めて水流を制御し、その弱くなった場所へどんどん玉石や割り石をつんでいく。チームワークが必要だ。ときには舟に石を満載して、川の上でしずめ、舟ごと堰材にしたこともあった。工事には、数千人の人足がもちいられた。

南への流れは、締め切られた。

会の川は廃川となり、川俣の地に俣《また》――分岐点――はなくなった。

のこったのは、西から東への一本川。これが利根川なのだった。川はゆるやかにカーブしつつ栗橋のへんで南へと流れを変え、やがて東京湾へそそぐことは前述のとおり。この点に関しては、いつだったか、

「父上」

熊蔵が、疑義を呈したことがある。

「会の川を締め切ったところで、結局、水はすべて江戸湊にそそぐのです。河口の被害は変わりませぬ。なるほど上流である忍領の領民にとっては大きな利益だったけれども、江戸の民には、何の利益もなかったのでは？」

「あの締め切りは、もののためしにすぎぬのだ」

忠次はめずらしく子供っぽく笑った。

要するに、土木技術のテストだと言うのだった。何しろそこは砂洲があり、水深も比較的あさく、良質の石も手に入りやすいから失敗のおそれがあまりない。作業員の事故死もおさえられる。そのくせ成功したら家康四男の知行地《ちぎょうち》をみど

りの沃野《よくや》に変えたという大きな評判が、関東はおろか、日本全国にひろまるだろう。

「人足たちの士気も高まるし、つぎの治水もやりやすくなる。わしはな、熊蔵、そういうところまで考えて、はじめに会の川をえらんだのじゃ」

熊蔵は、なおも不満そうに頰をふくらまして、

「迂遠《うえん》にすぎます」

「何?」

「石橋をたたいて渡るような話ではありませんか。失敗をおそれず、もっと大胆に突き進んでもよいように思われますが」

「臆病者と言いたいのじゃな?」

「はい」

熊蔵は、即答した。いまだに例のことが気になるらしい。忠次はやわらかな口ぶりで、

「家康様も、おなじじゃよ」

「えっ?」

「けっして急がず、確実を期す。ときにはまわり道をも辞さぬ。あのお人はそう

いうやりかたで単なる三河国岡崎《おかざき》の一城主から身を起こし、織田信長《おだのぶなが》公の目にとまり、太閤秀吉様の同盟者となり、そうしてこんにち天下をうかがう大大名にまで成り上がったのじゃ」

「つまり家康様は、臆病者だから大成なされた？」

「誤解をまねく」

忠次は手をふって一蹴してから、まるで熊蔵をつぎの遊び場へさそうように、

「とにかく、こんどは利根川じゃぞ」

利根川は、栗橋のへんで南流する。

図式的にいえば、北から南へまっすぐ駆けおりる。ところで関東平野には利根川とならぶ大河川がもう一本あって、利根川のさらに東を、やはり南北に走っている。

渡良瀬川《わたらせ》だ。あたかも二本の平行線のごとき地相を呈しているのだが、忠次の構想は、利根川をぐいと東へまげて、渡良瀬川へ合流させてしまおうというものだった。そうすれば利根川の中下流はまるまる廃川となって河口は干上がる。江戸の可住面積が大きくひろがる。

むろん、そのかわり、渡良瀬川の河口へは大河二本ぶんの厖大《ぼうだい》な水が殺到する

ことになるけれども、

「そこは、もはや江戸ではない。江戸から東へ四里《り》（約十六キロ）もはなれた、下総国の猫実《ねこざね》とかいう寒村じゃ」

猫実村は、現在の千葉県浦安市《うらやすし》。現代人の感覚でいうと、この構想は、ちょうど利根川の河口を北千住からディズニーランドに移すようなものだろうか。どちらも東京湾にそそぐ。

「それはいい。父上、すぐに着手しましょう」

以後数年、着手できなかった。

何しろ利根川そのものを締め切るのだから工事の規模があまりにも大きかったし、それにまた、忠次自身もほかの仕事に忙殺されていた。家康じきじきに、

――代官頭《がしら》に任ず。

と命じられたためだった。

そもそも家康が入国したとき、関八州の総石高は二百四十万石といわれていたが、このうち半分、約百二十万石を家康は家臣に分けあたえた。上野国箕輪《みのわ》十二万石を井伊直政へ、上総国大多喜《おおたき》十万石を本多忠勝へ知行したごときがこの例で、のこりの半分は蔵入地《くらいりち》、つまり家康の直轄《ちょっかつ》領にしたのだった。

直轄といっても、もちろん家康みずからが一般行政にたずさわることはない。かわりに代官という一種の民政長官を置いて諸事万端《しょじばんたん》にあたらしめるのだが、家康は、関八州の代官について、

「正信《まさのぶ》よ」

と、側近中の側近である本多正信（本多忠勝とは別家の別人）へ、こんなふうに通告したのだった。

「このたびは、伊奈忠次ひとりに保轄《ほかつ》させようと思う」

本多正信は驚倒《きょうとう》して、

「下策かと存じまする」

「なぜじゃ」

「これまで駿遠三甲信の五か国にあったときですら、殿様は、複数の代官をお用《もち》いになっていました。それが関東八か国、百二十万石をたったひとりで差配するとは、いかに伊奈殿に才覚があろうとも無理でありましょう。とても手がまわりませぬ」

家康は、聞き入れなかった。忠次を呼び出し、かくかくしかじかと説明した上、

「受けよ、忠次」

「無理です」

とは、まさか言うわけにはいかぬ。忠次は平伏し、ありがたく受ける旨《むね》の辞を述べた。

「よろしい。家康はテキパキと、

「よろしい。では誓詞《せいし》を入れてもらう。誓文はここにいる本多正信に代筆させる故、そのほうは署名のみせよ。正信」

「はっ」

本多正信はしぶしぶ硯《すずり》をひきよせ、紙をひろげて、

「第一条は、いかがしましょう」

家康はすらすらと、

「関八州をおのれのもののごとく大切にいたすべし」

「第二条は？」

「支配下々《しもじも》の者を使うに依怙《えこ》つかまつるまじ」

部下のえこひいきをするな。ここまでは当然かつ形式的な内容にすぎず、誓文はここからが報酬、罰則、権限の範囲などといった具体的な条件にふれる実質部分となるであろう。本多正信は筆をにぎりなおして、

「第三条は？」

家康はつまらなそうに手をふって、

「ない。以上じゃ」

全面的。

というより、無条件の信頼だった。

忠次としては、むろんありがたい。不満をもつべき筋合《すじあ》いではないが、反面、

（本多殿の諫言《かんげん》は、正しかった）

朝から晩まではたらいても、仕事はちっとも減らなかったのだ。

関八州はあまりに広かったし、担当業務はあまりにも多岐にわたった。治水や灌漑《かんがい》のほか、検地、交通の整備、鉱山の開発等、あらゆる分野のめんどうを見るのが忠次の二十四時間だった。忠次はようやく、

「殿様」

家康にうったえ出て、大久保長安、彦坂元正《ひこさかもとまさ》、長谷川長綱《はせがわながつな》という有能な三人を代官頭にくわえてもらったが、それもしょせん焼け石に水。利根川東遷の大事業は、激務の前であっというまに霞《かす》んでしまったのだった。

江戸はこの間《かん》、激変した。

太閤秀吉が死に、家康があの関ヶ原《せきはら》の戦いに勝利して名実ともに天下人《てんかびと》となると、その本拠地である江戸には史上はじめてというべき厖大な物資や人員が投入されることとなった。街づくりが急ピッチで進む。むろん関屋（千住）の河口付近も、

「将軍の、お膝もとだ」

ということで埋め立てや干拓がおこなわれたが、そこはやはり河口である。大雨がふれば土は流され、もとの低湿地になったばかりか、干拓用の堤防をおしながすこともあった。

工事はたびたび中断した。江戸がなかなか東へひろがらなかったのは、いうなれば、利根川の河口という大障害に行く手をはばまれた恰好だった。

利根川・渡良瀬川の合流工事がようやくはじまったのは、江戸幕府開府の数年後のことだった。

工法は、基本的には会の川のときとおなじだった。

利根川を締め切り、あらたにひらいた水路へみちびく。水路は東流し、ゆるやかにカーブしつつ渡良瀬川にひきこまれ、流量を倍増させたのだった。

渡良瀬川は、水深があさい。

川筋がまるで蜘蛛《くも》の巣のように離合集散をくりかえしていて、流域がだらだら広がっている。近隣の村人たちは誇張して、

「八百八筋」

などと呼んだけれども、その八百八筋の流量がふえれば、河浜《かひん》は無限にひろがることになる。このため合流点のすぐ南にあたる、

幸手《さって》

庄内《しょうない》

あたりの領内は完全に水没してしまった。十数か村、約千戸の民家がそっくり魚のすみかとなったのだった。

ただしこれは、施工者《せこうしゃ》のあらかじめ想定するところだった。ここのところは堤防でがっちり固めるよりも、むしろ遊水池——一種のダム——としてしまうほうが大雨のとき水のたまりどころになる。

大水は下流におよばず、江戸は安泰というわけだ。むろん遊水池の周囲には延々たる控《ひか》え堤をもうけたから、その外側へは水はあふれない。人家や田畑に被害はおよぶことがなかった。

すなわち、自然にさからわぬ災害予防。

あるいは人工堤防の力を過信しない河川工事。この工法は、いつしか、

伊奈流

などと呼ばれて評判を得るようになっていた。利根川・渡良瀬川の合流工事の完成は元和《げんな》七年（一六二一）、あの会の川の締め切りから二十七年も経ってからだった。

関屋の河口は、なくなった。

わけではなかった。ほかに水源を得て、ほっそりと東京湾にそそぎつづけた。江戸城東部を南流するこの細流は、隅田《すみだ》川と呼ばれることになる。

のちに江戸随一の歓楽街となり近世文化の花をひらかせた吉原《よしわら》遊郭も、歌川広《うたがわひろ》重《しげ》の描いた納涼花火の両国橋《りょうごくばし》も、あるいは明治から昭和時代にかけての小説家・永井荷風《ながいかふう》がこのんで散歩した濹東《ぼくとう》の辻々も、もとはといえば、みなこの伊奈流の工事が基礎となっている（隅田川が荒《あら》川に接続されるのはもう少し先のこと）。江戸はもはや灰色の低湿地ではなくなった。しっかりと地ならしされたのだ。

川の名前に、若干の異同が生じている。

†

利根川と渡良瀬川が合流してから、その下流は、あらたに利根川と呼ばれるようになった。利根川が、猫実（浦安）の河口へそそぐことになったのだ。

渡良瀬川は、極端にみじかくなった。

合流点より上流のみを指すようになった。奈良時代、日光《にっこう》を開山したことで著名な僧・勝道《しょうどう》上人がその浅瀬を歩いて渡ったから渡良瀬川なのだという由緒ある伝承をもつこの川は、このときから、単なる利根川の一支流にすぎなくなった。

†

合流工事が完成したという知らせを聞くと、彼は、

「……そうか」

しばし言葉につまった。何という長い年月だったのだろう。

「伊奈様」

と、使いの者もしんみりとした声になって、

「現場では、みな泣いてよろこんでおります。古参の者など、この光景をぜひご先代の忠次様にお見せしたかったと。何しろ十一年前に亡くなられたときの家《か》中《ちゅう》の落胆ときたら……」

「油断いたすな」

と、彼はきびしい口調でさえぎり、

「新しい水路はまだ通じたばかり。岸《きし》の土がくずれぬか、水かさが変わらぬか、よくよく気をつけるのじゃ。異変があればすぐ知らせよ。人足たちには身を危険にさらさぬよう伝えてくれ」

「はっ」

「行け」

彼は手をふり、使者を去らせた。

そこは、路上だった。

彼はふたたび歩きはじめた。行き先は、江戸城だった。三の丸大手門横（現在

の宮内《くない》庁病院あたり）の下勘定所《かんじょうしょ》が職場である。地方へは行かず、旅もせず、判で押したような日々をおくっている。

彼はもう三十になっている。父から通り字の「忠」をもらって、

伊奈忠治《ただはる》

と名乗っていた。

†

しかし忠治はなかなか墓参に行けなかった。父の墓が鴻巣《こうのす》の勝願寺《しょうがんじ》、すなわち江戸から十余里（約四十数キロ）のところにあることに加えて、幕府役人としての職務の煩瑣《はんさ》が彼を江戸から離さなかった。

ようやく小閑《しょうかん》を得て旅じたくをし、のちに整備されて、

中山道《なかせんどう》

と呼ばれることになる街道を北上したあげく勝願寺に着いたのは、合流工事完成の翌年、つまり元和八年（一六二二）の暮れだった。

この年は、いつになく寒さがきびしかった。朝から小雪の舞うなか、

「御免《ごめん》」

忠治は門をくぐり、二世住職・円誉不残《えんよふざん》上人に挨拶《あいさつ》をした。この人は、京の後《ご》陽成《ようぜい》天皇より紫衣《しえ》をたまわったほどの名僧で、あの徳川家康も一目《いちもく》置いていたという。忠治は緊張したけれども、上人は、

「こちらへ」

おだやかに言うと、忠治を墓所へみちびいた。そうして、ねんごろに十念《じゅうねん》をとなえてから、

「ごゆるりと」

本堂のほうへ戻ってしまった。あとに残されたのは、忠治と、忠治の長男である六歳の半左衛門《はんざえもん》ふたり。

半左衛門は、

「これが、ご先代のお墓ですか」

無邪気につぶやきつつ、口を半びらきにして石塔を見あげている。総髪の鬢のあたりに人さし指をくるくる巻きつけているのは、

(こいつも、伊奈の子か)

忠治は、どこか安堵《あんど》するところがあった。

石塔は、二本。

左のそれは人の背丈《せたけ》よりも高いが、右のそれは少しひくい。まわりには玉砂利も敷《し》かれず、外柵もなかったから、百二十万石を差配した代官の家の墓としては質素なほうに属するのだが、しかしまあ、職務をはなれて一大名にもどれば石高はたかだか一万石少々、こんなものかもしれなかった。ただし石塔の石そのものは良質で、あたかもさっき山から切り出してきたばかりのように四隅がぴんと角《つの》立《だ》っていた。人足たちが心をこめて調達したものという。

「ご先代は、さぞ無念であったろうなあ」

忠治は肩の雪をはらって、半左衛門に語りかけた。

「家康公に見いだされ、利根川東遷という神代以来の大事業に手をつけながら、その完成を見ることなく、あの世へ旅立たれたのだからな。もっとも、享年六十一。じゅうぶん生きられたことはまちがいない。もっともご先代は、最初から、自分の代では終わらぬと覚悟しておられたが」

「そうして父上が仕事を継がれた。もしも父上の代で終わらなければ、私がさらに受け継ぎます」

半左衛門は、きっぱりと宣言した。この年でもう責任感がめばえている。まじ

めな子なのだ。忠治はそれを、

（たのもしや）

と思いながらも、口ではやや意地悪に、

「どうかな」

「なぜです？」

「この事業は、長男が継ぐとは限らぬぞ。現に、私も長男ではない。ご先代の次男だ」

「お兄様《あに》は？」

「熊蔵という」

「お年は？」

「七つ上」

「私は、お会いしたことがないようです。どこにお住まいなので？」

「そこだよ」

忠治は手をさしのばし、背のひくいほうの石塔の根もと、納骨室のあたりを示した。半左衛門は、はっと息をのんで、

「亡くなられたのですね」

「四年前に、病《やまい》を得てな。……まだ三十四だったのだが」

忠治はつとめて冷ややかに言うと、熊蔵の生涯を略述した。

熊蔵は、おさないころから、父にあちこち連れまわされた。

亀有《かめあり》（東京都葛飾《かつしか》区亀有）での溜め井（溜池）の設置工事。氷川神社や鷺宮《さぎのみや》神社への朱印状交付のための視察出張。忍領内の、会の川の見える山の上では、いっしょににぎりめしを食ったという。

これみな父の期待の故だった。河川修理や新田開発、検地、街道の整備といったような代官の仕事をゆくゆくしっかり遂行《すいこう》できるように、いわば早いうちから帝王学をさずけたかったのだろう。

「皮肉なものだな」

忠治は高いほうの石塔を見あげ、ため息をついた。

「私など、旅へは一度も同道させてもらえなかった。父は兄にのみ期待していたのだ」

もちろん、家督も継いだ。

父が死んだとき、熊蔵はたしかに家督は継いだし、武蔵国小室《こむろ》および鴻巣の遺領一万石を継承したし、代官職も踏襲《とうしゅう》した。実名忠政《ただまさ》。ところがこのとき、徳

川家康は、この二十六歳の若者へ、

「駿府へ来い」

と命じたのだった。

江戸幕府開府から七年がすぎていた。家康はすでに将軍職を息子の秀忠にゆずっていて、駿府でいわゆる大御所《おおごしょ》政治をおこなっていた時期だった。幕府がふたつあるようなものだ。家康は、代官の職はそのままに、熊蔵をおのが側近としたのだった。

四年後、家康は、大坂へ出陣した。

秀吉死後もなお全国的な輿望《よぼう》と権威をたもっていた豊臣家をこのさい断然殲滅《せんめつ》し、徳川家の全国支配をさらに強固にしようとしたのだ。

世にいう大坂冬の陣である。日本中の大名が召集され、大坂城を包囲したなかに、熊蔵とその一党の姿もあった。民政長官が、軍事作戦の一翼をになうこととなったわけだった。

家康としては、大抜擢のつもりだったのだろう。

一生を地味な民政職についやした父・忠次の功績にむくいるため、次代の熊蔵に武門のほまれを与えようとした。伊奈家を真の武家にしようとした。また熊蔵

のほうでも、生来《せいらい》のきかん気をかくそうともせず、

「拙者は、父のような臆病者ではござらぬ」

などとうそぶく日があったという。熊蔵は、抜擢にこたえねばならなかった。

もっとも。

大坂では、熊蔵の隊は、直接戦闘は命じられなかった。

河川工事を命じられた。大坂の北の平野部（大阪府吹田《すいた》市付近）をのんびりと西へ流れる長柄《ながら》川を水源ちかくで堰き止めろと言われたのだった。

なぜならこの川は周辺の、広大な、よく整備された田畑へふんだんに水を供給しているばかりか、大坂城下にまで引きこまれて町人たちの生活用水になっている。その水をいわば元から絶つことで米やさまざまな日用品の生産力を落とし、豊臣家へ、

――さらなる圧迫をあたえるべし。

というのが、七十三歳の家康の意図だったらしい。熊蔵はもちろん意気に感じた。河川ならお家芸というべきだった。

水源は、大坂北東部の鳥養《とりかい》（大阪府摂津《せっつ》市鳥飼《とりかい》）の地にある。

熊蔵はさっそく現場を検分《けんぶん》した。京坂《けいはん》一の大河川である淀《よど》川が支流をのばす、

その支流がつまり長柄川の水源なのだが、分岐点でも案外と川幅はひろく、おのれの乏《とぼ》しい手勢では、とても手が足りないことがわかった。

熊蔵はその旨、家康に申し出た。

家康はこだわりなく、

「あいわかった。長州《ちょうしゅう》の大名・毛利秀就《もうりひでなり》、旗本の福島正勝《ふくしままさかつ》にそれぞれ人を出させよう」

即決したが、こんな親切顔はほどなく一変することになる。十一月十一日にはじめた工事が十二月になってもまだ終わらぬと聞くや、

「遅い！」

激怒したのだった。熊蔵があわてて茶臼山《ちゃうすやま》の本陣へ参じると、家康は軍配《ぐんばい》をふりまわしながら、

「貴様はほんとうに伊奈の子か。すでに戦端はひらかれておるのじゃ。城の南方で松平忠直《ただなお》、井伊直孝《なおたか》、前田利常《まえだとしつね》らが命をかけて敵と砲火をまじえているあいだ、貴様はたかが川一本ふさぐに何をもたもたと」

「し、しかし」

熊蔵は陳弁した。ふさぐだけなら造作《ぞうさ》もないが、それでは近隣諸村へ水があふ

れる。牛馬は流され、田畑はこわれ、大いに農事にさわるだろう。

「それを防ぐにはまず長い水路を一本つくっておいて、あふれ水をうまく誘導してやるのです。そうして遠くの川へそそぎこませる。これで民の暮らしは安泰……」

「馬鹿！」

家康は、一喝《いっかつ》した。

「おぬし何を勘《かん》ちがいしておるか。これは代官の仕事ではない。武将の仕事ぞ。いちいち農民の迷惑を気にしておっては戦争にならんわ。はよう堰き止めい」

「わ、わっ」

熊蔵はほうほうの態《てい》で退出して、突貫工事をほどこした。百余艘《そう》の舟を動員し、土砂をはこび、竹を編《あ》んで川を止めた。あたりには水があふれ、その惨状は見るに堪《た》えなかった。

――こんな工事を。

と、熊蔵は思ったであろう。子供のころから代官としての帝王学をたたきこまれ、日本一の治水の芸をもち、その芸によって家康に見こまれた男が、こんなぶざまなありさまを世間の目にさらしてしまった。

——もう、だめだ。

一芸に秀《ひい》でていただけに、心が折れると、もう立てなおしは不可能だった。熊蔵は惑乱した。何をしているのかわからなくなった。結局のところ、家康への工事完了の報告すらおこたったのである。

——伊奈は、無能だ。

というささやきが、陣内のそこここから聞こえてきた。熊蔵は、反論のけしきを見せなかった。

戦争は、和議がむすばれた。

種々の約束が交わされた。しかし家康はそれらをあっさり反古《ほご》にして、大坂城の外濠をうめ、内濠をうめ、あまつさえ豊臣方へこんな提案をしたのだった。

「国替えしてはいかがかな。大和《やまと》か伊勢《いせ》へ」

豊臣方が、

「無理難題、とても受け入れられぬ」

と返書すると、家康はトンとひざを打ち、意外なことを聞いたと言いたげに首をかしげて、

「ほう、無理難題と申したか。豊臣家がのう。国替えをのう」

交渉は、決裂した。

翌年四月、ふたたび戦端がひらかれた。いわゆる大坂夏の陣である。熊蔵は、こんどは直接戦闘を命じられた。着なれぬ鎧兜をぎこちなく着こみ、先祖伝来の太刀を佩《は》いて、陣鉦《じんがね》の音とともに戦場へ出たのだった。

ただしそこは、城攻めの場ではなかった。もっぱら落城後の残党狩りを担当した。

どうみても一線級のあつかいではない。二線級、ないし末流のあつかいだったろう。火の放たれた九階建ての天守から噴水のごとく飛びちる灰の雨のなか、熊蔵はよく馳駆《ちく》して手勢とともに首級《しゅきゅう》三十をあげたものの、べつだん褒賞《ほうしょう》にあずかりもせず、家康に謁《えっ》をたまわることもなく大坂をあとにしたのだった。家康もひきとめなかった。

帰国後。

熊蔵は、病床の人となった。

家康は翌年に死んだけれども、熊蔵は、とうとう江戸城の将軍・徳川秀忠にも声をかけられなかった。

さらに二年も床に臥《ふ》したのち、草が枯れるごとく、眠るように世を去った。三十四歳の若さだった。

†

「まことに、損な人生じゃった」

　忠治はなおも石塔に向かって手を合わせつつ、そう呻《うめ》いた。

「兄上が大樹様《たいじゅ》（秀忠）から声をかけられなかったのは、兄上の無能のせいではない。家康公のご不興を買ったからでもない。このわしが、すでに幕閣内に地位を占めていたからじゃ。わしは以前から勘定方の役人となり、毎日欠かさず登城する日々を送っておった。兄上は、この弟たるわしに締め出されたのだ」

「……そうでしたか」

　と、半左衛門もうつむいてしまう。感受性がゆたかなのだろう。忠治がさらに、

「わしは父から治水の芸をさずけられず、そもそもどういう期待もされていなかった。そのわしが、いまこうして利根川の世話に心をくだいている。人の生とはそうしたものじゃ。おぬしもよう肝《きも》に銘じておけ」

「幼いころから思いつめるな。父の仕事を誰が継ぐかは天が決める。おぬしではない」

「はい、父上」

と身もふたもない宣告をしたとき、背後から、

「殿様あっ」

声がした。

ふりかえると、背のひくい、がっしりとした男がひとり、墓参用の閼伽桶《あかおけ》をさげつつ歩いてくるところだった。

閼伽桶は伊奈家の家紋入り、黒うるし塗りのりっぱなものである。忠治は、

「おお、太郎右衛門《たろうえもん》か」

姓は梅沢《うめざわ》。伊奈家の家臣のひとりだった。

もともとは栗橋村の一名主《なぬし》にすぎず、つまり農民だったのだが、この年の四月、将軍秀忠が日光社参のため同村付近の利根川を舟橋《ふなはし》で向こうへ渡ろうとしたことがあった。

たまたま大雨が来た。舟橋というのは文字どおり舟をならべて架けた臨時の橋であり、こうなると危険きわまりない。太郎右衛門はすすみ出て、

「おいらが、確《しか》とさせましょう」

人足をひきいて川に入り、がっしりとふなばたを抱きかかえた。水は腰の高さまで来ている。一歩まちがえれば流れ死にしかねぬ行動だった。

「この者、功あり」

と秀忠がじきじきに認めたため、太郎右衛門は武士の身分をあたえられた上、利根川の管理をまかされることになった。仕官先はむろん代官になる。すなわち太郎右衛門は、このときから、伊奈家の郎党となったのだった。

太郎右衛門は、

「殿様、遅くなりまして申し訳ござりませぬ」

閼伽桶を両手でもちなおし、大事そうに忠治にさしだして、農民くさい口ぶりで、

「例の水、たしかにおとどけ申しましたぞ」

「ご苦労」

桶のなかの柄杓《ひしゃく》を手に取る忠治。それをあどけなく見あげながら、

「父上。何ですそれは」

尋ねたのは、半左衛門だった。忠治はやわらかに笑って、

「利根川と渡良瀬川の合流点《ゆきあい》の、少し下流から汲《く》ませた水じゃ。これでご先代の墓を洗おうと思うての。利根川東遷を夢にまで見たご先代のためには、それが最上の供物《くもつ》となろう」

「最上ではありませぬ」

半左衛門は、唇《くちびる》をとがらせるような顔つきをした。

忠治は父の石塔の前にたたずみ、柄杓の水で布をぬらし、その布で石塔をぬぐいながら、

「……なぜ？」

「東遷は、まだ完成しておりませぬ。江戸湊ではなく鹿島灘へそそぐのでなければ……」

「完成の必要はない」

「父上！」

「もはや河口は猫実にうつり、江府《ごうふ》（江戸）の民をわずらわせはしない。問題はすべて解決したのだ。この上さらに川すじを曲げ、鹿島灘まで追いやるなど、金と手間のとほうもない無駄。ご先代の構想はそのときにこそ秀でていたが、いまとなっては、ちと念が入りすぎたようだ」

「…………」

「どうした、半左衛門」

六歳の子供は何もこたえず、

ばしゃん。

いきなり両手を閼伽桶につっこんだ。

水をすくい出し、もたもたと背の低いほうの石塔へあゆみ寄る。そうして、

「えいっ」

背のびして水をかけた。

年の暮れである。雪風《ゆきかぜ》はさっきよりも強くなっていて、あたりの松を哭《な》かせている。石塔からぽたぽたと垂《た》れる水のしずくが、しずくのまま凍《こお》りつきそうに見えた。

半左衛門はあとじさりして、ふたたび桶に手を入れようとした。太郎右衛門が心配そうに、

「若君。つめとうございますよ。お体にさわります。ことしの冬はことのほか寒さが厳しく……」

「伊奈家の家臣が、冬をきらうのか」

「は？」

「俺は好きだ。洪水が起きぬ」

「申したであろう」

忠治は、いつになく厳しい口調でたしなめた。

「わしはお城づとめの身分であり、お城づとめのまま老いる。新田を開発した名主への褒状《ほうじょう》の発行とか、他の役人の不正の裁断とか、そういう地味な書類仕事のうちに一生を終えるのじゃ。おぬしもそうあれ。利根川はわすれろ。それが伊奈家のためである」

「殿様のおっしゃるとおりですよ、若君」

と太郎右衛門も口添えしたが、半左衛門は納得がいかない。おこったような、泣きそうなような顔をして、もう一本の石塔へも手でねんごろに水をかけた。

†

利根川は、もう終わった。

もはや手をくわえる必要はない。そういう忠治の存念は、けっして怠惰《たいだ》や偸安《とうあん》から出たものではない。時代に即した合理的な判断にほかならなかった。

なるほど先代・忠次のころなら、利根川を東へ——鹿島灘へ——逃がす意味はあった。江戸の河口や洪水の問題も根本的に解決するし、何より関東平野の可耕地が劇的にひろがる。米がとれれば民がうるおい、年貢収入もふえ、徳川家もいっそう強くなるだろう。

しかし、三十年。

家康の関東入府からもう三十年が経ってしまった。

日本の社会は大きく変わった。二十一世紀の用語で端的《たんてき》に言うと、戦国時代から江戸時代になったのだ。

幕府がひらかれ、大名どうしの戦争がなくなり、人々は農事に集中できるようになった。むろん新田開発はなお進められているけれども、いくら田んぼをふやしたところで、それをたがやす人口までが急にふえるわけではない。それよりも——米をとることよりも——むしろ、米を「運ぶ」ことのほうが重要だと、そちらのほうへ人々の意識が向くようになったのだった。

つまり、生産よりも流通。社会の発展がひとつ先の段階へ進んだ、という言いかたもできるかもしれない。

具体的には、水路の整備だった。

何しろ米は重いのだ。運ぶには陸路よりも水路を使うほうがはるかに楽だし、また速かった。こんにちの高速道路に相当するだろう。もしも関東平野がすみずみまで水路ネットワークでむすばれる日が来れば、そのときには人々の生活はよりいっそう便利になり、よりいっそう、

――文化的になる。

というのは、元和偃武《えんぶ》の世の人々にとって大きな期待になりはじめていた。

実際、その整備は急速に進んだ。

利根川、渡良瀬川、それに荒川といったような大河の改修がひととおり終わったことで、周囲に水路がひきやすくなったのだ。流量もまずまず安定した――干上がることがなくなった――から、

常陸国のこんにゃく

上野国の生糸《きいと》

下野国の石材

などの特産物がいろいろなところへ運ばれ、消費されるようになった。消費地のうち最大のものが江戸だったことはいうまでもない。そうそう、江戸といえ

ば、最初のうちは塩が不足していた。人間の生存になくてはならぬ成分である。もちろん沿岸部には塩田があったし、生産もしていたのだが、その生産量をはるかに上まわる人々がどっと各地から来たのだった。

これを解決したのも、水路だった。

塩田に最適な浜をもつ行徳《ぎょうとく》（千葉県市川市《いちかわ》）で精製された大量の塩がかんたんに舟で江戸へ搬入できるようになり、栄養事情が劇的に改善したのだった。

江戸がのちのち人口百万を擁《よう》する世界一の都市となるための素地のひとつが、ここで出来あがったことになる。むろん、関東平野の奥地へも、行徳の塩が供給された。舟が川をさかのぼることは、わりあい簡単なことだったのだ。

こういう時代なのである。利根川をもういちど東へ曲げよう、鹿島灘へそそがせようなどという巨大開発は、もはや、人々の支持を、

——得られるはずもなし。

そのことを、忠治はよく知っていた。兄・熊蔵の死後は代官頭の職も兼務したので、江戸にいながら刻々と情報を得ていたのだ。

——治水の時代は、永遠に去った。これからは利水の時代なのだ。

忠治は、淡々と日々を送った。

淡々と出勤し、淡々と帰宅し、淡々と齢《よわい》をかさねた。

二十年以上の時が流れた。幕府将軍は秀忠が死んで第三代家光《いえみつ》となり、忠治の長男・半左衛門は、大きくなるとますます態度が反抗的になり、

「わたくしは、お城づとめは好みませぬ。地方《じかた》まわりを望みます」

と父に挑戦したこともあったけれども、これは口先の広言ではなかった。半左衛門は、紀伊《きい》、伊勢、美濃《みの》など各国の水害地を精力的に巡察しては、

「拙者に、堤防修築を命じられよ」

などと幕府に申し出た。幕府の担当は勘定方である。これも或る種、父親への挑戦といえるのかもしれなかった。

半左衛門はまた、玉川《たまがわ》上水の導水にも関与した。江戸の西方約四十キロの羽村《はむら》（東京都羽村市）の地から多摩《たま》川の水をはるばる江戸へ引いたものだが、これは洪水対策ではなく、舟運《しゆううん》用の水路でもなく、江戸の市民が飲み水を得るためのもの。

治水よりも利水、の時代の典型的な設備だった。

†

こういう息子の精勤ぶりに、あるいは心うごかされたものか。

五十の声を聞くころから、忠治に変化が生じた。

「勘定方のお役目から、そろそろ身を引きたいものだ」

そう城内でも洩《も》らすようになったのだ。

すでに頂点をきわめている。勘定方でも最高位である勘定頭――のちの勘定奉行――に就任してから五年以上。それを辞して、もうひとつの職である代官頭の仕事に専念させてもらいたいと希望したのだった。

代官頭は、幕府機構のなかでは勘定方の支配に属する。いうなれば忠治のこの異動希望は、財務大臣がわざわざ一局長の職に専念したいと言っているようなものだった。

この申し出は、寛永《かんえい》十九年（一六四二）、五十一歳のときみとめられた。忠治はただちに家臣を集め、

「赤堀《あかぼり》川を、完成させよう」

高らかに宣言した。

赤堀川。

それは利根川東遷という大事業の最後の一手にほかならなかった。渡良瀬川と合流したあとの利根川から落とし堀（人工の支流）をひとすじ東へ掘りすすみ、七キロほど進んだあげく、常陸川という自然河川に接続しようというのだった。

常陸川は、地図の上では、Lの字に似た流路をもつ。はじめ常陸国北部から南流して、東へ曲がり、常陸国と下総国の国境（おおよそ茨城県と千葉県の県境）を鹿島灘めざして流れていく。このLの字の川すじの、ちょうど屈折部にあたるところに西から赤堀川をぶつければ、利根川はそのまま常陸川となり、太平洋へ直通する。すなわち東遷事業が完成するのだ。

この挑戦は、じつは忠治にとって最初ではない。

過去に二度やっている。

二度ともみじめな失敗だった。一度目は途中の台地を掘るのに手間がかかりすぎ、二度目はいちおう掘りきったものの、かんじんの水が流れなかった。利根川よりも常陸川のほうが河床勾配《かしょうこうばい》がゆるやかなため、接続しても、いわば水が水を堰き止めてしまったのだ。

今回は、どうか。

忠治が、

「半左衛門よ」

と二十九歳になった長男を江戸の自邸に呼んだのは、正保《しょうほう》二年（一六四五）八月。そもそも徳川家康がはじめて豊臣秀吉に関東移封《いほう》を命じられてから五十五年後にあたる。この年は、ことのほか残暑がきびしかった。

座敷には、祝い膳《ぜん》が用意されている。

半左衛門がぴたりと正座すると、忠治は自分の膳からお銚子《ちょうし》をとり、しわの深くなった手で、

「まずは一献《いっこん》じゃ。関東代官の就任、まことにめでたい」

「ありがとうございます」

半左衛門は手もとの杯で受け、ひといきに飲んでしまってから、

「これで私も、正式に、父上の組下《くみか》となりました。何しろ代官頭《おかしら》は父上なのですから。今後いよいよご鞭撻《べんたつ》くださいますよう……」

「堅苦しい口上はよい」

忠治は扇子《せんす》をひらき、ほたほたと自分の顔をあおぎながら、

「おぬしも、おさなきころからの一本気をとうとう実現させてしまったの。よろこばしい、と思うことにしよう。どうやら機は熟したようじゃ。そろそろやろうか、半左衛門」

「赤堀川ですね」

「ああ」

「そうですね。やりましょうか」

息子も父も、ごくあっさりとした口調だった。忠治は、

「弁疏《べんそ》するつもりはないが、前二回は、もっぱら家臣にまかせきりじゃった。一度目は富田吉左衛門、二度目は福田久右衛門。どちらもよう励《はげ》んでくれたが、今回は、われらがじきじきに出張ろうぞ。もっとも」

扇子の手をとめ、しらがまじりの鬢に手をやって、

「わしはもう五十四じゃ。台徳院《たいとくいん》様（前将軍秀忠）の亡くなったのとおなじ年になってしもうた。途中で万一のことがあったら申し訳が立たぬ。現場の指図は、おぬしがやれ」

命令というより、どこか様子をうかがうような調子だった。半左衛門は、

「はい」

「こいつあ大工事になるぞ。五年はかかろう」

そうつぶやきつつ箸《はし》をとったとき、忠治の目は、しかし子供のごとき光をやどしている。半左衛門も、おなじく箸をとりながら、

（こんな元気な父上に、万一のことなど、あるまい）

さほど気にとめなかった。

†

結局、九年かかった。

承応《しようおう》三年（一六五四）の或る日、三十八歳の半左衛門（実名忠克《ただかつ》）は、常陸川のほとりの堤防の上に立っていた。

例の、Lの字の屈折部である。

半左衛門は、北をふりあおいだ。こちらへ向かってくる青い流れが目の前で右に折れている。その折れるところへ、左から、水のない水路がまっすぐ接続していた。水が通じれば、この水路は、名実ともに、

赤堀川

となる。

水路といっても、そうとう大きい。

幅十三間《けん》（約二十三メートル）、深さ三丈《じょう》（約九メートル）。こんにちの感覚でいうならば、幅は電車を横に八両ならべられるほど、深さは二両積み重ねられるほど。掻《か》き出した土はすさまじい量だったし、ついやした人足は数えきれない。おそらく関東平野における大規模治水事業としては、

（最後のものに、なるのではないか）

或る種の感慨にふけっていると、

「伊奈様」

背後から、声をかけられた。

ふりかえると、富田助左衛門が立っている。

一度目の工事を差配した富田吉左衛門の息子であり、今回の工事では奉行の役を担当した。まめに言うことを聞く男だった。

「どうした、富田」

「疎通《そつう》の用意が、ととのいました」

「……そうか」

半左衛門は、声をしずませた。

水路の水源は利根川だが、いまはまだ分流点に堰をもうけてある。その堰をこわし、こちらへ水を通す用意がととのったというのが富田の報告の主旨だった。

（ほんとうに、水が来るのだろうか）

あるいは来たところで、

（ほんとうに、常陸川へそそぎ込んでくれるだろうか）

不安が無限にわいてきた。半左衛門はけっして小心な男ではなかったけれども、しかしこれは何しろ生まれてはじめての巨大開発だし、また難工事の連続だった。父の忠治なら、あるいは祖父の忠次なら、こんなときどんなふうにふるまっただろう。

――ふりかえれば。

半左衛門は、複雑な感慨にとらわれた。

ふりかえれば、これは伊奈家三代四人の男たちの総決算というべき事業だった。祖父・忠次がはじめて関東平野の治水に手をつけ、その長男である熊蔵はこころざしなかばで大坂で家康の信をうしなった。

熊蔵の弟である父・忠治はほとんど一官僚として世をおくったし、そのあとを継いでこの日をむかえた半左衛門は、彼自身の感覚では、父よりもむしろあの失敗者である父の兄・熊蔵のほうに人間の質がちかい気がする。

――天は、どう裁《さば》きを下《くだ》されるか。

半左衛門は、どこかへ逃げ出したい衝動に駆られた。伊奈の血に自信がもてなかった。

「伊奈様」

「……何だ」

「伊奈様。お下知《げち》を」

富田に再度うながされ、ようやく半左衛門は、

「よし。疎通しろ」

水源は、ここからは見えない。

距離は二里弱（約七キロ）ほどなのだが、途中に台地があり、視界をさえぎっているからだ。命令はのろしで伝えられることになる。

半左衛門の命を受け、わらわらと人足どもが集まった。松のやにの多い部分をがらがら積んで火を点じ、派手に黒煙をたちのぼらせる。

ほどなく。

台地の向こうから白煙があがった。

──命令はたしかに受け取った。堰を切ったぞ。注意すべし。

そういう合図だった。

水はおそらく、半刻《はんとき》（約一時間）もしないうちに着くだろう。そのあいだ、半左衛門は、ただ待つしかなかった。

心の間《ま》が、もたなかった。

かたわらの富田へ、そわそわと、

「万一にも、合流には失敗せぬであろうな？　大丈夫であろうな？」

問いつめたくて仕方がなかった。前の工事のときは合流の直前で水が滞留し、あふれてしまっている。

まわりの田畑や民家は、のきなみ水没した。

洪水は広範囲にひろがった。なかには一村まるごと移転しなければならなかった場所もあり、完璧な人災というほかなかった。

いま半左衛門の立っている場所なども土がえぐられて深い穴となり、水が引いたあとは溺死者を一時ほうりこむ場所になっていたという。約二十年前のことだった。大坂冬の陣での熊蔵の工事もこのような結果だったのだろう。

むろん今回は、失敗から学んでいる。

問題は、水をおくる水路にはなかった。受け入れるほうの常陸川にあった。常陸川の河床はごく浅い上、勾配がゆるやかで、とても大量の水をいちどきに呑みこめるものではなかったのだ。

——今回は、そいつを改める。

半左衛門はそう工事の方針を決め、そちらへ大量の人足を投入した。中洲をくずし、川すじをまとめ、何より川ざらいを徹底的にした。

こんにちで言う浚渫《しゅんせつ》である。合流点付近を中心に数十艘の舟を浮かべ、川底の土砂をすくいあげた。こうして水深を確保しておけば、新水路からの流入がなめらかになり、水はあふれない。

あがった土砂は、そのまま堤防にした。いま半左衛門が立っている堤防がそれだった。これほど大規模かつ念入りな工事をしたのだから、九年という予想外のながい年月をついやしてしまったのも、

——致し方なし。

逆にいえば、これほど慎重にやったのだから、

（成功するはず。まちがいなく）

半左衛門がそう何度目かに自分自身へ言い聞かせたとき、西のほうから、

「来た」

人足どものだみ声がひびいた。半左衛門は、そちらを見た。

「来た来た来た来た来た来た」

さっ

さっ

という、絹のこすれるような音を立てて、それは水路を流れてきた。血のようにまっ赤な水だった。

（まずい）

半左衛門は息をのんだ。

流れが速すぎる。ほとんど駿馬《しゅんめ》だった。利根川からの分流に何らかの誤算があったのか。それとも利根川のもともとの水量が多かったのか。そういえばここ半月ほどは断続的に雨ふりがつづいていた。

「ああ」

富田のさけびが、雲を衝《つ》いた。

水はこちらへ走って来ながら、水路の床や壁をけずっている。このへんの地層はいわゆる関東ローム層に属していて、土が赤く（赤堀川の名はここから採《と》られた）、けずられた土は濛々《もうもう》たる赤い霧となって半左衛門の視界をかすませた。半左衛門は、せきこんだ。

「おい」

「まずい」

人足たちが、浮き足立った。

流れはいっそう速さを増していた。この激流を、はたしてほんとうに常陸川はぜんぶ吸収してくれるのか。前回同様、周囲を洪水にしてしまうのではないか。そうなったら、

（この堤防も、くずれる）

半左衛門は、足もとを見た。なかば動物的な本能で、

（逃げるなら、いまのうちだ）

が。

つぎの瞬間、半左衛門は、人足たちへ咆哮《ほうこう》していた。

「うろたえるな！　おのれを信じろ！」

常陸川の手前には、堰がもうけられている。

丸太の柵に土を盛っただけの、ごくかんたんなしろものである。工事のあいだ水路への逆流をふせぐためのものにすぎず、工事が終われば用はない。その堰へ、

どーん

大砲を連発するような音とともに、赤い水が体あたりした。

地震が起きた。水が空へおどりあがった。丸太はばらりと宙に舞い、ぽとぽとと落ちて常陸川へ押しこまれた。常陸川ののどやかな青い水面へ、まるで針を刺すように赤い水面がくいこんでいく。

が、その赤さは、思ったほど広がらない。

まるで青い水に通せんぼされたかのように身をもむばかり。うしろから赤い水がつぎつぎと押し寄せるが、前の赤にぶつかって止まり、水路から出られないようになる。

滞留である。水路の水位が、みるみる上昇しはじめた。

（あやうし）

足もとの堤防へ水が来る。半左衛門は、

「全員、避難しろ！」

そう下知しようとした。水を相手の判断は、一瞬のおくれが命とりになる。が、きゅうに、

「あっ」

水位がさがりだした。伊奈家歴代の当主の霊の、

（ご加護が、あったか）

常陸川の青い水面を見る。やはり赤はひろがっていない。どうみても合流に成功したとは見えなかったが、或る瞬間、いっきに大量の白いあわが出たかと思うと、あたかも一万人が水中で刺殺されたかのように赤いものが盛大にわきあがった。

赤い水は、ひろがった。

常陸川のまんなかへんまで進出して青い水とまじりあい、色をうしなった。

「もう安心だ」

半左衛門は、全身の力が抜ける思いがした。この人さわがせな現象は、おそらく浚渫による河床の地形に関係していたのだろう。水路の水はいったん底にもぐ

ってからでなければ水面へあがれなかったのだ。

結果的に、合流のしかたとしては、これ以上ないほど安全なものとなった。瀬音もほんとうに小さかったのだ。

わっ
と、歓声がこだました。

人足たちが肩をたたきあっている。泣いているやつもいる。富田助左衛門も洟《はな》をすすりながら、

「やりました。伊奈様、ようしてのけました」

「泣くな、富田」

半左衛門は、トンと足で地を打って、

「その涙で、この堤が切れたらどうする。ははは、冗談だ。それよりも富田よ、あとで鹿島へ行ってくれんか」

「鹿島へ。何用で？」

「水を汲むのだ、河口でな」

半左衛門は、常陸川のはるか下流をながめやりながら、

「その水は、会の川、渡良瀬川、利根川、常陸川、すべての水のいりまじったも

のじゃ。すべての工事のあかしものじゃ。先祖の墓を洗いたい」
鴻巣の勝願寺には石塔が二本、いや、いまはもう三本立っている。
三本目は、父の忠治のものだった。忠治は昨年、六十二歳でこの世を去った。
高齢だったから致し方ないものの、しかしやはり、
(あと一年、生きておられたら)
その思いを禁じ得なかった。自分にできることは父の霊をねんごろに慰《なぐさ》めること
とのみ、そんな気がした半左衛門だった。
いや、もうひとつある。
「富田よ。半十郎《はんじゅうろう》をつれてまいれ」
「はっ」
富田は涙をぬぐい、堤防の下へ駆けおりて行った。ほどなく、
「おつれしました」
富田のとなりに、七歳になる男の子がいる。
半左衛門の息子だった。
妾腹《しょうふく》の子だが正室がないため嫡男《ちゃくなん》にひとしい。成長すればおのずから家督と
代官職を継ぐことになるであろう伊奈家の未来にほかならなかった。

「半十郎よ」

と、父親は声をかけたが、息子は返事をわすれている。

生まれてはじめて間近に見る大河どうしの合流のさまに気をうばわれているようで、目をうるませ、口を半びらきにしていた。横顔がどこか、

（父上に似ている）

半左衛門はそう思い、くすりとして、

「よう見ておけ。ずいぶん年月がかかったのだ。いま思うと、ちと臆病だったかもしれぬがな」

七歳の子供は、口をとじた。じっと川面《かわも》を見つめたまま、しばらく考えてから、

「臆病で、よいのです」

総髪の鬢をくるくる指に巻きつけつつ、けっして臆病ではない口調でつぶやいた。伊奈家はこの後百四十年、八代にわたり代官頭（のち関東郡代と改称）をつとめることとなる。その堅実かつ地味な仕事のためか、こんにち知名度は高くないが、埼玉県や茨城県には伊奈の地名がのこっている。

第二話

金貨《きん》を延《の》べる

文禄《ぶんろく》二年（一五九三）。

豊臣秀吉に命じられ、徳川家康が関東に入国してから丸三年。

いまだ江戸城は完成していない。どころか城郭《じょうかく》内はあちこちに竹や萱《かや》が群生《ぐんせい》しているし、そもそも人の手の入っていない山がある。かろうじて本丸とその周辺は整地されているけれども、本丸には御殿《ごてん》と呼べるものはなく、その南側の西の丸に少し大きな建物があるのみだった。

天守、なし。

屋根に瓦《かわら》もなく、壁に漆喰《しっくい》もなく、ただ木の板がむきだしになって雨で黒ずんでいる平屋の建物。まわりに家臣たちの住む長屋がつらなっているあたり、御殿というよりは、野戦用の陣屋にちかい感じだった。

家康は、ここに起居《ききょ》している。

めずらしく朝寝坊した。寝間の外からの、近習《きんじゅ》の、

「殿様。殿様」

遠慮《えんりょ》がちな声でめざめたのだ。家康が、

「何じゃ。うっとうたい」

と三河《みかわ》ことばで叱《しか》ると、

「京のみやこより、太閤《たいこう》様の吹立御用《ふきたてごよう》（貨幣鋳造《ちゅうぞう》）役・後藤徳乗《ごとうとくじょう》様のご名代《みょうだい》がご到着になりました」

「名代……弟の長乗《ちょうじょう》か？」

「はい」

「ばか！」

家康ははね起き、

「いつ着いた？」

「半刻《はんとき》（約一時間）前に」

「ばか」

家康は顔をあらい、着がえをして、広間に出た。

たたみ敷《じ》きではない。つめたい板の間のまんなかに、一組の主従があぐらをか

いている。家康が、

「申し訳ない。近習が起こさぬで」

弁解しつつ、床几《しょうぎ》にすわると、

「お気になされますな、家康殿」

主従のうちの主のほうが、あてつけがましく流し目で見ながら、

「関東は、極寒の地でござりますからな。掻巻《かいま》きから出られんのも是非《ぜひ》なし」

後藤長乗。

通称勘兵衛《かんべえ》。年のころ三十あまり、骨《ほね》の髄《ずい》からの京そだち。これから従者どもも家康の世話になるというのに、むしろ自分のほうが家康の雇用主だというような顔をしている。家康はにこにこと、

「たしかにのう、関東の秋は上方《かみがた》の真冬じゃ。もっとも、長乗よ、そなたには関東の銭づくりを一からやってもらう。二、三年のうちに慣《な》れようぞ」

「慣れますかなあ」

長乗は、その肉のゆたかな白い頰《ほお》を露骨にしかめた。黒の頭巾《ずきん》をかぶり、黒の小袖《こそで》をまとい、小袖の上には木蘭色《もくらんじき》の道服《どうぶく》、その上にさらに絡子《らくす》と呼ばれる小さな袈裟《けさ》。どういうわけか数珠《じゅず》まで手にしている。家康よりもはるかに高価な暖衣《だんい》

をまとっているのだ。

(尊大《そんだい》な)

家康は、斬《き》り殺したくてたまらない。こちらは二十も年上であり、天下で一、二をあらそう大名なのだ。しかし、

(耐《た》えよ。耐えよ)

みずからへ言い聞かせた。

後藤家はもともと足利《あしかが》将軍家につかえる彫金師《ちょうきんし》の家で、おもに装剣に従事したが、その卓越した金工技術は室町《むろまち》幕府滅亡後も織田信長、豊臣秀吉といった権力者たちの重用《ちょうよう》するところとなり、現在にいたる。秀吉のごときは、現在の当主へ大判《おおばん》つまり金貨の鋳造をも命じたほどだった。

政権の根幹をなす役である。後藤家の権勢はいよいよ強まり、当主の弟にすぎぬ長乗ですら、京のみやこでも指折りの分限者《ぶげんしゃ》。本阿弥光悦《ほんあみこうえつ》のような一流の文化人とも交流があるあたり、関東から見れば、後光のさすような人物だった。

――この後光に、いまは頼るほかなし。

と、家康は耐えている。江戸をゆくゆく天下一の街にするには独自の貨幣を持たねばならぬが、いまの関東は、その方面では、上方の属国の域を出ていない。

独立のための知識も、工場も、人材も、家康にはないのだ。

「さて」

家康は手をたたいて近習を呼びつけ、熱い酒の用意を命じた。

酒が来た。床几から腰を浮かし、長乗の膳《ぜん》の前へあぐらをかく。瓶子《へいし》をとり、長乗の杯《さかずき》へ一献《いっこん》なみなみついでやると、白い湯気がたちのぼった。長乗は、

「ほう。関東にも、酒があるのやな」

やわやわとした京ことばで暴言を吐《は》きつつ、二杯、三杯とたてつづけに飲む。

それでもなお、

「寒い」

杯を置き、われとわが身を抱きしめて、

「それがしは、もともと体がよわいのです。これはやはり……」

「致し方なし」

家康は、瓶子を置いた。

「え？」

家康はにこにこ顔のまま、軽業師《かるわざし》のような口ぶりで、

「そこまで寒さがこたえるなら、長居しろとは申されぬな。そなたが江戸で命を

ちぢめでもしたら、わしが太閤様に叱られるわ。もっとも、そうなると、関東は見すてられたも同然じゃが……」

「されば」

長乗は、きゅうに目をかがやかした。

となりの従者の袖をつまんで引き寄せ、あらっぽく肩をたたきながら、

「この者を、ここに置き残そう」

従者は、じっと下を向いている。

その顔、翳《くら》い。

肌は黒いし、頰には肉がない。いちおう烏帽子《えぼし》をかぶっているが、頭に対してむやみと大きく、いまにも落下しそうだった。借《か》りものなのだろう。典型的な労働者の風貌《ふうぼう》。そもそもは京うまれですらないのかもしれぬ。

家康は、不快をあらわにして、

「一度、京で会《お》うたことがある。作法を知らぬ、ただの職人ではないか。長乗、関東にはこの程度が似合いと思うておるのじゃな？」

長乗はひるまず、上方者に特有のすらすらとした口ぶりで、

「とんでもない。人は見た目によりませぬぞ、家康殿。こやつは橋本庄三郎《はしもとしょうざぶろう》と

申しまして、たしかに一介《いっかい》の職人ですが、その仕事のたしかさは、本家の兄も一《いち》目《もく》置いているほど。でなければ、わざわざ今回の旅へ随行《ずいこう》させるはずがないではありませんか。そうでありましょう？」

「なるほど」

家康は、あっさりとうなずいた。長乗が、

——まるめこんだ。

と言わんばかりに唇《くちびる》をほんの一瞬ゆがめたことを、家康は見おとさなかった。もともと。

今回の金工派遣は、約一年前、家康から秀吉に要請したものだった。

「関東でも、上方とおなじように大判を出してみたいのです」

という家康のもくろみを聞いたとき、秀吉は……ふだんの秀吉なら、おやおや関東でできるかなと思いながらも、

——家康め、天下をうかがっておる。

警戒しただろう。他人が自分の上に立とうとする、その芽《め》をつむことにかけては日本史上、秀吉以上に俊《しゅん》敏《びん》な者はなかった。

が。

秀吉はこのころ、途方もない野望にとりつかれている。

日本全国の大名の武力を結集し、日本海を突っ切らせ、明《みん》を征服しようとしていたのだ。実際、その前哨《ぜんしょう》戦として朝鮮《ちょうせん》半島を蹂躙《じゅうりん》すべく、いま全国の大名に号令して兵馬の準備をさせている。たかだか江戸一村の銭金《ぜにかね》のごときに意をとめるひまはなかったのだ。

家康も、そのことを見こしている。

秀吉の目が朝鮮にしか向いていないとわかると、

「関東には、後藤長乗をつかわされたし」

人物名まで指定した。秀吉はあっさり、

——つかわそう。

長乗にとっては青天《せいてん》の霹靂《へきれき》、わるくすれば、

——一生を、関東で。

むろん、ことわれぬ。ことわったら秀吉と、家康と、宗家《そうけ》の兄をいっぺんに敵にまわしてしまう。そのような勇気は彼にはなかった。長乗はがたがたと身ぶるいするような恐怖とともに江戸へ来たが、しかし来てみると、家康という男、存外かんたんに言うことを聞く。あずまえびすの劣等感がそうさせるのだ、と思っ

ただろう。

——はやく帰れる。

うれしさが、つい出た。長乗はその日一日、江戸城内で、酒をあおりつづけた。

†

二年後、長乗はほんとうに帰洛《きらく》した。

上方から職人どもを呼び、持ち場（工場）をつくり、大判鋳造——厳密には鍛《たん》造《ぞう》——のめどが立ったところで、

「あとはたのむ」

橋本庄三郎ひとりを残して行ってしまった。庄三郎はまだ二十五歳、あいかわらず頬には肉がないし、ひげも生えそろっていない。貫禄に欠けるどころか工場に入れば一介の職人と見わけがつかなかった。この庄三郎が、とつぜん、事実上の奉行の地位に立ったのだ。

本多忠勝、井伊直政などといった家康家臣団の重鎮たちは、この人事のうわさ

を聞くと、

――殿様も、ようやく金《きん》道楽が已《や》んだか。

胸をなでおろしたという。彼らには、庄三郎の人物がわかっていなかった。

†

庄三郎は、人が変わった。

(長かったが、もはや野心をかくすの要なし)

まず直接、家康へ、

「持ち場が手狭《てぜま》につき、あらたに役宅をたまわりたし」

と申し出て、江戸城の東の、埋め立てが終わったばかりの更地《さらち》をもらった。のちに町割りがおこなわれて橋がかけられ、その橋の名に合わせて日本橋《にほんばし》と呼ばれることになる土地だった。二十一世紀の現在、そこには日本銀行本店がある。

(さあ、やるぞ)

庄三郎は、たちまち広大な役宅のあるじとなった。

役宅内にはむろん庄三郎自身の私邸もあるが、ほかにも手代たちの暮らしのための長屋をもうけたし、役宅外には、職人たちの住居や工場を集中させた。庄三郎には正式な官位や姓がなかったから、町人たちはこの区域を、

「吹所《ふきしょ》」

とか、

「大判座」

とかいう無造作《むぞうさ》な名で呼びならわした。地名がないにひとしかった。

（ふん）

庄三郎は、意に介さなかった。

役宅が完成するや、またしても家康に直談判《じかだんぱん》をもとめ、

「ぜひご臨見《りんけん》あられたい。銭づくりのことを、一からご伝授もうしあげます」

半日ほど予定をあけてもらった。家康が来た。庄三郎はよけいな追従口《ついしょうぐち》をたたかず、茶の一杯もふるまうことなく、ただちに役宅内の吹立小屋へ案内した。こういう無駄のないやりかたが家康はもっとも好きであることを、庄三郎ははやくも心得ている。

家康は、小屋に入るや、

「暑い」

羽織をぬいだ。冬のはじめにもかかわらずだ。

むんむん炭のにおいがする。目が痛むほど空気が乾《かわ》いている。慣れぬ者なら四半刻（約三十分）とそこに立っていられないであろう環境のなかを、職人や人足はみな、ふんどし一丁で、すずしい顔で行き来していた。

炭や土をはこぶ者があり、水をまく者がある。土間にちらばった灰をほうきで集める者がある。しかし何より目立つのは、窯《かま》の上に置いた炭をふうふう竹のふいごで吹いている、いわゆる吹き大工の連中だった。

庄三郎は、かたわらの手代へ、

「殿様に、扇《おうぎ》で風をお入れするように」

と命じると、それとあまり変わらぬ口調で、家康へ、

「ここでは、金の吹立（精錬）をおこなっております」

「吹立？」

「さようにござります。窯のなかへ坩堝《るつぼ》を置き、坩堝のなかへ地金《じがね》を置く。そうして窯の口をぴたりと粘土《ねんど》で封じ、窯の上に炭を置く。それをあのように吹き大工どもが息をおくって熱してやると、坩堝には、純度の高い金がのこる」

「こんなところで火など使わず、佐渡《さど》や伊豆《いず》、甲斐《かい》などの金山《きんざん》でやればいいでは

ないか。掘り出した地金を、掘り出したその場で」

「或《あ》る程度はしております。が、あまり純度を高めると、江戸への運搬の途中で海賊や野盗にうばわれぬともかぎりませぬし、そもそも山出し以外の鋳材《ちゆうざい》ももちいます」

「山出し以外？」

「古金貨や、明からの輸入金などです。江戸の大判の品位をたもつのは、江戸でしかできないのです」

庄三郎がテキパキと答えると、家康は、肥《こ》えた体をゆすって笑い、

「貴様。変わったな」

「え？」

「長乗がいるころは無愛想だったが、いまや長乗よりも口達者ではないか」

「は、はっ」

庄三郎は口ごもり、顔を伏せた。ひたいから汗がながれ落ちたのは、室温のせいばかりではなかっただろう。家康はぴしっとした口調にもどり、

「つぎを案内《あない》せよ」

「はっ」

庄三郎はいったん役宅を出て、道をわたり、長屋のような建物の前に立った。

長屋は、三つ割になっている。

いちばん左の部屋は足をふみいれず、なかを覗《のぞ》くだけにした。切分《きりわけ》の作業がおこなわれている。

「先ほどの吹立でできあがった純金を、ここで切り分けるのです。切り分けたら、となりの部屋へもちこみます」

説明してから、まんなかの部屋へ入った。柱を少なくした広大な空間がひろがっていて、何人もの職人がまばらに立ち、金属製の槌《つち》をふるっている。カンカン、トントンという威勢のいい音が立ちのぼり、むきだしの梁《はり》にひびいて散った。

「ここでは、打ち延《の》ばしをおこなっています」

「ほう、ほう」

家康は、おもしろくなったらしい。せかせかと室内を歩きまわりつつ、何度も唇をすぼめ、声をあげた。石の上でたたかれるたび豆粒ほどの金塊が面積をひろげ、薄くなり、最後には縦《たて》四寸《すん》（約十二センチ）、横三寸（約九センチ）という手のひらほどの大判形になる工程。人間というのは、いくつになっても、ものづくりが楽しいものなのだ。

（お出ましを願って、よかった）

庄三郎は、胸をなでおろした。家康に気に入られたというよりは、職人たちに意欲の契機をあたえられたことがうれしかった。

「殿様。つぎへまいりましょう」

庄三郎はまんなかの部屋を出て、いちばん右の部屋に入った。

長屋のなかでいちばん狭《せま》く、いちばん鋳造所らしくなかった。草履《ぞうり》をぬぎ、板の間へあがると、ずらりと机がならんでいるのだ。

机の上には台や道具があり、台の上には大判形の金の板が一枚まっすぐ置かれている。さっきの部屋で延べられたものだ。

職人はそれに向かってあぐらをかき、鏨《たがね》のようなものを当て、こつこつと表面へ刻み目を入れはじめた。刃《は》はつねに横むきだから、金の板の表面は、さざなみ模様でびっしりと埋まることになる。

「このように凹凸《おうとつ》をつけるのは、いったい何のためなのだ？」

家康が子供のように問う。庄三郎は、

「偽金づくりをふせぐためです。つるつるの表面はまねられやすい。こういう細《さい》工《く》ひとつでも、余人《よじん》がやればすぐわかります」

庄三郎は長屋を出て、ふたたび役宅のなかに入った。

敷地内の奥、ひときわ大きい私邸にあがった。公邸をも兼ねる。式台へあがり、廊下をまがり、中庭に面した明るい部屋に入ると、青だたみの上には机がひとつ置かれている。紫檀《したん》製の、よほどりっぱな机だった。それへ向かっているのも職人ではなく、はかまをつけた祐筆《ゆうひつ》らしき武士。服装はもちろん、背すじの伸ばしかた、顔つきまでが卑賤《ひせん》の職人とはちがっていた。

机の上には、筆、墨《すみ》、硯《すずり》、紙のいわゆる文房四宝が置かれている。

いや、紙はない。それ以外の三種のみ。武士は筆をとり、墨をつけ、机の上の、さざなみ模様の入った金の板の上に、

拾両　後藤

くろぐろと墨書《ぼくしょ》し、その下にさらに書判《かきはん》（花押《かおう》）を書いた。ていねいに書いているので時間がかかる。庄三郎と家康はその様子をうしろから見ていたけれども、庄三郎が、

「大字《だいじ》、といいます」

「大字？」

庄三郎は、そらに指で字を書きながら、

「十両をわざわざ拾両と書く、その拾の字です。十とやると、邪心《じゃしん》ある者がちょいと線を足して『廿』（二十）にしてしまう」

「存じておるわ」

「失礼しました。墨は、にかわを混ぜてあります」

「はがれ落ちないようにか？」

「はい」

「ばかな。人から人の手へわたるものなのだ。どんな小細工をほどこそうが、金属に書いた字は、いずれ、かすれて読めなくなる」

「そのときは、もちぬしはこの役宅へ申し出ればいいのです。われわれは真贋《しんがん》を判定し、重量をたしかめた上、ほんものであれば書き改めをしてやります」

「煩瑣《はんさ》な事務だな」

「判料は取ります」

「これで完成か」

家康は、みずから書き手の肩ごしに手をのばし、金の板をひろいあげた。まだ字の墨がぬれぬれと白い星をちらかしている。庄三郎はそっけなく、

「いえ、さらに極印《ごくいん》打ちをおこないます」

「極印打ち？」

「金の板のおもてうらの所定の位置に、豊臣家の五三《ごさん》の桐紋《きりもん》や、後藤家花押をかたどった極印（刻印《こくいん》）を打ちこむのです。墨書きの花押だけでは心もとない」

「徹底したものだな」

「真贋の判定のさい、鑑定の材料ともいたしますので。できあがりの品は、別室にて」

庄三郎は、家康を奥の座敷へと通した。

ようやく貴人待遇をした。家康を上座にすえ、こんどは柿《かき》のなますと煎茶《せんちゃ》をふるまって、疲れを癒《い》やしてもらったのだ。

庄三郎みずからも家康に正対し、膳を用意させ、むしゃむしゃ柿をたいらげた。心身の緊張がないのがわれながらふしぎだった。

（これも、野心のなせるわざかな）

と、

「御免《ごめん》」

板戸がひらいて、先ほどの祐筆らしき武士があらわれた。

先ほどとちがって白装束に身をつつみ、白木《しらき》の三方《さんぽう》をささげ持ちつつ、庄三郎たちのほうへいざり寄ってくる。三方の上には饅頭《まんじゅう》ほどの大きさの白い紙づつみが、下から四個、三個、二個、一個。あたかも三角形をなすごとく、ぜんぶで十個、盛《も》りあげられている。

と同時に、女たちが入室した。

茶菓の膳をかたづけた。そのあとへ三方が置かれる。庄三郎は、それを家康のほうへ押し出しながら、

「完成品に、ござりまする」

「うむ」

家康はてっぺんの一個を取り、
ばりっ
と音を立てて紙をやぶった。無造作きわまる手つきだった。卵からひよこが孵《かえ》ったように、大判十枚がきらきらしい姿をあらわした。十枚まとめて帯封がほどこされている。

家康の目が、

（かがやきを、増した）

そう庄三郎に見えたのは、ただ単に、こがね色の光がうつりこんだ故《ゆえ》にすぎなかったか。

（いや、ちがう）

庄三郎は、自負している。それ以上の感興があるにちがいないのだ。なぜなら家康がいま、ひっくり返したり、歯で嚙《か》んだりしている大判は、試作品ながら、

――現に京で出まわっているものと、あらまし変わらぬ。

何しろ極印の数と位置すら忠実な再現をこころみたのだ。表面《おもてめん》には四か所。上下左右のはしっこに五三の桐紋（丸枠《まるわく》）を打ちこんでいるし、裏面は三か所、上から下へまっすぐ一列。もっともこちらは意匠がそれぞれ異なる。上から五三の桐紋（枠なし）、五三の桐紋（亀甲《きつこう》枠）、後藤家花押のかたちの印だった。

「ふむ」

家康は、チャッという小気味《こきみ》いい音を立てて大判を三方へ置きもどすと、

「やはりな」

おもしろくもなさそうな顔になった。庄三郎は、

「やはり、とは？」

「おぬしを抜擢《ばってき》したのは誤りではなかった。あの生っ白《ちろ》い後藤長乗が二年間かけて造れなかったものを、おぬしは数か月で完成した」

ひたと庄三郎を見た。心から人をほめるときには決して顔をくずさないのが家康の流儀なのだ。庄三郎は、

「あ、いや」

腰を浮かし、ひたい越しに手をふって、

「それがしはただ、長乗様のお仕事を継いだだけにござります。長乗様が上方から職人を呼び寄せ、金山へ人をつかわし、いろいろ手配りをしてくださったからこそ……」

「謙遜《けんそん》は、大きらいじゃ」

家康は、反吐《へど》でも吐くように言った。沈黙せざるを得ぬ。家康は、まるで罪でも問いつめるかのごとく、

「白状せよ、庄三郎」

「は、はっ」

「貴様は前から、うぬぼれておったのであろう？　俺ならできる、俺にやらせろ

と、そう思い暮らしてきたのであろう？」

（ばれたか）

と思うと、かえって気がらくになる。

「おっしゃるとおり」

深くうなずいたら、家康ははじめて破顔《はがん》した。目じりに深いしわを作って、

「それでよい、庄三郎。へりくだる人間は仕事もへりくだる。おのれを恃《たの》め」

「はい、殿様」

庄三郎は、胸をはった。

事実、まだ上方にいたころから、庄三郎は、

――俺が後藤のあるじなら。

という意識とともに仕事をするのがつねだった。傲慢《ごうまん》さと責任感は、畢竟《ひっきょう》おなじものなのである。

†

庄三郎は、祖父のことはよくわからない。

父の藤左衛門《とうざえもん》は近江国坂本《おうみのくにさかもと》の生まれで、近江国を統一した戦国武将・京極高《きょうごくたか》清《きよ》につかえたという。しかし浅井《あざい》氏にほろぼされたのちは無主の身となり、京の市中を転々とした。

放浪のさなかにも、子はつぎつぎと生まれた。

四男三女。女子がどういう運命をたどったのかは知らないが、男子のほうは長男が早世《そうせい》した。次男、三男はかたっぱしから仏門に入れられた。口べらしのためだった。

四男の庄三郎は、しかし、おなじ運命をたどらなかった。長男・彦四郎《ひこしろう》がちょうど死んだばかりだったからだろう。

——この子には、橋本の姓を継がせる。

父は、そう決めなければならなかった。

とはいえ、俗世でめしを食うのは容易ではない。なかなか奉公先が見つからなかったが、たまたま彫金鋳貨《ちゅうか》を事とする後藤家が雑人を大量にもとめていた。

まだ織田信長が存命のころで、後藤家は、その御用達《ごようたし》だった。

業務は拡大するいっぽうだった。天下統一の進展により、京や堺のごとき大都市では、もはや商人たちが戦争や一揆《いっき》を気にやむことなく経済活動を活発におこなえるようになっていたからだ。

　全国各地での銀山や金山の開発もあり、この時期は、日本史における貨幣の一大発展期だった、などというのは庄三郎ののちの知識だが、とにかく庄三郎は、この後藤家という成長分野の基幹企業に入社したのだ。

　入ってみれば、同期のライバルが多かったけれども、

　――この童《わらべ》、よう気がきく。

　はじめに感づいたのは、当主の弟・後藤長乗だった。

　そうじ、薪割《まきわ》り、炭はこびといったような雑用ひとつも手をぬかず、金銀の切りくずを盗んで市《いち》で酒と換えるような不正もしない庄三郎を、

　――少し、引き立てよう。

　長乗はためしに庄三郎へ天秤《てんびん》をあずけ、両替業の生命線というべき分銅《ふんどう》をあずけた上、銀の重さを秤《はか》る仕事に出してみた。すると、どこの店でも、

「この子、ごまかしがない」

　と評判だったし、意外だったのは、相場に関する相談にも応じて人気が出たことだった。とにかく知識が豊富だったのだ。どうやら庄三郎には、このころから、

(誰よりも、わしが有能じゃ)

自任の念が芽吹《めぶ》きはじめたらしい。まだ二十歳にもなっていなかった。もっとも、一度それを口に出して先輩にこっぴどく殴《なぐ》られてからは、こころに深く秘し、謙遜に徹したけれども。

(いつか、かならず世に出てやる)

いっぽう、長乗。

怠け者《なまもの》ではない。

ないのだが、このころになると茶よ、花よ、連歌《れんが》よと文化人としての活動のほうがいそがしく、本業は人まかせになった。天下の号令者が信長から秀吉に替わり、いっそう戦乱が遠くなったためだろう、京の町衆そのものが華美の風にそまりだした時期だった。

どうしても人がまわらぬときなどは、庄三郎を呼び出して、

——判師をせよ。

と命じさえしたのである。

判師とは、工場でできあがった大判の品質検査をおこなう役。判師の目にかなったものだけが墨判極《きわ》め(額面《がくめん》と花押の墨書)をほどこされ、極印を打たれ、世

に出ることになる。最終責任者といっていい。

この大役を、庄三郎は完璧にこなした。むしろ職人からは、

――長乗様より、目がきびしい。

と文句を言われるありさまだったから、品質はいっそう向上したといえる。むろんその向上の功績は、すべて庄三郎ではなく、後藤長乗の名に帰せられるのだ。

（これでは、つまらん）

庄三郎は、鬱屈《うっくつ》した。生まれが後藤家でないというだけの理由で、どうして待遇に差が出るのか。

（俺は、俺の仕事を、俺の名でやりたいのだ。かんたんな話ではないか）

そんなとき、事件が起きた。

京の街に、家康が来たのだ。

秀吉の朝鮮出兵に応じて肥前名護屋《ひぜんなごや》へ向かう途次、秀吉への挨拶《あいさつ》のため、聚楽第《じゅらくだい》に立ち寄ったのだ。聚楽第は天下人《てんかびと》としての秀吉の公邸であるが、外観は水濠《みずぼり》と石垣をめぐらした平城そのもので、本丸には五層の天守も築かれている。とにかく華麗なものだった。

秀吉は、家康を歓待した。

「家康殿、よう来やった。京はひさしぶりじゃろう。そうじゃ、舞の会を催《もよお》そう。わしも舞う。そなたもひとさし、な、ぜひ、ぜひ」

京洛《けいらく》中の文化人をまねき、舞の会をひらいた。後藤長乗もまねかれたため、庄三郎は随員の格で見物したが、それにしてもおどろいたのは、

(何とまあ、ぶざまな)

秀吉はこの醜態《こつけい》をさらさせるために自分たちを呼んだのだ、そう確信されたほど家康の舞は滑稽だった。足がちょこまか内外《うちそと》を向く。そのくせ肥満した体のうごきはにぶく、駄馬《だば》のようだ。見物人はいちように眉《まゆ》をひそめ、侮辱《ぶじょく》的なささやきを交換した。

ところがそのおなじ連中が、会のあとの宴席となると、

「まことに眼福《がんぷく》でござりました」

などと歯の浮くようなことを家康へ言う。ぬけぬけとしたものだった。長乗の兄で、後藤宗家の当主である後藤徳乗など、

「太閤様を措《お》いて(除《のぞ》いて)天下一」

とまで褒《ほ》めそやした。

（けがらわしい）

とは、庄三郎はしかし思わない。

庄三郎も京うまれ、京そだちの人間なのだ。この街では二枚舌も文化のうちであることを肌で知っている。そんなことよりもはるかに大事なのは、わが身一身のこと。

――わが生を賭《か》けるは、このとき。

そのことのほうだった。京での出世がのぞめぬ以上、洛外におのれの京をもとめるしか人生に策はないだろう。

「徳川殿」

庄三郎は、いそいで長乗の横へいざり出て、

「それがしの名は橋本庄三郎。はばかりながら、直言して諱《い》むことなしと『晏《あん》子《し》』にもありますれば、徳川殿の舞は、お世辞にも巧者のそれとは……」

「庄三郎」

長乗が、扇子《せんす》でハタリと庄三郎の手をたたいて、

「ちと体調がすぐれぬようじゃ。帰って休みやれ」

やわらかな、しかし断固たる口調で退席を命じた。庄三郎は、

「は、はい」

自己宣伝は不発に終わった。客たちはみな何ごともなかったかのように飲食をつづけ、社交的な会話をつづけたのだった。

(俺の一生、これで潰《つい》えた)

庄三郎は、放逐《ほうちく》を覚悟した。

が、その後、長乗からの咎《とが》めはなかった。仕事は従前どおりだったし、判師の仕事をまかされもした。ただ晴れの場へは二度と呼ばれることはなかった。おそらく一生、飼い殺しにするつもりだったのだろう。有能な奉公人をただ有能なまに腐《くさ》らせるというのも、京の商家では、当たり前の習慣だった。

後藤長乗に、

――江戸へ下れ。

という秀吉の内命がもたらされたのは、約一年半後のことだった。

従者には、

「わしが行きます」

庄三郎はみずから手をあげた。

「よろしい。ついてまいれ」

あっさり長乗に言われたのは、長乗としては彼の有能さを買ったというより、この時点でもう、

――関東へ、捨ててくる。

ともくろんでいたのにちがいない。庄三郎はまた生を賭けた。

「俺の仕事は、俺の名で」

誰にも聞かれぬよう、そっとつぶやきながら。

†

しかし家康は、あの聚楽第での一瞬の椿事《ちんじ》をたしかに目にとめていたのだ。

あとで庄三郎が聞いたところでは、家康がそもそも関東の貨幣鋳造のため、

――後藤長乗を、おつかわし願いたい。

と秀吉にねがい出たのは、長乗が目的ではなかった。長乗が来れば、その従者として、

――あの庄三郎とやらも。

そのことを予見していたのだった。

おおやけの場で家康の舞を批判してみせるという作戦そのものは稚拙《ちせつ》だが、とにかくぎらぎらとした目で人生の賭けに出た若者の姿をまのあたりにして、

――こいつは、もらう。

と決めたのだという。手わざや知識ならあとでいくらでも身につけられるが、野心は、野心だけは、天稟《てんぴん》なのだ。

庄三郎が、

（賭けに、勝った）

はじめてそう思ったのは、江戸下向《げこう》後、長乗が京へ帰ってしまったときだった。

庄三郎はひとり江戸にのこされ、後藤家の支店長となった。江戸ははっきりと後進国だし、これから先進国になるという期待もなかったが、とにかく家康という信頼できる指揮者のもと、貨幣鋳造という民政の重要な一分野をになうことになったのだ。

（あやうく仏門に入るところだった、この俺がなあ）

などと感慨にひたるような甘い趣味はない。そんなのは年寄りのひまつぶしだ。庄三郎は、仕事に没頭した。家康というより、労働の価値そのものに殉じよ

うとしたのかもしれなかった。

（もはや野心をかくすの要なし）

喫緊(きっきん)の仕事は、大判の試作だった。

上方の後藤家が五代百年をかけて培《つちか》った金工技術の精髄《せいずい》を、わずか数年、いや数か月で再現せよというのが家康の命だったからだ。

　庄三郎は日本橋に土地をもらい、役宅を建て、いろいろな工場を整備したが、これを家康にじかに見てもらったことは、結果として、

（大いに、よかった）

　実際、そのあと家康にはじめて自家鋳造の大判を見せたところ、家康はよろこんで、

「この調子で、さらに励《はげ》め」

　と、声をかけてくれたばかりか、白木の三方ごと持ち帰りさえした。よほど気に入ったのだろう。庄三郎は、ひとまず期待にこたえたのだ。

だがその翌日、庄三郎は、家康のおどろくべき命令を受け取ったのである。

†

大判の鋳造、即刻中止すべし。

「ま、まことに？」

庄三郎、さすがに動揺をおさえきれぬ。工場の職人が粗相《そそう》でもしたのか。それとも完成した大判に何か欠陥《けっかん》があったのか。

「まことじゃ、庄三郎」

とこたえた伝令役は、大久保長安だった。

大久保長安、五十一歳。

甲斐出身。そもそもは猿楽師《さるがくし》のせがれに生まれたとも言われるから卑賤の出にはちがいないが、計数の才があったらしい。武田氏滅亡後、あらたに家康が甲斐に入ると、領内の検地《けんち》を担当した。

家康はその後、関東へ転じたが、そこで長安はさらなる飛躍を遂《と》げた。代官頭《がしら》に任命されたのだ。関八州《かんはっしゅう》百二十万石の直轄《ちょっかつ》地のあらゆる民政をおこなう四人の長官のうちのひとり。とりわけ甲斐時代からの同僚であり、おなじ代官頭に就任した伊奈忠次とは評判をわけ、関東の双璧と称されもした。上野国《こうずけのくに》（群馬県）からまっすぐ江戸湾へながれ落ちていた利根川をぐいと東へねじまげて江戸の洪水を防止する、いわゆる利根川東遷《とうせん》事業の先鞭《せんべん》をつけたあの伊奈忠次と、名実ともに同格となったのだ。年齢的にも、あぶらが乗りきっている。いまや長安は、まぎれもなく家康家臣団の最重鎮のひとりだった。

そういう大物をじきじきに伝令役によこすあたりに、家康の本気がうかがわれた。この鋳造中止の命令は、

（ただの思いつきではない）

庄三郎は、暗然とした。場所は、江戸城西の丸の仮屋の一室である。

（殿様も、俺の野心をつぶすのか）

長安、無言。

ぞろりと腕を組み、じっと庄三郎の反応をうかがっている。庄三郎は、気丈にふるまわなければならない。

が、さすがに、

「それは、その、残念です……殿様はやはり、太閤様をはばかられたのでしょう」

こうべが、おのずと下を向いた。

「何しろ昨日お目にかけた試作品は、基本的に、上方のものの写しなのですから。太閤様がじきじきに命じて後藤家当主・徳乗殿に鋳造させ、すでに世間へも出まわっている大判を――いわゆる天正《てんしょう》大判を――関東でそっくり試作したと知ったら太閤様はどう思われるか」

「…………」

「私鋳よろしからず、ですまされる話ではない。天下をぬすむ意図ありとうたがわれても仕方がない。そのことを案じて、殿様は、みずから中止を決められたのだ。ちがいますか、大久保様？」

せっかく建てた役宅も、吹立の窯も、鏨打ちの台も、みな破却することになるのだろう。職人たちに何と言おう。自分はのこりの長い人生をただ無益に生きるのだろうか。……庄三郎がぼんやり考えていると、

「庄三郎」

長安が、ようやく口をひらいた。

ふところに手を入れ、一通の書状をとりだした。切り封がしてある。

「殿様が、おぬしに直接わたすようにと。わしはそれ以上のおことばは預かっておらぬ」

「はあ、書状」

庄三郎はそれを受け取ると、びりっと紙ひもを切り、紙をひろげた。

見なれた花押のしたためられた、たしかに家康からの指令書だった。いや、仕様書というほうが正確かもしれぬ。

指令の骨子は、おもに六点。

一　大判の鋳造は、即刻やめよ。
二　そのかわり、小判鋳造の支度《したく》をすべし。
三　額面も十両ではなく、一両とする。
四　品位（金の含有率）は、よりいっそう向上させよ。
五　表面《おもてめん》の墨書は「後藤」ではなく庄三郎の名前とせよ。花押もおなじ。
六　ただし右肩に「武蔵《むさし》」と書き加えよ。

（殿様）

庄三郎は、青ざめた。秀吉をはばかるどころの話ではない。

「……俺の野心など、ちっぽけなものだった。この人にはかなわぬ」

紙がかさかさと音を立てた。

ただならぬ事態と見たのだろう、長安が身をのりだし、

「如何《いかが》した」

庄三郎はまだ指をふるわしたまま、書状をわたした。長安は一読、

「……ふむ？」

きつねにつままれたような顔をしている。もともと甲斐や伊豆の金山開発でも顕著《けんちょ》な功績をあげているから金銀のことには暗くないはずだが、その長安ですら、この指令の真の意味がわからないらしい。庄三郎は、

「こんなことをしたら、関東は……」

「関東は？」

「ほろびる」

「何と？」

長安が、目を見ひらく。庄三郎は、

「徳川家ごと、太閤様に、ほろぼされる」

声を、つい荒らげた。

大久保長安は、眉をひそめて、

「庄三郎よ。おぬしは何故《なにゆえ》、そう懸念《けねん》するのじゃ。わしにはわからぬ。殿様はむしろ太閤様との軋轢《あつれき》を避《さ》けようとしておられるのではないか。何しろ最初の三か条は、大判はやめよ、小判にせよ、額面も十分の一にせよと言われるのであろう」

と、長安は、ふたたび家康からの書状に目を落として、

「四か条目の『金の品位を向上させよ』は、なるほど上方を出しぬく策とも見られようが、しかしこれも深く考えるには及ばぬ。関東は上方とくらべて伊豆国土《と》肥《い》、湯《ゆ》ケ島《しま》、縄地《なわじ》など金山が多いし、近ごろは多摩川上流でも砂金が採《と》れる。地の利の反映にすぎぬ」

「おっしゃるとおりです、おもてむきは」

「おもてむき？　ならば五か条目および六か条目はどうじゃ。表面の墨書は庄三郎の名前でせよ、その右肩に『武蔵』と書き加えよとあるではないか。これほど

謙虚の実をあらわしているものはない。後藤家の正式な貨幣ではないことを、江戸およびその周辺でしか使わぬことを、はっきり示せと言われるのじゃからな。当然、上方での流通はあり得ず、太閤様との不和もない」

「しかし大久保様」

と、庄三郎は、ここで目を光らせた。控《ひか》えめながら押しのある口調で、

「もしもそれがしがこのご命令に忠実に小判をつくり、世に放ったら、十年と経《た》たぬうちに天下の銭《ぜに》は殿様の支配するところとなる。版図《はんと》は武蔵にとどまりません。殿様の小判は、京大坂においてすら、太閤様の大判を駆逐《くちく》しましょう」

「なぜじゃ」

「それは」

庄三郎は、説明をはじめた。

そもそも秀吉がいま鋳造させている大判は、天正大判などと呼ばれるが、一般市場での流通をねらったものではない。家臣への褒賞《ほうしょう》、貴族や茶人への贈呈といったような特殊な用途しか想定しておらず、貨幣というよりは貴金属に近いものだった。

一般市場へ出ぬことはない。ないが、出ても額面十両はあまりにも高価だ。わ

ざわざ両替商に行って丁銀《ちょうぎん》、豆板銀《まめいたぎん》といったような一般的な秤量《しょうりょう》貨幣にくずしてからでなければ商品と交換できないというのが実情で、その両替の手数料もやすくない。利便性にとぼしいのだ。

商人のなかには、こういう天正大判を、

「生き霊じゃえ。生き霊じゃ」

と揶揄《やゆ》する者もあった。うわさを聞くばかりで現物を見たことがない、という意味だろう。そもそも貴金属であるから備蓄にまわされることが多く、流通量が少ないのだ。

そんなところへ、もし、

――関東には、小判なるものがあるらしい。

などという風のたよりが舞いこんだらどうなるか。額面一両。日常的な大口取引にはぴったりな上、

――小さいながら、品位は、太閤様の大判より上じゃそうな。

銭に国境はない。いかに家康が公式に、

――この小判は、関東限定の通貨である。全国貨幣ではなく領国貨幣である。

などと声明を出したところで持ち出すやつは持ち出すし、持ちこむ者は持ちこ

むのだ。銭というのは商売の血液であり、商売はつねに使い勝手をとうとぶ。理にかなったものが広まるのがこの分野の鉄則なのだ。

「庄三郎よ」

と、長安はすっかり青ざめて、もとのとおり家康の書状をハタハタとたたみながら、

「おぬしはつまり、こう言いたいのだな。殿様のめあては一部の武将や貴族ごときにはない。大多数の民衆にあるのだと。そうして数の力によって、太閤様の天正大判に先んじることにあるのだと」

「先んじる、どころの話ではありません。私の見立てでは、究極的には、天正大判そのものをこの世から消すもくろみかと」

「何じゃと！」

「銭というのは、商品のほかにもうひとつ、交換し得るものがあるのです」

「それは何じゃ」

「銭です、大久保様」

額面どおりなら、天正大判一枚は、武蔵小判十枚とひとしい。秀吉も家康もそれを公定相場とするだろう。が、この当時、金融界には、政府の信用という概念

がない。自分の身は自分でまもる、自分の金は自分で鑑定《めきき》するというのが商人たちの当たり前の覚悟だった。

　公定相場などというものは、あってないようなもの。市場がすべてを決定する。そのとき決定の材料となるのが、貨幣の品位にほかならなかった。この場合は、金の含有率。

　天正大判のそれは、だいたい七十五パーセント前後だった。ということは、もし家康が――庄三郎が――武蔵小判のそれを八十五パーセントと設定したらどうなるか。市場は敏感だ。武蔵小判のほうが値あがりするのは火を見るよりあきらかだった。

　交換比率がかりに天正大判一枚＝武蔵小判八枚になったとしたら、そのときは、単純な話、武蔵小判のほうが二割、値あがりしたことになる。

「そうなったら、大久保様、貴殿はなおも大判を所持したいと思われまするや？」

「うむ。……いや」

「値さがりが見えている通貨など、誰が持ちたがりましょう。たとえ太閤様にお手ずから拝領したものであっても、なるべく早くこっそり両替商へもちこんで武蔵小判に替えてしまう、そういう動きに出るはずです。むろん武蔵小判がそれまでに大量に市に出まわっていることが条件ですが、上方の名士たちが、豊臣家の家臣ですら、そうとは知らず豊臣方から離反するのです」

「そうして徳川方につく」

「はい」

「いくさじゃ。これは貨幣戦争じゃ」

長安は腰を浮かし、むしろ目を爛々《らんらん》とさせた。そうして、

「太閤様は、天下人じゃ。かくしとおせるものではない。いずれ殿様のくわだてに気づかれるであろう。よしんば気づかなかったにしても……」

「配下には後藤家がいます。彼らが注進《ちゅうしん》する」

「そうじゃ、そうじゃ」

長安は白扇《はくせん》を出し、ほたほたと自分のひざを打ちながら、

「これは庄三郎、事を急がねばならぬなあ。もしも太閤様が先手を打ち、おなじような小判を世にひろめたら、こっちは手も足も出なくなる。殿様の反逆の意だけが世にのこり、太閤様の逆鱗《げきりん》にふれ、関東はほろびる。おぬしはそう言いたいのであろう?」

「はい」

「となれば庄三郎」

長安は、白扇の先でトンと畳《たたみ》のへりを叩《たた》いて、

「この座敷はすでに戦場ぞ。この六か条の命を受けると申せ。ただちに申せ。ただちに殿様へ取り次ごう」

と言ったときにはもう、長安は立ちあがっている。士気まんまんというふうに顔を紅潮させていた。

勇敢な。

というのとは少しちがう。大久保長安はたいへん有能な官僚なだけに、天下国家のことは頭になく、家康の意のみを絶対視するところがある。家康の名を借りて大きな仕事をするのが、

――生きがい。

というような男だった。

庄三郎、返事なし。

目をとじて、うつむいてしまった。長安はいよいよ勢いに乗って、

「どうした、庄三郎。おぬしにとっても出世の好機。このたくらみが成功すれ

ば、おぬしは小判奉行にとどまらぬ。代官や城もちも夢ではない」

「はあ」

庄三郎は、躊躇《ちゅうちょ》している。

（上方と、縁《えん》を切るのか）

そのことを考えている。庄三郎は後藤家に酷使され、後藤家に利用され、後藤家になかば捨てられた人間だけれども、とにかく彫金鋳貨というこの魅力的な世界で自分を一人前にしてくれたのもまた、

（後藤家じゃ）

という意識がある。

飼いぬしの手をかむ犬にはなりたくないし、それに京には、いまも父や兄たちが住んでいる。この東西の通貨戦争のあおりを受けて、彼らが何らかの、

（罪を着せられたりしたら）

庄三郎はそれを恐れた。あり得ぬことではない。太閤秀吉はこのとき六十歳、老齢のせいか、ここのところ感情の波があまりにも激しかった。

つい最近も、豊臣秀次《ひでつぐ》を殺した。

みずからの甥《おい》であり養子であり、関白《かんぱく》位をゆずった相手であるこの二十八歳の

若者をむりやり高野山《こうや》へおしこめて切腹させたのだ。その上さらに、秀次の一族三十余名をことごとく三条河原《さんじようがわら》で処刑させたというから徹底している。なかには三歳の姫君もいたという。

姫君の死は、見物人たちの涙をさそった。

仲のよかった大人たちが髭面《ひげづら》の男につぎつぎと刀で突き殺され、鴨《かも》川の水がまっ赤になるのをまのあたりにして、

「おかあさま。おかあさま。わらわも痛《いと》うされるのですか」

ひしと母親に抱きついた。母親はただ、

「南無阿弥陀仏《なむあみだぶつ》ととなえなさい。お父上（秀次）のところへ行けますよ」

としか言えなかった。姫君は真剣な顔をして、

——なーもあーみ、だんぶ。

——なーもあーみ、だんぶ。

たどたどしく十回となえたところで母親から引き剝《は》がされ、胸を二突きされた。まだ死にきれず体がびくびくしているのを、髭面の男は、あたかも犬ころか何かのごとく鹿垣《ししがき》のたもとへ投げすてたという。

おのれの眷属《けんぞく》に対してさえこのように虐殺《ぎやくさつ》をためらわぬのが最近の秀吉。ま

してや庄三郎の父や兄たちなど、

（……虫の脚《あし》をもぐよりも、容易に）

庄三郎は、息がつまった。

あぶら汗がひたいを濡《ぬ》らした。はじめて江戸に来たころには想像もしなかった葛藤《かっとう》だった。

が。

結局のところ、庄三郎は顔をあげて、

「やります」

長安へそう返答した。

長安はうなずくと、

「よう勇《ゆう》を鼓《こ》した。庄三郎のこころざし、たしかに殿様へとどけよう。見送りはいらぬ。仕事にかかれ」

言いざま、座敷を出てしまった。ひとりのこされた庄三郎は、はあはあと息を荒らげながら、

（勇ではない）

そう自己分析した。われながらそんな美しいものではない。単なる好奇心だっ

た。いま家康の命を受ければ、その先にあるのは、あきらかに、

（この世の誰もが、まだ見ぬ風景）

それを見たい、という以外になかった。それが原因で父や兄が死ぬのなら、あの世で詫《わ》びることにしよう。

「古来、孝行者で、功業《こうぎよう》を遂げた人物はおらぬぞ」

みずからへ言い聞かせると、庄三郎は、疲れたように立ちあがった。

†

先手を打ったのは、秀吉のほうだった。

——太閤様が、小判とやらを作られたそうな。

江戸城下で、うわさがながれた。

庄三郎は、家康からの呼び出しを受けた。西の丸の例の御殿へ参上するや、

「庄三郎。わしの意がもれたぞ」

家康はそう言い、飲んでいた茶の茶碗《ちやわん》を投げた。茶碗は庄三郎の頬にぶつかり、たたみの上でごろりと半円を描くようころがって止まる。庄三郎は平伏し

て、

「も、申し訳ありませぬ」

「しかも、わしの旧領でやられた。小判は駿河国《するがのくに》で沙汰《さた》された（発行された）のじゃ。この意味がわかるか、庄三郎」

家康は脇息《きょうそく》にもたれ、いらだたしげに指でとんとん脇息をたたきながら、

「わしの面目《めんぼく》はつぶされたのじゃ。わしが旧領時代になし得なかった事業を、太閤様は、しとげたことになるのじゃからな。貴様の小判は、まだ出来あがらぬか」

「は、はっ」

庄三郎は、鼻をたたみにすりつけて、

「急がせてはおりますが、何ぶん貨幣というのは信用ものにて、念には念を入れて鋳造いたしませぬと……」

「無能者はみなそう言う。じっくり仕事しているのだと」

「申し訳ありませぬ」

駿河国の統治者は、おもてむき秀吉ではない。

中村一氏《なかむらかずうじ》という武将だった。これは秀吉の腹心であり、凡庸《ぼんよう》ながら忠誠心《ちゅうせいしん》で

は群をぬく。家康に関東転封《てんぽう》を命じた直後という重要な時期に駿府へ投入したくらいだから、秀吉も、よほどその忠誠心を買っているのだろう。

その中村一氏が駿府で延べ、駿府で沙汰した小判なら、これはもう誰が見ても背後には秀吉がいる。秀吉の小判にほかならぬ。

――家康よ。そちが仕掛けた通貨戦争、受けて立つぞ。

そういう強烈な示威《じい》行為だった。おたがい臨戦態勢にある、というより、秀吉が先制攻撃をしてきた恰好《かっこう》だった。

「どうする。庄三郎」

家康の声が、ふってきた。

庄三郎はたたみを見つめたまま、

「じっくりせねば」

「庄三郎！」

「お焦《あせ》りなきよう」

庄三郎はようやく顔をあげ、おちついた口ぶりで、

「とにかくまず、その駿河小判とやらをこの目で見ねばはじまりませぬ。それがしを現地におつかわしくだされ」

「公式に派遣しても、体《てい》よくあしらわれるだけであろう。ひそかに入って、ひそかに帰れ。変装の経験は？」

「変装？」

庄三郎は、目をしばたたいた。あるはずがない。

家康はやや余裕ある笑みを見せて、

「伊賀《いが》者の細作《さいさく》（スパイ）をひとり貸そう。よくよく教われ」

数日後。

庄三郎は、江戸を出た。

細作とふたりで炭の行商人にすがたを変え、駿河国にもぐりこんだ。駿府城下の市をまわり、あるいは周辺農村の地侍《じざむらい》に話をつけて、ようやく三枚を手に入れて、ふたたび江戸の土をふんだときには三か月がすぎている。

（正体は、露見せなんだ）

そのことに安堵《あんど》しつつ庄三郎は細作とわかれ、旅装のまま城へのぼった。ところが、家康は武州忍《ぶおし》領へ、

鷹狩《たかが》りに出かけているという。

庄三郎は下城し、二日がかりでそこへ行き、地もとの杣人《そまびと》におそわって或る山にのぼった。

頂上ちかくの、ひろやかな原。

まわりに遮蔽物《しゃへいぶつ》がないため冬風がぞんぶんに吹きわたっているが、家康はそのまんなかの、簡素な床几にすわっていた。

陣幕もめぐらさず、焚火《たきび》もせず、まわりにも数人しか人がいないのに、家康はすずしい顔をしているどころか肌が桃色に光っている。よほど戸外が好きなのだろう。

「殿様」

庄三郎がすすみ出てひざをつき、声をかけると、家康は鷹匠《たかじょう》との話をやめ、首をまげて、

「おお、庄三郎か」

「駿府より、ぶじ戻りました。さっそくご報告を……」

「その前に、見よ」

家康は手をのばし、眼下の光景を示した。

関東平野のひろがりだった。笹やちがやの枯れ草がびっしりと地平線までつづ

いている広大な原野を、東西に一本、まっすぐ大河がつらぬいていた。

「あれは、利根川じゃ」

家康は、教師のように説明した。

「もともとは会《あい》の川と呼ばれ、途中から南へも川足《かわあし》をのばしていた。二股《ふたまた》になっていたのだ。その南流するほうは、二年前、代官頭の伊奈忠次が締《し》め切ったが、しかし庄三郎、よくよく目をこらせよ。なごりが見えるであろう？」

「はあ」

庄三郎は、言われたとおりにした。たしかに銀玉をつらねたごとく、大沼小沼《おおぬまこぬま》の水面《みなも》がぽつぽつ南へつらなっている。

「あの沼のまわりでは、現在、おどろくべき速さで新田開発が進んでいる。十年後には関東の大米蔵となろうぞ」

家康ははしゃぎ声をあげたけれども、庄三郎は、

「はあ」

あいまいに返事をするばかり。根が都会そだち故、土木や農業はわからないのだ。家康は横の鷹匠へ、聞こえよがしに、

「庄三郎とは、こういうやつなのじゃ。銭のことしか頭にない。米も銭の一種な

のじゃが」

庄三郎は、みょうに腹が立って、

「銭のことを申します。これが駿河小判です」

ふところから例のものを三枚とりだし、邪険につきだした。

紙にもつつまず、きたない手でじかに渡した。家康はむぞうさに受け取って、

「なんじゃ、わせか」

拍子ぬけしたような顔をした。

庄三郎はうなずいて、

「おっしゃるとおり、早生《わせ》ですな。早かろう悪かろうの典型的な悪貨です」

庄三郎は、土の上にあぐらをかいた。

何しろそれらは、三枚とも楕円形《だえんけい》ではあるし、おもての墨書も、

駿河
京目壱両　柒

などともっともらしいが、五三の桐の極印はその下にひとつしかなく、その印

も、枠なしのいわゆる裸紋《はだかもん》だった。裏面にいたっては極印もない。そもそも小判全体の大きさが三枚とも微妙にちがっていて、かさねてみると見苦しいことこの上ない。

「まさか、しろうとが延べたのではあるまいな」

家康は、首をひねった。庄三郎は、

「いや、もろもろの事情をかんがみれば、太閤様はおそらく準備に半年ほどしか費《つい》やしておりませぬ。たった半年でとにかくも駿府から一定の品位のものを世へながし得たというのは、それがしはむしろ、くろうとの存在なしには考えられぬと」

「くろうとか……後藤家じゃな？」

庄三郎はうなずいて、

「長乗様です」

「なぜそう判断する？」

「この字です」

庄三郎は手をのばし、小判のおもてに墨書された「柒」の字をゆびさした。

「これは『七』の大字なのです。長乗様の通称は七郎兵衛」

「なるほど。やつめ」

家康は、苦笑いした。かつて長乗がはじめて江戸城に来たとき、関東は寒いだの、関東にも酒があるのかだのとさんざん暴言を吐いたことが思い出されたのだろう、

「江戸では働きとうないが、駿府では働くか。さだめし職人どもも京から大勢つれてきたのであろう」

舌打ちをして、ばらりと小判を投げすてた。

赤土の上にちらばった三枚のそれの金色のにぶい輝きをながめるうち、庄三郎は、

（そうじゃ）

ひとつの案が浮かんだ。

家康に後手をふませたこの情況を逆転し、なおかつ庄三郎自身のさらなる出世にもつながる策。うまく行くかどうかわからないが、行けば一挙両得《いっきょりょうとく》だ。

「殿様」

「何じゃ」

庄三郎は、そっとつばを呑《の》みこんで、

「われらの武蔵小判は、一点以外、すべてにおいて勝《まさ》っております」

何しろ試作品ながら、極印は裏面にも打っているし、表面のそれは上と下にひとつずつ、計二個ある。全体の大きさも統一されている。品位もおそらく上であろう。が、

「ただ一点、この『柒』の字のないことで位負《くらいま》けしている。この庄三郎の名ではやはり格下の感をまぬかれませぬ」

権威は貨幣の生命線なのである。

「ならば、どうする」

家康が身をのりだすのへ、

「後藤家の人間になりとうございます」

「貴様がか？」

「はい」

「養子か？」

「はい」

「おいおい」

家康があきれ顔をしたとき、北風がふいた。つめたいくせに肌を焼くような、

この地方に特有のからっ風。

枯れ葉がとんできて家康の横《よこ》っ面《つら》をばらばらと叩く。家康は気にせず、

「後藤家が、ゆるすかな」

「ゆるさぬでしょう、ふつうなら」

庄三郎は、熱心に説《と》いた。ふつうならあり得ない話だけれども、今回にかぎり、話の切り出しかたがある。このたび後藤家が発行した、うつくしい、斬新《ざんしん》な、太閤秀吉の名をいっそう高めるに足るこの駿河小判の鋳造法をぜひとも江戸で、

――分析させてほしい。

そうして暖簾《のれん》分けというか、一種の複製品として武蔵小判を出させてくれるよう懇望《こんもう》するのだ。

「そうしてその武蔵小判には後藤家の墨書が不可欠なのだ、御家の権威が不可欠なのだと、こう申し出れば……」

「なるほど」

家康は、いたずら小僧のような笑みを見せて、

「後藤家としては上方、東海《とうかい》につづいて関東をも手中におさめられる。わるい話

ではない。しかしこっちは、複製品どころか……」

「しかり、はるかに上質な小判を出してやります。それだけの技術はすでにある。少しくらい後手をふんだところで、たちまち取り返し、いずれは駿河国はもちろん、上方や西国でも、武蔵の小判が出まわりましょう」

大ぶろしきではないつもりだった。駿河小判は流通量が少なく、上方どころか駿府城下にすらじゅうぶん行き渡っていないことは現地でじかに見ている。

家康は、すっくと床几から立ちあがって、

「よし、庄三郎。その足で京へまいれ。後藤家に頭をさげてこい」

「殿様にも、太閤様へのお口添《くちぞ》えをよろしゅうに」

「こいつめ」

家康は横を向き、ふたたび平野の利根川をながめおろして、

「伊奈忠次は、そういう厚かましい願い出はせなんだぞ」

「拙者だけでは、彼らは聞く耳をもたぬやもしれませぬ。万全を期すべきと」

「京へまいれ」

犬でも追うように手をふった。

庄三郎が退出すると、家康は、からっ風のなか、

「筆と硯を」

と家臣にもとめ、その場ですらすらと大坂城の秀吉へむけて手紙を書いた。庄三郎の後藤家入りを要請する手紙だった。

†

後藤家の屋敷は、御所《ごしよ》の西方。

新町《しんまち》上御霊《かみごりよう》東入ル《ひがしい》、岩栖院《がんすいん》町にある。京の街に特有の、辻子《ずし》と呼ばれる狭くるしい街路に面して建つ門は、さほどの大きさではないけれども、におい立つような銘木がつかわれている上、門柱の上には切妻《きりづま》屋根がかけられている。ちょっと見には大寺院の塔頭《たつちゆう》か公家《くげ》屋敷かといったような地味な豪華さがにじみ出ていた。

さすがは茶屋《ちやや》家、角倉《すみのくら》家とあわせて、京の三長者と呼ばれるだけのことはある。庄三郎はその前に立ち、太い梁をぼんやりと見あげながら、

（これが、後藤家か）

以前はここへ当たり前のように出入りしていたのだったが、その記憶すら、に

わかにはよみがえらぬ。自分がこの三年間どれほど異質の土地にあり、どれほど異質の経験をしたかをまざまざと知らされた瞬間だった。

時刻は、午《うま》の刻《こく》(昼十二時頃)。

せまい道とはいえ、後藤家の門前である。さっきから両替商の手代とか、武家の家臣とかいう身なりをした人々がさかんに門番へ刺《し》を通《つう》じ、まねき入れられるのを待っている。庄三郎もそういう客のひとりとして、もう半刻も路上でむなしく待たされていた。まさかの他人あつかいだった。

と、

「橋本殿。橋本庄三郎殿はおられるか」

という声とともに、家職《かしょく》らしき人が出てきた。

緋《ひ》色の烏帽子をかぶり、腰には二本の刀すらさしている。見知らぬ顔だった。

「はっ、はい」

人をかきわけ、前に出る。家職は、

「おお、橋本殿。これは当方の手落ちじゃった。ほかならぬ当家の名代として関東へ下向したそなたに対し、このような仕様。当家の不面目でなければならぬ。ささ、さっそく入らっしゃれ。茶など喫《きっ》せよ」

「痛み入る。それでは」

庄三郎がなめらかに門をくぐろうとすると、家職は、機先を制するかのように、

「あるじは、お会いにならぬがの」

「えっ」

庄三郎は、蹴放《けはな》しの上で片足をもちあげたまま、

「徳乗様が、お会いくだされぬと？」

「そうじゃ」

「それでは弟御《おとうとご》の、長乗様が……」

「お会いにならぬ」

「ご当人たちの意か？」

「いかにも」

家職は、虎《とら》の威《い》を借る狐《きつね》にありがちな芝居っ気《け》にみちた口ぶりで、

「当家のゆるしを得ることなく勝手に武蔵で小判をつくろうなぞという僭越無節《せんえつむせつ》操《そう》なる男を、なんでご当主一族がわざわざ引見なされようや。さなきだに徳乗様も、長乗様も、町衆としての活動で日々おいそがしいに」

「し、しかし、それがしは家康殿から太閤様を通じ、お口添えも……」

「太閤様のお口添えなど、各方面から、年がら年中受けておる。いちいち聞いておっては家がかたむくわ。話なら、私がうかがいましょうほどに。橋本殿」

にんまりと勝者の笑みを見せた。わざわざ橋本殿のところを強調したのは、さだめし養子にしてほしいという庄三郎の用件を知っているのにちがいなかった。

(俺は、この程度だったのか)

庄三郎は、呆然《ぼうぜん》とした。

敵意がすさまじく胸のうちに燃えあがった。

(京すずめめ)

ぼんやりとそこに佇立《ちょりつ》していると、横から、

「どきゃれ。そこをどきゃれ」

牛車《ぎっしゃ》が一台のっそりと来た。

貴人の娘のお通りでもあろうが、やりすごすだけの空間はこの道にはない。

「もうよいわ、下衆《げす》」

言いすてると、庄三郎は、牛車とは反対のほうへ走りだした。方角でいうと東にあたる。まっすぐ行けば御所の塀《へい》にぶちあたる。

（そうじゃ）

走りながら、思いついた。

この先には十念寺《じゅうねんじ》という寺がある。最近ほうぼうの寺が秀吉の命によってまとめられて一町をなすに至った寺町《てらまち》のなか。そこには下の兄の理右衛門《りえもん》がいるはずだった。

寺は、あった。

案内も乞《こ》わず門をくぐると、兄はそまつな僧衣《そうい》を着て、ぞんざいな手つきで境内《けいだい》の落ち葉を掃《は》いている。前に会ったときよりも肌が黒くなり、目の下のくまが濃くなったようだった。

「おお、庄三郎か」

兄は、ほうきを投げ出した。

「こんなところでは話もできひん。きょうは住職が他行しとるし、一室を借り、ゆるゆる語らおうぞ」

一室とは、貸座敷ではなかった。

ちかくの神社の拝殿《はいでん》だった。ふだんから参拝者がいないらしい。兄は慣れた手つきで戸をあけると、ご神体《しんたい》とおぼしき銅鏡を足でどかし、尻を落とした。持参した酒徳利《どっくり》にじかに口をつける。

「ほれ」

と庄三郎に徳利をほうってよこしたのは、お前も飲めという意味らしい。宗恩《そうおん》などとそれらしい僧名をもらっているが、実際は、ただの不まじめな寺男にすぎぬようだった。

それでも庄三郎には、貴重な京の情報源だ。徳利をかえし、後藤家で受けた冷遇を述べて、

「兄上。いかが思われまするや」

「ふむ」

宗恩は、唇のはしの酒をなめて、

「よほど後藤家に嫌われたようじゃな。これから何べんも足をはこんで、平蜘蛛《ひらぐも》にならなあかん」

「平蜘蛛に？」

「謝りたおせと言うとるのや。庄三郎」

兄は、ぷっと酒くさい息を吐いて、

「おぬしはこのまま京にとどまるべきなんじゃ。もはや関東など見すてろ、見す

てろ。後藤家へねんごろに詫びを入れ、むかしのよしみで働かせてもらうほうが確かな一生が送れように」

「確かな、一生……」

「何しろ後藤家の背後には、太閤様がいらせられるからな。太閤様が唐入《からい》り（朝鮮出兵）などという途方もないことをしてくれたおかげで、後藤家はますますのぼり坂。いずれ茶屋家や角倉家をすらしのぐぞ」

朝鮮出兵は、四年前。

秀吉がかねてからの野望だった中国大陸の征服のため、朝鮮王・宣祖《せんそ》に道案内を命じたところ、きっぱりと拒絶された。そのため加藤清正《かとうきよまさ》、小西行長《こにしゆきなが》をはじめとする無慮《むりょ》十六万の兵に海をわたらせたのだ。

庄三郎は、

（意味がわからん）

その出兵が、どこで銭の話とつながるのか。宗恩は、

「かんたんな話よ。恩賞じゃ」

と謎をといた。徳利のなかみはもうほとんどない。

「家臣への恩賞じゃ。つまり朝鮮では戦勝がつづき、軍功をあげた武将がたくさ

んおった。その連中がこぞって帰国したものじゃから、太閤様としては褒美《ほうび》をくれてやらんといかんのが頭の痛みどころ。まさか朝鮮の土地を割るわけにはいかぬ。日本にも土地はない。天下を統一してしまったが故のなやみじゃな」

「ははあ。それでかわりに……」

「そうじゃ。こがねの大判をばらまいとる。それはそれは気前ような」

当然、その大判を吹き立てる後藤家の仕事もいっそう増えることになる。史上空前の好景気だろう。宗恩は、つづけた。

「だからおぬしも、京にとどまるべきなのじゃ。いくら徳川が諸国一の大名でも、朝鮮出兵はできぬ。しょせんは関東っちゅう檻《おり》のなかの猛獣じゃ。おぬしはそこで、不確かな一生を送るのか」

(不確かな一生、か)

それはそうだな、と庄三郎は苦笑いした。大組織の一員であるよりもむしろ小集団の頭領であることをえらぶ、鶏口牛後《けいこうぎゅうご》そのままの人生だった。京の水しか知らず、しかも寺という旧例墨守《きゅうれいぼくしゅ》の権化《ごんげ》のような世界にいるこの兄には想像もつかない人生だろう。

「なあ、庄三郎」

宗恩が、返事をうながした。庄三郎が、

「いや兄上、わしはもう……」

と言いかけたとき、とつぜん、光がさしこんだ。

戸があいたのだ。

あけたのは参拝客、ではなかった。頭をつるりと丸めた、やせた仏僧。七十歳はすぎている。憤怒《ふんぬ》とあきらめの入りまじった表情で、

「やっぱりここか。宗恩」

「あっ。じゅ、住職」

宗恩はあわてて徳利を背後にかくしたが、住職は、もはや慣れっこなのだろう。宗恩へは興味を示さず、庄三郎のほうへ、

「東国から来た弟御とは、そなたじゃな？」

「は、はい」

「いまさっき、寺に使者が来られての。後藤家からの使者じゃった。明後日、岩栖院町の邸内にて一族で梅見の会をもよおすにより、庄三郎殿にも列席あられたしと、こういう口上を述べられた」

「はあ」

庄三郎は、にわかには返事できない。宗恩が、横でちょいちょいと袖を引きながら、

「ねんごろにな、ねんごろに」

しきりと口を入れている。

†

二日後。

梅見の会は、母屋《おもや》の中庭でおこなわれていた。

中庭は、ちょっとした聖域だった。

びっしりと白い玉砂利が敷かれているし、そのなかに梅の老木が五、六本、適度な間隔で立っている。いずれも薄桃色の花をおもうさま咲かせ、おもうさま芳香を発していた。

梅の木は、それぞれ根もとに毛氈《もうせん》がのべられている。

それぞれ数人ずつが寄り集まっている。いちばん奥の、ことのほか大きな木の下には後藤徳乗、長乗の兄弟がいた。どちらも腰まで埋まるような巨大な座布団

にすわり、お行儀よくお重のなかの膾《なます》や、ごぼうや、ひばりの焼鳥などを口に入れつつ、酒にほんのり頰をそめている。

庄三郎は、ふたりの前へ出た。

毛氈の手前の玉砂利にひざをつき、

「ご無沙汰《ぶさた》をしております。橋本庄三郎、江戸よりまかり帰りました」

兄の徳乗は、

「むむ」

とみじかく返事をして、ちらりと横の長乗へながし目をくれてから、かたわらの側室らしき女と話をはじめた。庄三郎とは目も合わせなかった。下賤《げせん》の者とのやりとりは弟にまかせる、そう言わんばかりの後藤家当主のしぐさだった。

そのお詫びに、というわけでもないだろう。長乗が、

「おお。庄三郎か」

ことさら大きな声をあげて、

「ことしの冬は、さだめし東国ではつらかったやろ。かぜなど引かんかったか。ささ、近《ちこ》う寄れ。この毛氈の上に来い」

親切そうに言ってくれた。とにかくも江戸で二年半、ともに暮らした仲であ

る。こればかりは、

(真の情かな)

庄三郎は、つかのま心がやわらかくなった。

言われたとおり毛氈へあがり、一族の列席者をかきわけて長乗のすぐ足もとへ行き、

「ご懇切《こんせつ》なるおことば、かたじけのうござります」

「先日は、家職が門前払いを食わせたらしいの。わしはほんまに知らなんだのじゃ。家職が勝手に判断し、勝手にそなたを追い返した。とはいえ責めはわしにある。失礼したの。ささ、飲め、飲め」

あまりにも誠心誠意という感じで杯をさしだすので、庄三郎はそれをもらい、手ずから酒をつがれながら、

(長乗様は、無実だった)

信じかけたほどだった。実際はもちろん長乗か徳乗のさしがねによる、

——単なる意地悪。

そう確信しているのだが。江戸でいろいろ家康とともに画策している庄三郎をこらしめるべく、ただ会うのにも二日待たせたというところだろう。分限者《ぶげんしゃ》は、

しばしば子供よりも子供じみたことをする。

「で、庄三郎」

長乗は、きゅうに顔をあらためた。

粘りつくような、水飴《みずあめ》をのばしたような嫌味な口ぶりで、

「太閤様を通じ、家康殿の意はうかごうた。おぬしはわが家の養子になりたいと？」

「は、はっ」

庄三郎は杯を置き、なるべく愚か者に見えるよう手のひらで首の汗をふいた。

そうして、かねて用意していた弁明を述べた。

「このたび長乗様が駿河で発行なされました小判三枚、たまたま駿府から江戸にもちこんだ者がありました。拙者としては、このうつくしい、斬新な、太閤様の名をいっそう高めるに足る小判を、ぜひ江戸でも……」

「広めたし、か」

「はい」

「けっ」

という声を立てると、長乗は、さっきまでとは似ても似つかぬ辛辣《しんらつ》な口調で、

「何が『うつくしい』じゃ。しょせんは急ごしらえの不完全なしろものやと、庄三郎、おぬしはまだわからぬかえ。そもそもわしらのような誉《ほま》れある大判づくりの彫工が、あのような、小判なぞいう窮屈きわまる金を延べることになったのは、おぬしのせいじゃぞ。おぬしが江戸で横道にそれたからや。あれで太閤様がご機嫌を変じられた」

「申し訳ありませぬ。もののためしにすぎなかったのです。いまは慢心を悔《く》いております」

「ま、太閤様の仲介やからな」

長乗は、となりの兄へ一瞥《いちべつ》をくれてから、ことさら深いため息をついて、

「養子の件、みとめざるを得んやろな。せいぜい後藤の名をはずかしめぬよう、江戸ではおとなしくしとれ」

（よし）

庄三郎は顔をあげ、喜色《きしょく》を満面にあらわして、

「か、かたじけ……」

お礼のことばを述べかけた。憎体口《にくていぐち》に耐えたかいがあったが。

横槍《よこやり》が入った。

それまで側室らしい女とそらぞらしく睦言《むつごと》を交《か》わすばかりだった兄の徳乗が、にわかに首をねじまげ、長乗へ、

「ゆうし」

とささやいたのだ。

長乗は耳をそちらへ近づけ、

「いま何と？」

「養子はあかん。猶子《ゆうし》にしよう」

「ほほう、兄様。それはよいお考えやの」

長乗はにんまりとした視線を庄三郎に向けた。

（猶子）

庄三郎は、頭がくらくらした。

鼻をへし折られた気がした。他人を子とするという点では養子と何ら変わりないが、養子ともっとも異なるのは、財産などの相続を目的としないことだった。

つまり後藤の姓を名のれるのは、庄三郎のみ。ゆくゆく庄三郎に男子が生まれたとしても、それは橋本の子、どこまでも後藤の子にはなれぬ。猶子とは、一代

かぎりの養子なのだ。

(しかしまあ、そのくらいは譲歩できるか)

などと思ったのは、まだまだ甘かった。それから長乗は、こんな条件をすらすらと庄三郎につきつけた。あらかじめ考案していたにちがいない。
一、大判に「後藤判」とは書かぬこと。
一、大判に桐の極印は致さぬこと。
一、猶子縁組の謝礼として、毎年黄金三枚ずつ、子々孫々にいたるまで献納すること。
一、右の条に違背したら、後藤家に関するすべての役を免じる。
大判の鋳造は実質的に禁止、後藤の名のりは一代かぎり、そのくせ謝礼は未来《みらい》永劫《えいごう》というのだから、

(たかが名字に、なぜこうまで)

庄三郎は、なみだが出そうだった。足もとを見られるどころの話ではない。

(わしは、食いものにされている)

家康の威光は何の価値もなかった。大関東の支配者も、ここでは田舎《いなか》分限にすぎないのだ。

手ぶらで江戸には帰れないのだ。庄三郎は、泥水をすする思いで、

答は、ひとつ。

「承知しました」

長乗はたたみかけるように、

「口約束はあきまへん。ちゃんと書き文字にのこさんと」

「で、ではさっそく逗留《とうりゅう》先の十念寺にもどり、証文をしたためます。三日以内に提出しますので、お待ちあられますよう」

「二日」

「はい、二日。証文の尻には拙者の名を署《しょ》し、花押を添えて……」

「血判をいたせ」

「け、血判？」

庄三郎は、声がうわずった。指を切り、血が出たその指をおしつける。武家の誓詞《せいし》ではめずらしくないが、長乗も庄三郎もさむらいではない。

長乗は、さもさも驚いたというふうに、

「不満なのかえ？」

「い、いえ」

「それでも足りぬわ。京にはおぬしの父や兄がおるであろう。その名も記せ。おぬしに不意のことがあったとき、つとめを負わせるによってな」

黄金三枚の献金ができなくなったときの連帯保証人という意味だろう。

（どこまで追いかける気か）

庄三郎は、怒りで目の前がまっ赤になった。あらがう術《すべ》なし。

「……承知しました」

うなだれると、長乗は、白扇をゆらゆら横にふって、

「ささ、庄三郎、もう梅は飽《あ》きたやろ。おぬしのような若いもんには、こんな退屈なもよおしよりも河原芝居のほうが楽しいのとちがうかな」

親切ごかしに、あからさまに退出をもとめた。

どこからか、ホホという女の声がする。おさな子に酒を飲ませたらしかった。

庄三郎は、しおしおと退出した。

†

庄三郎は、正式に、後藤徳乗の猶子となった。

以後、

後藤庄三郎光次《みつつぐ》

と名のることになった。通り字は「光」。後藤徳乗の通称は源次郎光基《みつもと》、長乗のそれは七郎兵衛光栄である。

庄三郎は、通称のみの一族だった。

†

同年中に、家康は、小判を発行した。おもての墨書《きわめ》は、

武蔵

壱両　光次

とし、「光次」の名によって後藤家の由来《ゆらい》を明確にするが、その下の武家ふう

花押は、

はし本

の字をくずしたものだった。

橋本、つまり庄三郎の旧姓。ここに後藤の姓をもちいることを、後藤家はとうとう認めなかったのだ。

寸法は、駿河小判とほぼおなじ。

楕円形の薄延《うすの》べ金で、縦約八センチ、横約四センチ。金位は八十五パーセント程度と可能なかぎり高くした。庄三郎はここにおいて、家康に示された六か条の内命をすべて実現させたことになる。

あとは、後藤家の四か条だった。もっとも、こちらの契約には、

（隙《すき》がある）

と、庄三郎は気づいている。

第二条「桐の極印は致さぬこと」。桐紋というのは豊臣家の紋であり、天皇家の五三の桐を意識させる紋でもある。全国支配の象徴だろう。その桐の極印をす

るなということは、この条文は、要するに、

——領国通貨たれ。

という意味にほかならなかった。地方限定。武蔵以外の地でも通じるかのような表示はしてはならぬ。

がしかし、これはあくまでも大判に関する条項だった。

（小判は、不問に付されている）

そうして庄三郎の目下の興味は、もっぱら小判にしかないのだった。こんな契約上のほころびに、京の後藤家は、

——気づかなかった。

わけでは、むろんなかったろう。

気づいてわざと譲歩したのだ。後藤家の莫大《ばくだい》な収入をささえているのは圧倒的に大判である。小判など取るに足りぬ。その取るに足りぬ小判において一歩を関東にゆずることで、まがりなりにも天下の大大名である家康の、

——顔を、立ててやる。

そういう配慮だったのにちがいない。このたび家康＝庄三郎が発行した武蔵小判は、そのほころびを、結果として思うさま衝《つ》いたかたちになるのだった。

極印は、表面の上下端《はし》にひとつずつ。どちらも扇枠《おうぎわく》でかこんだ五三の桐。裏面中央にもひとつあって、これは光次の公家ふう花押を形象化したもの。やはり丸枠でかこんでいる。ぜんぶで三つの極印だった。

秀吉＝後藤家の発行した駿河小判のそれが表面にひとつだけ、それも枠なしの裸紋であるのとくらべると圧倒的に手が込んでいた。むしろ額面一両の小額貨幣にはうるさいほどだったかもしれない。とにもかくにも、見る者が見れば、武蔵小判の良質さはここにはっきりわかるだろう。

（さあ、どうなるか）

庄三郎の挙動は、がらりと変わった。

試作中はさかんに江戸城へのぼったり、役宅周辺の吹屋《ふきや》で職人を叱責《しっせき》したりしていたのが、発行後はきゅうに役宅へひきこもり、ほとんど外出しなかった。近所の者が、

「病《やまい》でも得られたか」

と首をかしげるほどだった。

むろん庄三郎はぴんぴんしていた。手代どもを市へ放ち、情報をあつめる。そ

の情報を吟味《ぎんみ》するのでいそがしく、とても外出のひまがなかったのだ。武蔵小判が流行すれば、そのときこそ、

「東国から、日本が変わる」

ときに文禄五年（一五九六）秋。庄三郎は、二十六歳になっている。

†

が。

流行どころのさわぎではなかった。

燠火《おきび》のくすぶる感じというか、「見る者が見れば」の域を出ないというか。武蔵小判は、地味な存在になってしまった。

江戸の市ではあいかわらず取引のたびに天秤や分銅がひっぱり出され、金銀の重さが量《はか》られた。十匁《もんめ》だの、一匁五分《ぶ》だのというその重さに応じて永楽通宝《えいらくつうほう》のような円形方孔の輸入銅銭と交換された。人々がふだんの買いものに使うのは、この輸入銭が多かったのだ。

むろん市場には、このほか、鐚《びた》銭と呼ばれる粗悪な国産品もたくさん出まわっ

ている。手続きやら善悪やらがごちゃごちゃになった貨幣の乱世にほかならなかった。

家康がそもそも小判の発行をこころざしたのは、ひとつには、こういう煩瑣きわまる経済情況から江戸の人々をすくい出すためだったのだ。一定の形状と額面をもち、いちいち重さを量らずとも枚数をかぞえるだけで両替にも購買にも使うことができる、そういう貨幣がひろまれば、世の中は、

――どれほど効率的になるか。

秤量貨幣から計数貨幣へ、ともいえるだろう。しかし結局、この善《よ》き意図の実現には、

(失敗した)

庄三郎は、そう結論づけざるを得なかった。

家康の期待にこたえられなかった。皮肉なことに、江戸で小判を見た者がかえって計数貨幣の便利さに気づき、わざわざ上方から秀吉政権による天正大判を輸入してみたこともあった。

庄三郎は江戸城へのぼり、

「申し訳ありませぬ」

平伏した。家康はみじかく、

「原因は、何じゃ」

上きげんであるはずもなかった。何らかの総括をもとめているのは顔つきでわかる。

庄三郎はこういうとき、

「すべての責任は、私にあります」

などと言う男ではない。

なるほどここが戦場だったら、そうして庄三郎がもはや挽回《ばんかい》不可能なところまで徹底的に敗れた大将だったら、そういう「いさぎよい」態度も意味があるだろう。部下をむだな死から救うという具体的な効果が見こめるからだ。

がしかし、文官がおなじことをやるのは無益どころか、

（思考の放棄にすぎぬ）

というのが庄三郎の存念だった。責任などはいつでも取れる。そんな議論よりも大事なのは、この場合、敗因の正確な分析なのである。

「敗因は、ふたつあると存じます」

庄三郎が言うと、負けぎらいの家康はぷいと横を向いて、

「申せ」

「ひとつは殿様の名に権威が足りなかったこと。もうひとつは、江戸の市場そのものの未成熟です。額面一両というのは上方にあっては適切でも、関東ではいささか高すぎた。それに見あうだけの品物が市場にそろっていなかったのです」

言いづらいことを言うときにこそ「おそらく」「だろう」は用《もち》いない。すっぱり言いきる。それもまた庄三郎の処世だった。

「ふむ」

家康はふところ手をして、少し考えてから、

「よろしい。天はわしに『待て』と告げておるのじゃ」

にんまりとしたのは、しかしこれは庄三郎の処世をよろこんだのではなかったろう。

家康は、待つことの天才だった。

というより、ほとんど嗜虐《しぎゃく》的なまでに「耐えて勝つ」ことを愛する男だった。

そもそも六年前、秀吉から、

――関八州へ行け。

と命じられたのを諾々《だくだく》として受けたのも、いっとう根本のところには家康のこ

の気質があった。江戸および関八州こそは待つことで成長する、耐えることで日本一になるという点でもっとも家康のこのむ型の土地だったのだ。ほとんど情動的な反応だった。

そうして庄三郎という男も、家康の目には、おそらく江戸とおなじように映ったのだろう。ゆたかな可能性を秘めながらも、しかし現時点では何ものでもない男。じりじりと成長を待たされるであろう男。だからこそ早くから目をつけて、

——抜擢してみよう。

と着想したのだった。

庄三郎は、そこまでは察していない。ただただ目の前の問題のことしか考えられなかったが、察するゆとりがない。

その結果は、たまたま家康の認識と一致した。庄三郎は家康の目を見て、

「しかり、殿様。ここは待ちましょう」

三度もうなずいたのだった。

「じたばたするのはよろしくない。それがしも、いましばらく小判を延べつづけます。時さえ満つれば、取りに行かずとも、天下のほうが殿様の足もとへころがって来ましょう」

「最後のひとこと、分をこえておる」

「申し訳ありませぬ」

「よほど自信があるのじゃな?」

「あります」

一か八かの放言ではなかった。庄三郎はこのとき、

(兄様)

京に住まいする兄・宗恩のことを思い出している。

宗恩はただの寺男だった。くだらぬ男になりはてていたし、二度と会う必要をみとめなかったが、ただひとつ、太閤秀吉の現況について、

——天下を統一してしまったから、もはや国はくれてやれん。

と見たのは傾聴に値《あたい》した。褒美になる土地がないのだ。ということは、日本には、もはや褒美となるものはひとつしかない。

(金《かね》じゃ)

実際、秀吉は、ときどききゅうに思い立っては側近どもに大判をつかみどりで与えるようなことをしているという。世間はあれを、

——さすがは天下人の豪気。

などと賞讃しているようだけれども、事実はむしろ窮余《きゅうよ》の一策。これからの世は、土地ではない。貨幣を制する者が、

（天下を制する）

その確信が、いまの庄三郎にはあるのだった。

さいわい関東の地は、材料の金《きん》には事欠かぬ。大判よりも小判のほうを重視するという着想そのものは正しいのだから、今後もひるまず鋳造をつづけ、しっかりと江戸城内に備蓄しつつ市場にしみこませていけば、

（いずれ、かならず世がうごく）

もっとも、そのためにはもうひとつ、何かのきっかけが必要だろうが。

家康はただ、

「うむ」

きっかけは、二年後に来た。

秀吉が死んだのだ。

兵を朝鮮にのこしたまま、六十三歳でこの世を去った。あとを継ぐべき関白秀次はすでに秀吉自身によって処刑《しょけい》されているし、秀吉の実子・秀頼《ひでより》はほんの六歳。豊臣政権は、ただちに庇護者《ひごしゃ》をもとめねばならなかった。

庇護者となれば、これはもう加賀の大名、前田利家しかいない。それが衆目の一致するところだった。秀吉と同年輩であり、親族同様の関係があり、かねてからおさない秀頼の傅役《ふやく》に任ぜられていた父がわりの存在だったからだ。

利家自身、こういう情況を自覚していたのだろう、秀吉の死後、みずから大坂城に入って秀頼とともに暮らしはじめた。この状態をなるべく長くたもちつつ秀頼の成長を待つというのが、必然的に、豊臣政権の生存戦略の基本線になる。全国の注目は、ひとり利家にあつまった。

が。

その利家も病死した。

享年六十二。秀吉の死の約半年後のことだった。つぎに大坂城に入るのは誰か。誰が豊臣家をまもるのか。

家康だった。

†

家康はもともと秀吉自身の遺言により、いわゆる五大老に任じられていた。

前田利家、毛利輝元《もうりてるもと》、宇喜多秀家《うきたひでいえ》、上杉景勝《かげかつ》とともに合議制で天下のことを決定する。最高執政官のひとりだったのだ。秀吉の遺命にしたがおうとすれば、家康は、単独行動はこれを厳につつしむべきだった。

そこを、勝手に行動しはじめた。仙台《せんだい》の伊達政宗《だてまさむね》、尾張《おわり》の福島正則《ふくしままさのり》、阿波《あわ》の蜂須賀家政《はちすかいえまさ》といったような各地の有力大名とつぎつぎに婚姻関係をむすぼうとした。婚姻の名を借りた軍事同盟にほかならなかった。家康はもはや「待つ」ことをやめ、天下とりという野望の牙《きば》をあらわにしたのだ。

五大老の他の四人が、口をそろえて、

――故太閤殿の遺言に反する。

非を鳴らしたのは当たり前だった。遺言は私婚を禁じていたのだ。家康はいったん承服したものの、その二か月後にはかえって兵をひきいて、黒田長政《くろだながまさ》らに警固させつつ、京の伏見《ふしみ》城に入った。

勝手な行動の最たるものだった。そもそもこの城は、秀吉があの豪壮きわまる聚楽第を破却したのち、いわば第二の聚楽第として築いたもの。全国支配の象徴だった。その伏見城へも長居することなく、家康はさらに、大坂城へ引っ越した。


大坂城には秀頼がいる。家康はじかに面会して、平伏し、

——それがしに逆心はござりませぬ。故太閤様のご遺命を遵守《じゅんしゅ》し、くれぐれも秀頼様に対してご粗略あるまじきよう心得まする。

などとしおらしく言上《ごんじょう》したけれども、秀頼は、ないし周囲の側近たちは、まったく信用していなかった。実際、家康はその後もやりたい放題だった。例の私婚を実現させたり、各地の大名へ誓紙をおくって同盟をむすんだり（誓紙も遺言で禁止されている）、あげくの果てには死んだ前田利家のあとを継いだ加賀の前田利長《としなが》に、

——逆心あり。

などと難癖《なんくせ》をつけて戦争をふっかけようとすらした。家康はじつに勤勉な陰謀家だった。


豊臣家にも、人はいる。

——家康め。

反感をもつ者がたくさんいる。彼らはしだいに、故秀吉の代官頭のような存在である、石田三成《いしだみつなり》のもとへ集まりはじめた。

†

江戸の空気は、沈滞した。

――殿様が、伏見城に腰をすえられたそうじゃ。

――かと思ったら大坂じゃと。

――やはり天下の中心は上方じゃ。

人々はそう嘆《なげ》いた。なかには、

――殿様は、このまま関東をお見すてになるのであろう。

とまで言う者もあった。

そんな嘆きを耳にするたび、庄三郎は、

「そんなことはない」

力をこめて反論したものだった。

「殿様は、ただ餅《もち》をとりに行っておられるだけじゃ。天下という名の福手餅《ふくで》をな。終われば早急にもどられる。そのときこそ江戸が天下の中心となるのじゃ」

（もどるかな）

内心、不安だった。庄三郎はわすれられているようだった。あの武蔵小判を発行してから三年もの月日が経つというのに、庄三郎は、この間いっぺんも家康の顔をおがんでいないのだ。使者すら遣《つか》わされなかった。

(いまは、そういう時期なのじゃ。待たねばならぬ)

みずからに言い聞かせつつ、淡々と小判の鋳造をつづけた。淡々と、というのが結局いちばんむつかしいのだと思い知らされる毎日だった。

その家康が、ひさびさに江戸城に入った。

慶長《けいちょう》五年(一六〇〇)七月二日。庄三郎はいそいそと身なりをととのえ、登城うかがいの使者を出したが、使者がもちかえった返事は、

――登城の要なし。沙汰を待つべし。

「仕方ないさ」

と、庄三郎はその晩、玄米と干魚《ほしうお》のめしを食いつつ、あらたに判師に抜擢した中越与一郎《なかごしよいちろう》という若者へ、

「仕方ないのだ。このたびの殿様は、ただ帰国されたのではない。大坂を発し、会津《あいづ》の上杉景勝を討伐しに行くその途上にあられるのじゃからな。江戸へは治世をしに来たのではない。軍議をしに来たのじゃ」

与一郎は、十九歳。

東国ふうの岩を削ったような顔だちだが、十九歳らしく、頰から耳にかけての肌になめらかさが残っている。その頰を、ぷっと不満げにふくらまして、

「貨幣どころの世ではないと?」

「貨幣の世になる。会津討ちが終わればな」

家康は、十九日間も江戸城にいた。

遠征中にしては長逗留だった。七月二十一日にようやく出発したけれども、庄三郎がおどろいたのは、家康が十日後にはもう江戸城にもどって来てしまったことだった。

(負けたか)

庄三郎は戦慄《せんりつ》したが、実際の情況は、庄三郎の想像をはるかに超えていた。家康は上杉と戦うどころか会津へ到達もせず、下野国《しもつけのくに》小山《おやま》の地まで行ったところで引き返したのだった。

——上方に変あり。

の急報に接したからだった。

変とは、石田三成の挙兵だった。伏見城を急襲したのだ。伏見城は事実上、家

康の城となっていて、譜代《ふだい》の老臣・鳥居元忠《とりいもとただ》が留守をあずかっていたのだが、これを三成方の武将・宇喜多秀家以下四万の兵がとりかこんだのだからどうしようもなかった。

天下の名城は火を放たれた。鳥居元忠はわずか千八百名の兵とともに善戦し、壮烈な死を遂げたのだった。

——三成を、討つ。

だから家康は引き返した。会津などは二の次だった。江戸城で一息つく間もなく、

(ただちに、西へ進発される)

庄三郎はそう思ったが、しかし家康はまたしても長逗留。こんどは一か月も江戸にいた。まるで三成との決戦をぐずぐず先へ延ばしているようにも見えたけれども、今回は、兵事にうとい庄三郎でも家康の意図がわかった。全国の大名へ、

——同盟せよ。

うながす使者や誓紙をおくっているのだ。

ほかの謀略もめぐらしているのだろう。逆にいえば、この決戦は、全国の大名をのこらず巻きこんでいる。

――天下分け目の戦いになる。

福島正則、井伊直政、本多忠勝、山内一豊《やまうちかずとよ》といったような徳川方の諸将はすでに尾張国清洲《きよす》城に集結し、木曾《きそ》川をはさんで石田方と対峙《たいじ》しているという。

九月一日。

家康は、ようやく江戸を出た。

庄三郎の役宅の前をとおりすぎたが、庄三郎には一言もなかった。庄三郎はしばらく悶々《もんもん》としていたが、数日後とうとう、

「待てぬ」

とつぜん羽織をぬぎすてたのである。

「与一郎、与一郎」

と若い判師をよびつけた。われながら、このところ飯もろくに食っていない。憔悴《しょうすい》しきっている。

「ご用で、庄三郎様」

「われわれも、これより馳《は》せ参《さん》じようず」

「どちらへ？」

「天下分け目の戦場へじゃ。殿様は上方入りをめざしておられる。決戦の地は美《み》

濃《の》か近江か、いずれ京への入口にあたる地であろう」

まくしたてつつ、べつの手代にもう馬のしたくを言いつけている。与一郎は、このときばかりは、

――庄三郎様、乱心したか。

胴震《どうぶる》いしたという。

なるほどそこでは家康の命運が決まるだろう、江戸の未来が決まるだろう。大量の血がながれるだろう。だが庄三郎は、しょせん文事の徒。行ったところで何の役にも立たないばかりか味方の足手まといになる。事によったら命を落とすやもしれぬ。それではまるで、

――犬死にではないか。

と、この十九歳の若者は悲しんでいた。あの理路整然たる庄三郎が、これしきのことをなぜ考えられないのだろう。

庄三郎は、門を出た。

出るやいなや馬に鞭《むち》をくれた。つきしたがうのは与一郎はじめ五、六騎の手代のみ。

行く手の空には、みかんのような西日が浮かんでいる。

†

戦場はやはり美濃国。

関ヶ原だった。五万と五万の兵がぶつかったとか、いや十万と十万だったとか、三万と八万だったとか、庄三郎はいろいろな数字をあとで聞かされた。どちらにしても、それまでの日本史にはあり得なかった大軍と大軍がぶつかったのだ。

井伊直政の抜け駆け。島津義弘《しまづよしひろ》の静観。小早川秀秋《こばやかわひであき》の寝返り。そういったような後世有名になる逸話《いつわ》もすべて後聞《こうぶん》に属した。静観や寝返りがあったということは、やはり家康のあの江戸城での長逗留が、

（功《こう》を奏《そう》したのだ）

思いあたったのも後日のことだった。とにかく結果は、家康の勝ちだった。慶長五年九月十五日の早朝にはじまった戦闘は、おなじ日の午後にはもう大勢が決まってしまったのだ。

同日夕刻。

庄三郎は、そこに着いた。

「……ど、どっちが勝ったのだ、与一郎」

「わかりませぬ」

「同士討ちかな」

「わかりませぬ」

主従は、まぬけな問答をくりかえした。

関ヶ原はちっぽけな盆地である。北を伊吹《いぶき》山地に、南を鈴鹿《すずか》山脈にはさまれて、せいぜい東西一里《り》（約四キロ）のながさだろう。広闊《こうかつ》な関東の風景にすっかり慣れた庄三郎の目には盆地そのものが一種の牢獄《ろうごく》のごとく見えた。

その牢獄に、無数の死体がしずんでいた。

脚をくの字に折った者。のどに矢が刺さった者。死んだ馬の胴にしがみついている者。首がない者。ある者。おそらく切腹したのだろう、上半身のみ裸になって正座したまま息たえている者。……風がふくと、まるで生き返ったかのように彼らのまつ毛はふるえだし、そうしてふたたび静かな骸《むくろ》となるのだった。

庄三郎は、

（こんなものか）

ほとんど衝撃を受けなかった。死体もこれほどたくさんあると、記号とおなじ。単なる「たくさん」でしかなかった。

それにもう、その地には「日常」がもどりはじめている。

ここに住む農民なのだろう、くすんだ身なりの老若男女《ろうにゃくなんにょ》がのんびりとした足どりで戦場を——戦場だったところを——歩いていたのだ。木柵のかけらを片づけたり、ふみあらされた田んぼの稲を刈り取ったり。まるで昨日もおなじ仕事をしていたかのような、じつに淡々たる仕事ぶりだった。

子供たちがキャッキャッと歓声をあげつつ死体を両手でさぐっているのは、金目のものを見つけたのだろう。庄三郎は馬をおり、子供のひとりへ、

「どっちが勝った」

「あっち」

と、子供は、落日の空をゆびさしてから、

「まちがえた。あっちや」

きびすを返し、太陽のない暗い空へ手をかざした。

(東)

庄三郎は、胸がおどった。かたわらの与一郎へ、

「殿様の勝利じゃ。祝いを申し上げようぞ。本陣をさがせ」

本陣は、山の上にある。

という常識にとらわれていたから見つけるのが遅れた。それは平地にあったのだ。あとで知ったところでは、はじめは桃配山《ももくばりやま》という小さな山上にあったものの、味方を鼓舞《こぶ》し、敵を圧倒するために家康みずからが下山を命じたのだという。本陣には、徳川家の葵《あおい》の紋をあおあおと染めぬいた白い幕がはりめぐらされていた。

庄三郎は、与一郎へ、

「ここで待て」

と言い置いて、ひとり陣中へふみ入った。白い幕が、ちょっとした迷路をかたちづくっている。

庄三郎は右へ行き、左へまよい、なかなか家康のもとへたどり着けなかった。まわりには諸将ののぼりが乱立しているが、混乱のせいか、戦勝の余韻《よいん》か、誰ひとり庄三郎を見とがめなかった。

「ええい」

と庄三郎は業《ごう》を煮《に》やし、しゃがみこんで、目の前の幕をまくりあげた。

下をくぐり、まっすぐ進んだ。おなじことを二、三度くりかえしたら視界がきゅうにひろがった。

奥に一本、松が立っている。

松の手前には、華美な具足に身をかためた老齢の大将がずらりと居ならんでいる。そのまんなかで、ひときわ異彩を放っているのは、

「と、殿様」

思わず、声が出た。

どうやら首実検の最中だったらしい。家康のさらに手前では武士がひとり片ひざをつき、首を乗せた木の台をかかげつつ何やら荘重きわまる調子で口上を述べていた。その武士がにわかに口をつぐみ、ふりむいて庄三郎をにらんだのである。

「何やつじゃ！」

庄三郎は両ひざをつき、

「お、お味方にござりまする」

しどろもどろに応じたけれども、それ以上の説明はむつかしい。反射的に家康を見た。助けを求めたかったのかもしれない。

家康は、ぽかんと口をあけている。

――そなたは、どこの誰かのう。

とでも言わんばかりに目をぼんやり見ひらいている。

日本一の大うつけ、といったような顔だった。天下分け目の戦いを制したばかりの家康には、文官というものの存在がにわかに思い出せなかったのだろう。

時が、とまった。

「……殿様」

ふたたび庄三郎がつぶやいたとき、家康の目がとつぜん変わった。

黒目がきゅっと引き締まり、輪郭《りんかく》がさだまった。

視線が光量を増し、火のようになって、

「京へ行け」

「は？」

「何をしておる。はよう行くのじゃ庄三郎。京におぬしの旗を立てよ」

「旗を？」

文官に旗などあろうはずがない。

「わからぬか」

家康は立ったまま足ずりしつつ、いらいらとした口調で、

「わしの言う意味がまだわからぬか。京の後藤家じゃ。あそこの当主は石田方についた。当主の弟はわがほうについた。わしが京で軍備をととのえたのは、長乗めが資金を出したのじゃ」

（あっ）

庄三郎は立ちあがり、きびすを返した。

いとま乞いもせず駆けだした。関ヶ原戦史上もっとも不調法な闖入者《ちんにゅうしゃ》だった。ころげ出るように本陣を出ると、与一郎へ、あえぐように、

「馬を。馬を」

いっさんに西をめざした。与一郎は馬に鞭をくれて、たくみに横へまわりながら、

「殿様は、何と？」

「旗を立てよと」

「旗？」

「高札《こうさつ》じゃ」

家康はあのとき、瞬時に軍人から治世家へと還《かえ》り、

——京を、安堵せよ。

と命じたのだった。京にはすでに関ヶ原の戦報がとどいているだろう。関東方が勝ったとなれば、

——上方は、向後《こうご》どうなるのじゃ。

人心の動揺が激しいだろう。そこへ庄三郎が高札を立てて、

——貨幣制度は、これを改めぬ。商人はこれまでどおり安んじて商いに励むべし。

という旨《むね》の告知をすれば無用の混乱がふせげる上、家康としても天下再統一の絶好の演出になる。今後の支配者は自分だというデモンストレーションの機会なのだ。

それはたしかに、先見の明だった。

首実検の最中にここまで先を見た家康はさすがだと言うこともできるだろう。が、ひるがえして考えれば、もしも後藤庄三郎という男がひょっくり本陣へ顔を出さなかったら、そもそも江戸日本橋の役宅に座して動くことをしなかったら、さしもの家康もやはり京への布石《ふせき》は一手も二手も遅れたにちがいない。家康はつめを嚙むくせがあった。関ヶ原の戦いの最中はつめがなくなるまで嚙んでいたと

いう。そういう戦争の直後だったのだ。

庄三郎はこのとき、知らぬ間に、家康に治世を思い出させていたのだ。三年後の江戸幕府開府につながる新時代の民政は、その第一歩を、この貨幣担当の後藤家猶子とともに踏み出した。いわゆる戦国時代が終わり、徳川時代がはじまったのだ。

もっとも。

庄三郎自身には、そんなふうに巨視的にものを見る心のゆとりはない。

（長乗様に、先を越されまじ）

この一事でいっぱいだった。関ヶ原の戦報は、さだめし長乗の耳にも達しているだろう。

――京を、安堵しなければ。

とも思うはずだ。そこで長乗が迅速《じんそく》に行動し、先んじて高札を立てたとしたら、

（これからも、日本の貨幣は京の後藤家が）

その可能性は高かった。何しろ後藤家の執念は尋常《じんじょう》ではない。このたび天下の権が二分されるにあたっても、当主の徳乗が石田方につき、弟の長乗が徳川方

につき、どっちが勝っても家そのものは存続できるよう計をめぐらしたほどだった。

文化的な華美や洗練は、この血縁集団の上《うわ》っ面《つら》でしかないのだった。本質はもっと豪朴《ごうぼく》というか、ながい戦乱の世をずぶとく生きぬいてきた土性骨《どしょうぼね》のようなものにあったのだ。

当然、貨幣鋳造の主導権も、容易に関東へは渡さぬだろう。むしろ世の激動を利用して、かえって武蔵小判の鋳造権を手に入れようとさえするかもしれぬ。京の後藤家には実績がある。権威もある。家康もそうそう無下《むげ》にはねつけるのはむつかしかろうが、しかし家康は、じつは内心では、

（それを望んではおられぬ）

庄三郎は、その確信があった。

欲目ではないつもりだった。家康がわざわざ首実検の最中にもかかわらず「京に旗を立てよ」と庄三郎へ命じたのは、その何よりのあかしだろう。過去のしがらみを分厚くまとう京の後藤長乗よりも、ほとんど素っ裸にひとしい江戸の庄三郎のほうが今後の支配には好都合なのだ。

上方か。

関東か。

すなわち庄三郎のこの驀進《ばくしん》は、貨幣界の関ヶ原にほかならなかった。勝ったほうが天下を制する。

「与一郎」

「何です」

「今宵《こよい》は、寝ぬぞ。寝ずに走る」

日は、とうに暮れている。

さいわいにも月がある。庄三郎はほのかな梨色の光のなか、まっくろな鏡を寝かせたような琵琶湖《びわこ》の水面を右に見つつ馬を馳せた。耳が痛かった。もう何刻《なんどき》ものあいだ馬蹄《ばてい》のとどろきに聾《ろう》されつづけているだろう。

明け方、京に入った。

目的地は決めている。寺町の、

（十念寺）

寺の朝ははやい。庄三郎が馬をおり、門をくぐると、本堂にあかりが灯っていた。住職が勤行《ごんぎょう》をおこなっているのだろう。

草履をぬぎ、障子戸《しょうじど》をひらいたところで、

なかから出てきた寺男と鉢合わせになった。宗恩だった。

「ややゝこれは庄三郎。これはうれしや」

朝というのに酒のにおいをぷんぷんさせつつ、庄三郎の肩を抱こうとした。庄三郎は、その手をはらって、

「墨を」

「え？」

「墨をすれ、兄様。いますぐ」

言うと同時に本堂へとびこみ、住職に勤行を中断させ、手みじかに事情を話して木材をもとめた。木材は、たまたま庫裡《くり》の改築につかったものの余りが境内のすみっこに積んであるという。

「与一郎ほか、みなの者。それっ」

庄三郎の下知《げち》とともに、従者たちが散った。

彼らは水を得た魚《うお》のように働いた。近所の大工をたたき起こして木を切らせ、けずらせ、松やにを調達してきて接着した。高札用の札と脚がたちまち成る。ちょうど墨もすりあがった。

におい立つような墨だった。庄三郎は宗恩にこれこれと文言《もんごん》を告げ、

「兄様。たのむ」

ぞんぶんに筆をふるわせた。この兄は、字がうまいというだけが子供のころからの自慢だった。

「住職」

「はい」

「馬はここに置く。始末をたのむ。くわしい話はのちに」

言いのこすや、庄三郎は、ばたばたと自分の足で走りだした。従者たちが高札をかかえている。与一郎が、

「庄三郎《さんじようばし》様。立てる場所は？」

「三条橋」

十念寺からほんの五分ほどのところだった。

三条橋は、のちの三条大橋。

東海道《とうかいどう》五十三次の西の起点となる場所だ。尾張、美濃、近江といったような殷《いん》賑《しん》の地より入洛《にゆうらく》するための交通の要所。かつて豊臣秀吉がここを重視したことは格別で、十年前、この橋をかけたときにも、わざわざ腹心の武将・増田長盛《ましたながもり》を

えらんで普請《ふしん》を命じたものだったし、さらには木造の橋ではなく、いっそう堅固な、

――石造とせよ。

と命じたのも秀吉自身の意によるという。

実際、この橋がかけられてからは東西の橋詰へにわかに人があつまりだした。京でも随一の繁華街になろうとしているのだった。

当然、洛中洛外の人の目が多い。

「だから三条橋にする」

と庄三郎が説き終えたときにはもう、主従はその三条橋の西のたもとにいる。

夜があけて、あたりはだいぶん明るいのだが、人の姿はなかった。通行人もいなければ住民もいない。東方にもりあがる東山《ひがしやま》の山なみがいまだ太陽をかくしているからだろう。

「よし」

庄三郎は、手をたたいた。

(先んじた)

道ばたに空き地を見つけた。与一郎へ、

「小さい穴を、ふかく穿《うが》つのじゃ。悪意ある者にやすやすと引き抜かれぬよう」

穴があいた。高札の脚をさしこもうとしたところへ、

「光次」

背後から、声をかけられた。光次とは、後藤家猶子としての庄三郎の諱《いみな》である。

庄三郎は、ふりかえった。

京の家々が甍《いらか》をならべている。その街なみを背景にして、ひとりの男が立っていた。

「……長乗様」

よく見なれた、下ぶくれの顔がそこにはあった。従者はない。高札のようなものも抱えておらず、手ぶらで来たような感じだった。

長乗は、もののけにでも出くわしたように上目づかいに庄三郎を見て、

「関ヶ原のありさまを聞き、まさかと思うて来てみたのじゃ。……光次、おぬしはこのためにはるばる江戸から？」

「しかり」

「戦場にも、随従《ずいじゅう》したのか」

「しかり」

庄三郎は、簡潔に答えた。いちいち説明するのが面倒《めんどう》だったからだが、長乗は、ちがうふうに受け取ったようだった。おそらくは、

――庄三郎、無限の愛顧《あいこ》を受けている。

とでも思っているのだろう。いっぽう庄三郎は、のどやかにも、

(なつかしいな)

の思いに駆られている。

何ぶん服装が贅沢《ぜいたく》だった。黒い頭巾、黒の小袖、木蘭色の道服。さすがに絡子は身につけていないが、それを除けば、七年前、はじめて庄三郎とともに江戸にくだって家康に拝謁《はいえつ》したときとおなじような恰好だった。

おのずから、庄三郎は笑みがこぼれた。

「季はまだ九月というに、なかなか温《ぬく》そうなお着物にござりますな、長乗様。もっとも、それでも寒いだの何だのと家康公へさんざん難癖つけられた度胸には、拙者、つくづく感服したものでしたが」

「ひっ」

長乗は、奇声を発した。

と同時に、従者たちの抱えている高札の脚にしがみついて、

「な、な、光次。な」

「何でしょう」

「ここで仕舞いにしとこうやないか。高札はよせ。さだめし後藤家にうらみがあるのであろう。わしにも耳はあるぞ。何なりと聞く。そうじゃ、養子にむかえるのはどうじゃ。猶子はやめじゃ、そなたの子も、孫も、すえずえ後藤を名のれるぞ」

「うらみはあり申さぬ」

「まだ折れぬか。もっといい条件を引き出そうというのじゃな。わかった。黄金三枚の献納も反古《ほご》にしよう。身内同然のあつかいじゃ。ああ、そうじゃ、そなたの兄者も世に出してやるか。どこぞの名門の家臣になれるよう口をきいてしんぜようほどに……」

まくしたてる長乗の声を聞きながしつつ、庄三郎は、

（あわれな）

としか思われなかった。

うらみはない、というのは本音だった。そんな個人的な感情をはるかに超え

て、庄三郎は庄三郎なりに、天下のためにに、骨身をけずってきたつもりなのだ。それを長乗はどこまでも個人の動機、家の論理に帰そうとする。虎を猫にしようとする。

（畢竟《ひっきょう》、そういう男じゃった）

庄三郎は、かえってさっぱりした。与一郎のほうを向いて、

「やれ」

どすっ、という鈍《にぶ》い湿った音とともに、木脚はふかぶかと地に刺さった。

庄三郎が京を安堵した瞬間だった。長乗はきつねが憑《つ》いたように目をつりあげ、唇のはしに泡をためて、

「そのようなもの、私札にすぎぬ。何の実もありはせぬわ。畜生《ちくしょう》め。天をも恐れぬ畜生め」

「そう思うなら、除かれよ」

庄三郎は言い返すと、三歩さがり、身をかがめた。

従者たちも同様にした。彼らはそれ以前に足で土を寄せ、穴を埋め、じゅうぶん踏みかためてしまったため、高札はみずから立っている。

ようやく東山の上にのぼりはじめた太陽の光を受け、ながながと影を曳《ひ》いてい

る。もはや長乗ひとりの力では抜くことも倒すこともかなわぬだろう。

文言は、長乗の顔の高さにある。

「どうぞ、長乗様。その高札をお除きあれ」

長乗は、手を出さない。

いや、出したことは出したのだ。たしかに彼の手は高札の脚にふれた。つぎの瞬間、まるで雷にでも打たれたかのごとくビクリと引っ込んだ。この脚を折ることはただちに全国支配者としての徳川家康に刃向かうことになる。たったいま関ヶ原で勝ったばかりの家康にである。そのことが恐ろしいのにちがいなかった。

長乗はひざをつき、

「光次。おぬしは根性悪《こんじょわる》じゃ」

すすり泣きをはじめた。

「……こんじょわるじゃ」

長乗は、こののち京の後藤家の実質的な当主となる。兄の徳乗が石田方につき、歴史の表舞台から消えたためだった。

†

関ヶ原の戦いの翌年、家康は、あらたな小判を発行した。いわゆる、

慶長小判

である。楕円形の薄延べ金で、縦約七センチ、横約三・五センチ、金位は八十五パーセント前後。基本的には、武蔵小判をそのまま踏襲《とうしゆう》した。額面も、むろん一両。

大きな相違が、ひとつあった。

この新しい小判には、地名表示がなかったのだ。それはもはや武蔵小判でもなく、駿河小判でもなく、全国にひとしく流通することのできる単なる小判にほかならなかった。家康は日本史上はじめて、貨幣の面で、天下統一を果たしたのだった。

その発行量は、当然、厖大《ぼうだい》であらねばならぬ。

秀吉のころとは話の次元がちがうのだ。庄三郎はこの点をおもんぱかって、家康に、

「墨書《きわめ》は、廃止しましょう」

と献言《けんげん》した。鋳造の現場ではこれがいちばん時間を食うからだ。どうせやるなら墨書よりも極印に念を入れるほうが効率的だし、偽造防止という目的にもかなう。墨書は案外、真贋の見わけがつきにくいのだ。

「よし」

と、家康は認可をあたえた。極印はおもてに四つ、裏に四つ。武蔵小判の倍以上の個数だった。そのうち、おもてと裏にひとつずつ、中央のもっとも目立つところには、

光次

の二字をかたどった枠つきの花押が打ちこまれた。「はし本」も「後藤」もなし。ただ光次の小判だった。

庄三郎はこのほか、補助通貨である一分金の鋳造もはじめた。一両の四分の一に相当する、指先ほどの大きさの長方形の板金だった。

ここにおいて、日本の貨幣史はまったく新しい発展段階に入った。取引のたび

に天秤や分銅をひっぱり出して金銀の重さを量るような秤量《しょうりょう》貨幣の段階から、枚数をかぞえるだけで正確に額を共有できる、いわゆる計数貨幣の世になった。もちろん一夜にして全国すみずみに浸透したわけではないし、とりわけ上方では浸透しなかったが、江戸では計数貨幣が主流となり、常識となった。こんにちのわれわれの経済生活の習慣は、このとき定まったのだった。

二十四年後、寛永《かんえい》二年（一六二五）。

庄三郎は、五十五歳でこの世を去る。

そのときにはもう、押しも押されもせぬ全国貨幣の支配者となっていた。伏見、駿府、佐渡といったような各地の出張所には庄三郎の手代がさしむけられたし、そこで吹かれた小判はすべて「光次」の花押が打ちこまれた。一分金もだ。この刻名は幕末にいたるまで二百年以上も変わらなかった。いっぽう京の後藤家は、まったく庄三郎の管理下に置かれた。儀式用の大判のような重要でない通貨や分銅の鋳造に従事しつつ、江戸の鼻息をうかがうことに終始した。寛永のころの第八代当主・後藤即乗《そくじょう》の時代には、京をはなれ、

——江戸に詰めよ。

と命じられすらしたのだった。

庄三郎は晩年、やや気が弱った。死の床に臥《ふ》したとき、

「広世《ひろよ》」

と二十歳になる息子を呼んで、

「わしは、もういかぬ。金座をたのむ」

と告げると、広世は、

「金座」

身をかたくした。金座とは日本橋の役宅およびその周辺をいう。のちに隣接地に設《もう》けられることになる銀座（銀貨鋳造所）とともに幕府の貨幣鋳造の中心をなしていた。その宰領を、広世はずっしりと託されたのだ。

広世は、正直な若者だった。

「それがしに、つつがなく勤まりましょうや」

不安そうに聞き返した。庄三郎は目をとじ、しばらく返事をしなかったが、やがて目をあけると、

「……宗家を」

と、べつの話柄《わへい》を口にした。

「宗家をたいせつにしろ。たいせつにしろ」

二度くりかえしたという。宗家とは京の後藤家のことだろう。結果として主家を乗っ取るかたちになったことが多少心残りだったのかもしれない。庄三郎は生涯、京なまりが抜けなかったという。

第三話

飲み水を引く

天正《てんしょう》十八年（一五九〇）夏、秀吉に関東移封《いほう》を命じられてまもなくの或《あ》る日。

つくつくほうしが耳ざわりなほど鳴きさわぐ午後だった。家康はたまたま駿府城の御殿《ごてん》を出て、歩いて郭内《かくない》を見まわっていたところ、ひとりの家臣のすがたを見つけて、

「おお、藤五郎《とうごろう》」

大久保《おおくぼ》藤五郎は、馬上にあった。

ぎくりと家康へ首を向ける。家康はすたすたと歩み寄り、藤五郎をあおぎ見て、

「たのみがある。天下喫緊《きっきん》の大仕事じゃ」

藤五郎、四十代。

地上の家康をじっと見おろし、そわそわと尻をうごかしながら、

「打たれよ」

「何？」

「われながら、頭《ず》が高《たこ》うありすぎまする。ほかの家臣の好例《ためし》にならぬ。殿様、ぜひともそれがしの首を打ち、以《もっ》て君臣の別をつまびらかに……」

言ううちに、まわりへ藤五郎配下の足軽があつまってくる。

わらわらと手をのばし、藤五郎をひっぱりおろそうとする。家康は手をかざし、

「よいよい、やめよ。藤五郎は例外じゃ。そのまま鞍上《あんじょう》にあれ。わしは気にせぬ」

ほっほと笑った。

「か、かたじけのう！」

藤五郎はさけぶや否《いな》や、両手で顔を覆《おお》い、もう涙にむせびはじめている。感動屋というより、喜怒哀楽《きどあいらく》の沸点《ふってん》が異常にひくい男なのだ。

家康は、

――七面倒《しちめんどう》くさい。

とでも言うふうに苦笑いしつつ、貧相《ひんそう》な葦毛《あしげ》のたてがみの連銭《れんぜん》まだらへ手を置

いて、

「たのみと申すは、ほかでもない。おぬしは菓子づくりが上手じゃな」

「あ、あ、ありがたきおことば……」

「その上手で、江戸の民々《たみだみ》に水を飲ませてやってほしい」

「え？」

藤五郎は両手をおろした。顔じゅうが涙と洟《はな》でべとべとになっている。

「水？」

とっぴな話だった。家康はうなずいて、

「ものの喩《たと》えではない。おぬしには文字どおり、まともな意味で、江戸で飲み水をさがしてもらいたいのじゃ」

家康は、これから江戸へ行く。慣《な》れ親しんだ東海《とうかい》五か国をあとにして関八州《かんはっしゅう》の領主となる。そこで問題となるのは、江戸の地の地質だった。

ただでさえ泥湿《でいしつ》地だらけで良質な地下水が得がたいところへもってきて遠浅《とおあさ》の海がざぶざぶ江戸城のふもとを洗っており、埋め立て工事をしなければ街そのものが造れない。造っても、そこで掘る井戸の水は塩からくて飲めたものではないだろう。

「だから、清水《しみず》がほしいのじゃ」

そう家康は説明した。

家康が江戸ゆきを決したのは、なかば秀吉絶対の命による。しかし自分でえらび取ったことでもあった。もっとも、これほど難儀な地とは想像もしていなかった。家康はさきに子飼いの代官・伊奈忠次を召《め》し出《いだ》し、関東平野北部から流入してくる利根川はじめ数本の大河を、

――東へ、まげよ。

と沙汰《さた》したことがあったけれども、もうひとつ、目的も工法もまったくちがう水利措置《すいりそち》を一から講《こう》じなければならなかった。

水。

水。

水。

この時期の民政家としての家康の脳裡《のうり》には、水しかなかったと言っても過言ではない。江戸というのは水を排し、同時に水を給しなければ使いものにならぬ土地なのだ。

藤五郎、なお馬上。

ようやく、

「ははあ」

事の重大さがわかった。

人間は、どじょうや鱶《ふか》ではない。泥水や海水を飲んでは生きられぬ。清水がなければ命が絶える。なるほどこれは、

（天下喫緊の大仕事じゃ）

と同時に、その仕事を、ほかならぬ自分がおおせつかった理由もわかったのだった。

藤五郎は、菓子づくりが得意である。もはや余技の域をこえている。いくさのたびに献上する必勝祈願の紅白餅《もち》など家康はその場でぱくぱくと四つも五つも平らげてしまうほどだが、よい菓子にはよい水がいる。菓子に添《そ》えるべき濃茶《こいちゃ》や煎《せん》茶《ちゃ》も同様だから、

――水こそは、五味《ごみ》のみなもと。慮《おもんぱか》らざるべからず。

その心得がかねてから藤五郎にはあったし、またその味分《みわ》けの舌にも自信があるつもりだった。その舌を、

「このたびは、民政にもちいよとのご命ですな？」

藤五郎は、そう馬上で念を押した。家康がうなずいて、

「大任《たいにん》じゃぞ」

「ああ」

藤五郎は感に堪《た》えたというふうに身をよじり、また顔を覆って、

「この不具の身に、あ、ありがたきご名誉、かたじけのう……」

「もう泣くな。藤五郎」

家康の声は、うんざりしているようだった。藤五郎は気づかず、

「これが泣かずにおられましょうや。ああ」

「わしの国入りは再来月、つまり八月じゃ。おぬしは先に江戸へ行って清水の湧《わ》きどころを見いだしておくように」

「屹度《きっと》さがしあてましょう」

藤五郎は手をおろし、泣きぬれた瞳《ひとみ》をまっすぐ家康の目へおろして、

「ただし殿様。それがしからも、ひとつお願いがございまする」

「ほう。何じゃ？」

「このお役目、拙者《せっしゃ》ひとりにお任《まか》せくだされ。未来永劫《えいごう》、余人《よじん》にはお命じあられ

ぬよう」

功名《こうみょう》に、はやる。

などというような単純な心理をはるかに超えた何かがその視線には込められていた。藤五郎は、この仕事に、武士としての存在そのものを賭《か》けようとしている。

「大いによし」

家康は、快諾《かいだく》した。つくつくほうしはまだ鳴いている。こよみの上では秋はもう近いというのに、この日はとうとう盛夏そのものの天気だった。

†

十三年後、慶長《けいちょう》八年（一六〇三）。

家康はこの年の正月を京の伏見城でむかえたが、二月十二日に朝廷より右大臣および征夷大将軍《せいいたいしょうぐん》の宣下《せんげ》をたまわったのを機にときどき関東へくだり、いっとき控《ひか》えていた鷹狩《たかが》りをふたたび楽しむようになった。朝廷工作が一段落したためだった。

猟場《りょうば》は、江戸から西へ五里《り》（約二十キロ）ほどの武蔵野《むさしの》の原野が多かった。のちに幕府の御鷹場《みたかば》となり、現在は三鷹《みたか》の名で呼ばれる市域内外である。

この年の春も、家康はそこで足をとめた。丘のてっぺんで近習《きんじゅ》どもに傘《かさ》を立てさせ、床几《しょうぎ》をすえさせると、まわりの景色をながめわたしつつ、

「在《ざい》の者を呼べ」

半刻《はんとき》（約一時間）後、内田六次郎《うちだろくじろう》という百姓がつれてこられた。四十四、五だろうか。時代おくれにも麻《あさ》の単衣《ひとえ》を身につけている上、髷《まげ》もゆっておらず、髪がぼさぼさと傘のようだった。薄汚い。

「へえ、トノサン、何の用だべ」

平伏しつつ、方言で問うた。家康は、

「たのみがある。江戸の民々に水を飲ませてやってほしい」

「へえ？」

「わしは鷹狩りに興《きょう》じながらも、つねに地相を観《かん》じておる。この地はだいぶん海から離れ、森が多く、ひらけた場所はかぎられているようじゃ」

「へえ」

「ところが足もとを見れば、土がしっとりと積もっていて、砂や石がまじらない。その土も……おい」

と近習に呼びかけると、近習は片膝をつき、家康へ両手をさしのばした。手には白木《しらき》の椀《わん》がつつまれており、椀のなかには濡《ぬ》れ土《つち》が盛《も》られている。土は刀の錆《さび》のごとく赤銅《あかがね》色にかがやいていた。

家康はそれを、片手でにぎった。

六次郎の目の前でぱっとひらいた。赤銅色の土塊《つちくれ》はにぎられた形をたもったまま地に落ち、ぺしゃっという小気味《こきみ》いい音を立てたが、四方へ爆《は》ぜることがない。かなりの粘土《ねんど》質なのだろう。後年、関東ロームという土壌学上の用語があたえられることになる火山砕屑物《さいせつぶつ》にほかならなかった。

「この土は、じつに粒がこまかいの。粒がこまかいから水が抱《いだ》ける、ねばり気《け》が生まれる。こういう土を持つ場所はきっと地下水《ふしみず》がゆたかなのじゃ。おぬし、その湧きどころへ案内《あない》せよ。わしはそこからはるばる江戸へ水を引くのじゃ」

「いいよ」

と六次郎はあっさり肯《うけが》うと、ごく荒《あら》らかな口調で、

「ついて来な。こっから遠くないっきり、あんたみてえな年寄りの足でも歩ける

べ」

敬意がないのではない。このへんの百姓はもともと敬語をつかう習慣がなく、つかうべき精密な人間関係もないだけの話だった。

湧水点《ゆうすいてん》は、森のなかにあった。

人の行き来がさかんなのだろう、けもの道がよく踏みかためられている。家康は近習を先行させ、木の枝や下草を伐《き》り払わせつつ奥へ奥へと進んでいった。きゅうに視界がひらけるや、

「ほう」

泉。

どころの話ではなかった。

ほとんど湖だった。あまりに広くて一目ではわからぬが、どうやら周囲に川はない。流入もないし流出もない。ということは、

「この池すべて、地下水か」

いまこの瞬間も滾々《こんこん》と湧き出ているのだろう。透明さが目にしみた。底にしずむ巨木の根がくっきりと見える。めだかだろうか、小魚の群れがSの字をえがいて泳いでいるし、それを狙って急降下してくるかわせみが水面《みなも》にしぶきを立てる

のも一粒一粒がぱらぱらしていた。家康は、ほんとうに眼球が痛くなった。

「わしら地《じ》の者《もん》は『七井《なない》の池』っち呼んどる。湧きぐちが七つあるっち言い伝えじゃ」

「七井の池か」

「こいつを最初に見つけたんは、かの源《みなもとのよりとも》 頼朝公さ」

六次郎は胸をはり、得意顔で語りだした。

「頼朝公がこのへんを通ったとき、あんまり土地が広いもんで、飲み水がなくなって、供奉《ぐぶ》の連中がへとへとになっちまった。もう一歩も歩けねえ、ここで渇《かわ》き死にだって思ったとき、地からとつぜん霊水が湧いた。そんでみんな鋭気沸々《えいきふつふつ》、つつがなく鎌倉へかえれたって話さ。もっとも」

もっともそれ以前から、この武蔵野には、
ほりかねの井
なる歌枕がある。日本 武 尊《やまとたけるのみこと》が東国征伐のおり、水をもとめて村民に井戸を掘らせたが、まったく水が出ず、ようやく竜神にいのりを捧《ささ》げて水を得たという伝説上の名所だった。平安中期の清少納言《せいしようなごん》は『枕 草子《まくらのそうし》』のなかで「井は、ほりかねの井」とまっさきに列挙したものだったし、平安末期の大歌人・藤原俊成《ふじわらのとしなり》

は、

むさしにはほりかねの井もあるものを
うれしく水にちかづきにけり

と詠《よ》んだという。むろん清少納言や藤原俊成がここへ実際に来たわけではないにしろ、とにかく彼らの旅ごころをそそったほど、

「古式ゆかしき湧き水さあ。トノサン、どうじゃ、偉いもんだべ」

六次郎は、おのが娘でも自慢するように言った。

家康はろくに聞いていない。古式などどうでもよかった。そんなことより、

――これで、水問題が解決するか。

その同時代的よろこびのほうが大きかった。

――いや、待て。

家康は、わが頬《ほお》をぴしっと打った。

こういうときこそ思考の疾走《しっそう》をおしとどめ、その「もの」自体をうたがってみる。ほとんど臆病《おくびょう》といえるほどの自制心で陰謀をこらし、戦争をおこない、天

下をすら制するに至ったのが家康の生涯にほかならなかった。

その態度は、民政に対しても変わらない。

「水というのは清く見えても、その性質は知りがたいものじゃ」

家康は近習に命じ、椀に水を汲《く》ませた。

ひとくち飲んだ。唇《くちびる》がしびれるほど冷たかったが、舌にのせるうち、あまちゃづるの葉のような淡々とした味わいが口中にひろがる。うまい。

「まだまだ。こんどは茶を煮《に》る」

言ったけれども、ここでは火がつかえぬし、あたりは暗くなってきた。池の上の三日月が匕首《あいくち》のように冴《さ》えている。

「六次郎、おぬしの家へ案内せよ」

六次郎は、貧しくはない。

どころか集落一の畑もちで、のちの世にいう名主《なぬし》に属する。家こそ草ぶきの庵《いおり》じみたものだけれども、なかに入れば婢《はしため》あり、作男《さくおとこ》あり、なかなか賑《にぎ》わしかった。

六次郎自身、客のもてなしを知らぬわけではない。家内でただひとつ畳《たたみ》を敷《し》いた部屋へ家康をあげると、

「茶だけ出すのも不作法だべ」

と文化人きどりの笑みを浮かべ、いったん下がり、家の者へ菓子づくりを命じた。

できあがったものを皿にのせ、木の盆《ぼん》にのせて家康にさしだす。牡丹《ぼた》餅が二個。めしを炊《た》いて俵形《たわらがた》につぶし、きなこをまぶしただけのもの。

京のみやび、大坂の豪儀を知る家康には田舎細工《いなかざいく》でしかなかったが、それでも一個をむしゃむしゃと食って、盆を押し出し、

「おぬしも、召せ」

一個を六次郎へさげわたした。すでに茶は飲んでいる。悪味《あくみ》なし。これならば京へもっていって伊達政宗あたりの通人《つうじん》に飲ませても、じゅうぶん、

――賛評を得るであろう。

「六次郎よ、きょうはこの家康をよう導《みちび》いた。きょうからおぬしは普請役《ふしんやく》じゃ」

家康はそう上きげんで言った。六次郎が首をかしげて、

「普請役？」

「この水を江戸のすみずみへ配分する、その上水の普請を命じる。役人じゃぞ」

役人とは、田舎の百姓にとって輝かしすぎる一語である。六次郎は平伏し、興

奮のあまり、

「トノサン！」

感謝の辞《じ》を述べようとして、

「ご苦労さん」

と口走った。この時点で六次郎は、まだ大久保藤五郎という前任者のいたことを知らない。

†

この日の家康は、よほど感銘《かんめい》がふかかったのだろう。のちに実子秀忠を第二代将軍としたときには、

「七井の池へ行け」

としきりに勧めたものだったし（そうして秀忠は実際に行った）、さらには家康自身、晩年にいたり、ふたたびこの池をおとずれた。いずれの際にも六次郎が召し出され、茶を命じられたことは当然だったろう。七井の池は、江戸開闢《かいびやく》の名所となった。

少しあとに名が変わった。人々がいつしか、

――井《い》の頭《かしら》。

と呼ぶようになっていたのだ。

井の頭とは、水源というほどの意味だろう。二十一世紀の現在、東京都三鷹市と武蔵野市にまたがる井の頭恩賜《おんし》公園の中心をなし、人々の清遊《せいゆう》の地となっていることはよく知られている。東京の地形的良心というべき場所である。

†

上水工事は、しかし開始がやや遅れた。

地元の村人が、

「それは、こまる」

猛反対したからだ。江戸はいま開発に次ぐ開発で、人口が激増しているとか。そんなところへ飲み水を持って行かれたら、

「わしらの池が、干上がっちまうべ」

そのことを懸念《けねん》したのだった。生存そのものを左右する大変事だった。六次郎

は、

「だいじょうぶだ。わしらの池は大きいし、水はたえず湧き出してる。涸《か》れたりせん」

一軒一軒、説得してまわった。六次郎が言ったのでなかったら、彼らは耳を貸さなかったろう。着工はもちろん、上水完成後の水元《みずもと》（水源）の管理もまったく成算が立たなかったにちがいない。

工事はまず、水路の開削《かいさく》からはじまった。

開削には、野方堀《のがたぼり》の工法が採用された。地下へ埋めたり、上部を板で覆ったりしない。いわゆる開渠《かいきょ》をつくる。といっても武蔵野の原野のことだから、要するに森のなかに川を通すということだ。掘った土は両岸《ぎし》にもりあげ、堤防とする。

さほどの難工事ではない。

掘り幅《はば》もせいぜい二間《けん》（約三・六メートル）だろう。とはいえ人手は必要だから、六次郎は、

「たのむ」

おのれの属する牟礼《むれ》の村の村じゅうを駆けずりまわって出てもらったが、それでも足りぬので江戸から借りることにした。なかには備前《びぜん》や甲斐《かい》などで治水事業

にたずさわったことのある足軽くずれの技術者もいたものだから、工事は円滑にはじまり、川足《かわあし》はみるみる東へのびた。

武蔵野の地は、地そのものが傾いている。

西高東低。巨大なくだり坂だった。とはいえ七井の池から江戸をめざして東へ東へ一直線というわけには参らない。途中には丘もあるし、政治的にめんどうな領主の地もある。ほかに湧き水の出るところがあれば近くを通って水量をふやしたくもある。

そんなこんなを考え合わせつつ掘りすすむと、結局、上水の経路は、北を上にした地図において、数学記号の√《ルート》のような軌跡をえがくことになった。現代の地名でいうと井の頭池から東南へおりて下高井戸《しもたかいど》のあたりで北東へまがり、落合《おちあい》で真東へ折れる。そうして目白《めじろ》に達するという屈曲した線。

「目白に達したら、そこから先はもう江戸市中じゃ」

六次郎は、手を打ってよろこんだ。

市中に入っても、上水はやはり開渠で東へすすむ。もっともそれまでと異なるのは、市中では水路内部の側面が石垣で固められたことだった。

まわりの整《ととの》った地面がくずれ落ちるのをふせぎ、水そのものの清浄をたもち、何よりも都市水道の景観を添える。おりしも家康の関東入国から十五年が経《た》とうとしていた江戸の街は、人口がふえ、開発がすすみ、いまや最先端の未来都市になりつつあった。

市中ふかく入りこめば、上水はさらに、城郭のなかへも入らねばならぬ。というより城郭内の、神田《かんだ》、日本橋といったような武家地への給水がそもそもの工事の目的なのだ。町方は二番目以下。ところがここで問題が生じた。城郭内へ入るには、江戸城の外濠《そとぼり》をこえなければならないのだ。

外濠はもちろん、ぐるりと江戸城をとりかこんでいる。

図式的には城を中心とした半径二キロの円をえがいている感じだろうか。後年その円周ぞいには、

虎《とら》ノ門《もん》
四谷《よつや》御門《ごもん》
牛込《うしごめ》御門
浅草《あさくさ》御門

などが整備されることになるが、上水はその円周の北方をさらさら東進してきたあげく、南に折れ、ほぼ真上から、小石川《こいしかわ》の地で円周にぶつかることになる。

ぶつかれば、両者は合流してしまう。

というより上水が消滅してしまうのはあきらかだった。外濠は敵から城をまもるという軍事上の最重要目的を課せられているだけに、幅がひろく、深さがあり、ささやかな上水など容易にのみこんでしまうのだ。そうして外濠の水は、飲用には適さない。

「さてさて、どうしたもんだべ」

六次郎は腕を組んだ。合流させず、消滅させず、清浄性をたもったまま上水に外濠をこえさせる方法はないものか。

「さてさて」

解決法は、ひとつある。

あるいはひとつしかなかった。川どうしの立体交差だ。

日本史上はじめての工法かもしれぬ。六次郎の上水工事は、ここにおいて、ひとつの佳境をむかえるのだった。

そのころには六次郎は、もはや麻ではない。

麻よりもはるかに高級な、木綿《もめん》の小袖《こそで》をまとうようになっていた。

黒地にまっ赤なもみじを散らした柄《がら》はおせじにも趣味がよろしいとはいえず、中綿がたっぷりつまっているのも輪郭《りんかく》を不恰好《ぶかっこう》にふくらませている。がしかし、とにかく百姓にはあり得べからざる贅沢《ぜいたく》品にはちがいなかった。

紋《もん》は牡丹《ぼたん》。あの日、家康に下賜《かし》された牡丹餅にちなんで定紋《じょうもん》としたというから六次郎はよほど今回の待遇がうれしかったのだろう。

†

——まさか牢礼の百姓が、御普請役とはのう。

そんな満足でニタニタと目じりを垂《た》らしつつ、そのくせ右手では軍配《ぐんばい》をふりかざして、

「おい、そこな怠《なま》け者《もの》。しっかり腰を入れて持籠《もっこ》をば運ばぬか」

とか、

「さような調子では百年経っても通水はならぬぞ」

などと上役らしく叱《しか》りつけている。人足たちが、

「ちっ」

とあからさまに舌打ちしても気にするどころか、むしろますます興奮して、

「それっ。それっ」

軍配をふりまわす六次郎だった。場所は小石川。そう、六次郎がはるばる七井の池から引っぱってきた水は、まだ通水していないから土むきだしの水路だが、ここで外濠という名のにごり川とまじわろうとしているのだった。

外濠は、ここでは東西方向である。ちょうど深い谷をながれているので、その上に、北から南へ掛樋《かけひ》をかけるのが完成予定形だった。掛樋とは上水専用の木造橋であり、人間の通行は厳禁される。のちに、
水道橋《すいどうばし》
と呼ばれ、江戸の名所となることになる橋。

この日はその架橋の下準備として、南北の崖《がけ》へ土を盛る作業がおこなわれていた。

土の下には、すでにふかぶかと石垣が築かれている。やがて橋をささえる橋桁《はしげた》のごとき役割を果たすであろう力学的構造物にほかならなかった。六次郎はその

現場の南側、つまり江戸郭内の側の、よく均《なら》された街路の上で指揮を執《と》っているのだった。

ただし、早朝。

あたりに人影はなし。

「それっ。それっ」

といよいよ調子にのって飛び跳《は》ねていると、

「こら」

六次郎は、背後から小袖の襟《えり》をつかまれた。

——うわっ。

着地しそこねて足をすべらし、尻もちをつく。木綿の小袖がひるがえると、まっ赤な裏地がちらりと見えた。

「何のまねじゃ、うつけ者が」

六次郎は立ちあがり、体をうしろへ向けながら、

「それがしを上水普請役・内田六次郎と知りての狼藉《ろうぜき》かや。家康公に言いつけるぞ」

わめき立てようとして目をまるくした。そこには老武士が立っていた……ので

はない、輿《こし》が浮いていたのだった。

輿とは、人をはこぶ乗りものである。

たたみを敷いた台の前とうしろへ、それぞれ二本の轅《ながえ》がのびていた。その轅を、前にひとり、うしろにひとり、計二名の足軽が肩の上にかついでいる。台の上では老武士があぐらをかいてすわっていた。もう六十にちかいだろう。

「何が普請役じゃい」

老武士は、一喝《いっかつ》した。

「さっきから見ておれば安物の軍配をやたらめったら振りかざしおって。命令も支離滅裂《しりめつれつ》じゃ。あの者どもは」

と、労働中の人足どもを指さして、

「あの者どもは、おぬしの言うことは聞くふりのみ。めいめい勝手に仕事しておる。わしでもそうするわ。あやまりなく普請をすすめようと思ったらな」

「黙って聞いてりゃあ、うんぬ、聞き捨てならぬ暴言ばかり。だいたい失礼だべ、人と話すのに輿の上でなんぞ。はよう、はよう地におり立て」

足をトンと踏みならした。老武士は鼻で笑って、

「さすがは武蔵野の百姓あがり、わしの名を知らんようじゃな。わしは家康公直《じき》

参《さん》、大久保藤五郎……」

名のりも終わらぬうち、六次郎はかみなりに打たれたようになり、べたりと地に伏して、

「これはこれは、知らぬこととはいえご無礼つかまつった。有名なる金山《きんざん》奉行、家康様の最側近であらせられる大久保長安様！」

「い、いや、その大久保では……」

「ならば大久保忠隣《ただちか》様におわしまするか。相模《さがみ》小田原ご城主の……」

「まあ遠縁《とおえん》だが」

「なら、どの大久保様で？」

「大久保藤五郎忠行《ただゆき》。殿様の菓子調製をつかさどっておる」

「菓子ぃ？」

六次郎は、顔をあげた。平伏して損したという目をありありとしている。藤五郎はすぐさま、

「あなどるな。三河《みかわ》以来の譜代《ふだい》の臣じゃ。おさないときから殿様につかえ、はやくも元服後には宝飯《ほい》郡赤坂郷《あかさかごう》三百石の知行《ちぎょう》をたまわったわ。三河国内に一向一揆《いっこういっき》が勃発《ぼっぱつ》したのは徳川家最大の危機じゃったが、このときもわしは上和田《かみわだ》の砦《とりで》を

まもって鉄砲傷を腰に受け、以後、歩行が不自由となった」

「だから、輿か」

「そうとも。おそれ多くも殿様じきじきに乗輿《じょうよ》も乗馬もゆるされておる身じゃ。わかったか」

かつては駿府で騎馬のまま、地下《じげ》の家康を見おろしつつ話をしたこともある藤五郎だった。胸がそりかえり、鼻が天を向く。

「ふん」

六次郎は、立ちあがった。背がひくいため、立ちあがってもなお輿の上の藤五郎を見あげるかたちになる。

「何が『じきじきに』じゃ。畢竟《ひっきょう》ただの菓子屋ではないか」

「そっちこそ、たかだか武蔵野の百姓あがりが」

「百姓をひが目で見るな」

「菓子司をあなどるな」

輿の上と下で、口ぎたなく論争しだした。人足たちは仕事の手をとめ、やんややんやと囃《はや》したてている。その囃し声でようやく藤五郎はわれに返り、ため息をついて、

「殿様は、どうしてこんな男をえらばれたのか」

はじめは自分ひとりに上水普請を命じたのに。くれぐれも余人にはお命じになるなとあれほど念を押したのに。

おのずから、あのころのことが思い出された。

†

もう十五年ちかく前になる。駿府城内で家康によびとめられ、

「飲み水をさがすよう」

と命じられた藤五郎は、ただちに江戸へ入ったのだった。

家康国入《くにい》りの前だから、人の手はほとんど入っていない。田んぼも畑もない葦《あし》原《はら》だらけの景色だった。そのくせ地形は案外と凹凸《おうとつ》がある。蛇《へび》が多いし、藪蚊《やぶか》が多いし、まっぴるまから狐狸《こり》が出る。

――かような地を、ほんとうに殿様は本領となさるのか。

藤五郎は蚊を払いつつ、涙がこぼれたが、ここで自分が結果を出さなければ、

――江戸に、未来はない。

藤五郎、当時四十代。

気丈にも涙をぬぐい、馬をすすめた。まずは江戸湾ぞいの集落へおもむき、漁師たちに話を聞こうと思ったのだ。

集落は、みな屋根が茅《かや》ぶきだった。

漁師やその家族を浜辺にあつめ、

「どこの水がいっとう甘《うま》いか」

彼らは即座に、

「谷中《やなか》だべ」

「谷中？」

上野《うえの》台地の北西のはし、斜面を中心とした一帯の名だという。そう遠くない。

——ほほう。

藤五郎は、舌を鳴らした。

なるほど台地のはしっこなら切り立った崖があるだろう。崖から地下水がしみ出すだろう。わざわざ地面を掘る必要はない。清水が勝手に斜面をながれ落ち、くぼみにたまって泉をなすのだ。

しかも藤五郎は、漁民のひとりから、

「そこにはむかし、弘法大師《こうぼうだいし》が来られたべな」

と、名水伝説まで授《さず》けられた。

弘法大師が諸国修行のおり、谷中の地に来たところ、のどが渇き、老婆に水をもとめたことがあった。老婆はさめざめと泣きだして、

「御坊、このあたりには水がありません。わしらはみんな遠くの川まで汲みに行かねばなりませんのです」

弘法大師はあわれに思い、独鈷《どっこ》(密教の法具)で足もとの地をたたいた。たちまち音を立てて清泉が湧き出したというが、

「その泉が、つまり谷中の泉だべな」

「ほう、ほう」

「祠《ほこら》がある。きっとわかる」

藤五郎は、いそいそと谷中へ向かった。

台地のふもとの森へふみこんだ。なるほど赤土の斜面のぬれぬれとむき出しになっているその下に朽《く》ちかけの祠があり、手前に池がひろがっている。水はよく澄んでいた。

「どれ」

足軽に命じ、椀に汲ませた。その椀にひとくち唇をつけた瞬間、

「げっ」

噴《ふ》き出した。

——のどを通るしろものではない。

泥くさく、鉄《かね》くさく、生ぐさかった。この水でめしを炊いたらどうなるか、菓子を練《ね》ったらどうなるか。藤五郎の舌はちぢんで奥へひっこんでしまった。考えてみれば、弘法清水の伝説など全国に掃《は》いて捨てるほどある。

逆にいえば、

「……これですら、江戸では名水なのじゃな」

藤五郎は、あの漁民どもがあわれになった。これをうまいと言うなら、ふだんはどんな悪水を口にしているのか。

「こうなればもう、足を棒にしてさがすほかない。土地の者に聞いても役に立たぬ」

むろん藤五郎は馬か輿の上なのだから、実際に足を棒にするのは馬か足軽なのだけれども、藤五郎自身、ゆられるだけで体力を消耗した。

——低地よりも、台地。

それが探索の基本方針だったからだ。台地のほうが潮がささず、土がかかえこむ水量が多い。配水もやりやすいだろう。そうして江戸の地はもともと台地が多いのが特徴なのだから、根気よく見てまわれば、かならず、

——よい水にあたる。

三か月の苦闘の結果、藤五郎の舌に堪《た》え得たのは、

赤坂《あかさか》の溜池《ためいけ》

神田明神山岸《みようじんやまぎし》の細流《さいりゆう》

のふたつだった。前者は江戸城の南西方《がた》、赤坂台地からしみ出した地下水が北へながれ落ちて池をなしたもの。後者の神田明神は、江戸城の北東、こんにちでいう駿河台《するがだい》の上に建っている原住民鎮守の神なのだが、この駿河台、およびその西どなりの本郷《ほんごう》台地のあいだに小さな谷水の川があるのが、

——これは、よい。

藤五郎を満足させた。泥くささもなく、鉄くささもなく、清涼の気みなぎる味わいだった。山岸は「崖」の意。やはり斜面からの浸出水があつまって川をなしたのだったろう。

この両者は、立地もまた最高だった。

前者の水を城の南西地域にめぐらし、後者の水を北東地域にめぐらせば、地域的なかさなりがなく、江戸市中を効率的に網羅《もうら》することができる。

「この二味《にみ》じゃ。これしかない」

藤五郎はさっそく神田に住みつき、書面で家康へ策を献じた。配水方式はさしあたり開渠でじゅうぶんでしょう。ところどころに貯水池や井戸をもうけて水が汲めるようにしておけば、人々の生活は便利になる。工期もみじかくてすむでしょう。うんぬん。

むろんこの献策書には、水そのものも添えたのである。家康はそれを飲んだのだろう、よろこびようはたいへんなもので、

――藤五郎に、褒美《ほうび》を。

そう何べんも言ったという。藤五郎はこの結果、山越という名の馬をもらい、宮島という名の茶釜《ちやがま》をもらい、その上「主水《もんと》」の名をたまわった。

主水とは、もともと古代律令《りつりよう》制の官名である。

宮内《くない》省に属し、飲み水や氷のことを担当する役所が「もい取りのつかさ」と呼ばれたのだ。「もい」は古語で飲み水の意。その役所の長官は、もい取りのかみと呼ばれ、主水正《もいとりのかみ》の字をあてられた。この「もい取り」が変化してモンドとな

り、藤五郎のころには一般的な読みになっていたのだ。

家康はこういう由来《ゆらい》を知った上で、さらに、

「藤五郎の主水は、モンドにあらず。モントと読め」

と命じた。真澄《ますみ》の水を得た者の名がにごりを含むのはおもしろくない、今後も澄んだ水を供給せよ。そういう意味をこめたのだった。藤五郎は天下唯一《ゆいいつ》の名を得た。

天正十八年八月朔日《ついたち》。

家康、公式に入国。

ただちに——実際は少し前から——江戸のあちこちで土地造成がおこなわれたが、とりわけ早かったのが神田地域だった。徳川家臣団がまとまって住む武家地に指定されたからだ。藤五郎はそれに合わせて水道工事をおこない、わずか数か月で完成させた。のちに赤坂のほうも完成させた。

家臣団は、はじめ落胆していた。

「まさかこの身が、このような荒れ地にながされるとは」

「殿様も、今回ばかりは国替えの命にそむくべきではなかったか」

「あな、駿府なつかし」

しかし神田近辺に住みつくにあたり、町人ともども、
「江戸も存外よろしいものじゃ」
少しずつ将来にのぞみを抱きはじめた。手をくわえれば便利な土地になること
が実感としてわかったからだ。
その実感をささえたのが、藤五郎の上水であることはあきらかだった。よその
土地では水は遠くへ汲みに行くか、あるいは水売りに高い金を出して買わねばな
らぬものだったけれども、江戸では逆に、
――水のほうで、飲まれに来てくれる。
十五年後の現在も。
藤五郎の上水は、人々ののどをうるおしている。
厳密には神田明神は郭外（外濠の外）にあるが、郭内と地つづきの台地上にあ
るため、人々も郭内という意識をもっている。藤五郎の上水は成熟の域に達し
た。水源の水の湧出量もほぼ安定していたのだった。
そこへ最近、外敵が来た。
外濠の向こうどころか西へ五里もはなれている武蔵野の原野から浄水をはるば
る引っぱりこんで市内へ配ろうという大計画。現在は江戸市内で完結している水

道綱をいっきに押しながそうとする、

——まさしく、外敵。

いや、藤五郎は、計画そのものには賛成なのだ。江戸はもはや十五年前の江戸ではない。海は埋められ、川（自然河川）はまとめられ、可住面積はほとんど別の地のように増えた。

屋敷や寺が建ちならび、市《いち》が立ち、人口はあっというまに五万をこえた。こういう激変があってしまっては、

——水が、足りぬ。

そのことは自明だった。実際、上水網の末端に位置する町方の井戸ではいくら待っても水がたまらず、母親が赤んぼうをつれて故郷へかえる例があらわれはじめている。水を飲まねば乳が出ないのだ。

こういうことがつづいては男はひとりで暮らさざるを得ず、人口増加は頭打ちになる。江戸の発展はのぞめない。それならば、水量豊富な武蔵野の源泉から、

——水を、足す。

そのことを計画し実行するのは為政者として当然だろう。問題はその計画を、

——なぜ殿様は、この主水《もんと》にお命じくださらなかったか。

このことだった。

藤五郎には自負心がある。家康じきじきに上水普請を命じられ、くれぐれも余人にはお命じあるなと念を押して、

「大いによし」

とみとめられた誇《ほこ》りがある。こういう誇りが藤五郎のような五体満足でない男にとってどれほど大きなものであるか、どれほど生きる糧《かて》になっているか。なのに、なのに、

――百歩ゆずって老齢のわしを外すことはやむを得ぬにしろ、かわりの御役に、殿様は、なぜこのようなうつけ者を。

工事の推進能力を評価した、わけではむろんないだろう。六次郎はただの名主だった。土木工学も、地質学も、橋《きょう》梁《りょう》力学もまったくなかった。家康が高く評価したのは、おそらく水源ちかくの牟礼の村で、

――顔である。

というその一事だったのだろう。

なぜなら、池の水を取るためには、地もとの同意が不可欠である。

さらには上水完成後の水質管理においても、そこで身投げが出ないよう、生活

排水でよごさないよう、地域ぐるみで監視することが必要となる。そこまで長い目で見れば、村の名主に役を命じて、いわば家康の側へつけることで、

――村そのものを、抱きこんでしまう。

そういう意図のもと、家康は、六次郎をえらんだ。藤五郎はそのように考えて自分自身を納得させせようとしたのだったが、しかしやはり、

――百姓あがりが。

悪感情はどうしても消えぬ。藤五郎は内心、

――こいつとは、いずれ決着をつける。

そう三河武士らしい執念ぶかさで決意するのだった。

ともあれ。

新水道は、もはやすぐそこに迫っている。

七井の池を発し、広大な武蔵野の原を淙々《そうそう》と駆けぬけ、お城の外濠をのりこえて市内へ侵入しようとしている。

のりこえるとはこの場合、文字どおり「のりこえる」だった。掛樋をわたしての立体交差などという藤五郎の想像もしなかった工法により、藤五郎が丹誠《たんせい》こめて育てあげた郭内の水道網は、さながら洪水にのみこまれる箱庭のように壊滅の

危機に瀕《ひん》している。

†

掛樋の工事は、あっさりと終わった。

水路橋がかけられたのだ。

六次郎はいよいよ本格的に郭内へ討ち入ることになる。従来の設備をつくりかえることになる。これまでの工事がたとえば大動脈を長駆《ちょうく》みちびくものだったとすれば、今後は毛細血管をはりめぐらすものとなる。工事はむしろここからが本番。熟練の技術と細心の配慮がもとめられることになるだろう。

藤五郎はもはや、

――居ても立っても、おられぬわ。

輿に乗り、まいにち普請の現場に来た。

「また来たべ」

六次郎は露骨にいやな顔をしたが、態度にはどこか余裕があった。何といっても正規の監督権は六次郎にある。藤五郎は傍観以外の何ごともゆるされないのだ。

或る日、六次郎は、せせら笑うような顔をして、

「藤五郎さん」

「何じゃ」

「おぬしの築いた街中《まちなか》の開渠は、道の脇に設《もう》けたものが多いようだが、ぜんぶ取り壊させてもらうよ」

「取り壊して何とする」

「暗渠《あんきよ》とする」

「暗渠？」

「おうさ」

暗渠、つまり水道管の地下埋設。当時のことばでは、陰溝《いんこう》という。松や檜《ひのき》といったような堅くて腐りにくい木の板を組んで六尺《しやく》（約一・八メートル）四方という巨大な四角い木樋《もくひ》（送水管）をつくり、道の下へ埋めるのだ。

地上の道は、どうなっているか。

たとえば神田のような武家地では、こんにちもそうだが、碁盤の目をなしている。京や大坂のそれとおなじく、すべての通りが直角に交差しているのだ。

なかにはもちろん、大通りもある。横丁のような狭《せま》い道もある。そのいちいちに埋める必要はもちろんないが、しかし主要な道のみ埋めるにしても、総距離はかなりの数字になるだろう。

「ふむ」

藤五郎は、そこまで説明を聞いたところで、

「わしの普請は、まあ、かまわん」

六次郎はおどろいて、

「怒らんのか？」

「怒るも何も、そもそもわし自身、わしの普請を上作とはみとめておらぬ。もともと時期をせまられた早急の仕事じゃったし、それに何より、大勢の人の住むところでは開渠より暗渠のほうが得策じゃ。土砂や落ち葉がまじりこまぬし、糞小《くそ》便をたれながす不心得者もあらわれぬ」

「案外、話がわかるの」

六次郎がつぶやいたのを無視して、藤五郎は、

「しかしおぬし、暗渠となると、ひとつ大きな問題があるぞ」

「なんだべ」

「水というのは、つねに低きへながれるものじゃ。坂をのぼることは決してない。ということは地下の木樋もくだり坂ひとすじ、末端《すえずえ》でふかく掘りすぎることになるが、そこをどう考えておる」

「ふかく掘りゃあいい。それだけだべ」

と、正規の監督はけろりとしている。これにはむしろ藤五郎があわてて、

「そんなことをしたら上から井戸をおろせぬようになる。何のための上水じゃ」

「井戸もふかく掘ればいい。人足どもを酷使するんじゃ」

「下町ならばよいとしても、山の手《やまのて》はどうするのじゃ。地面ははるか高みにある。まさか十間（約十八メートル）も掘りさげるわけにはまいるまい」

「わしが知るか」

「知らねばならんのだ。名だたる旗本や大名の屋敷地はおおむね山の手にある、ということは台地の上にあるのじゃからな。わしはさんざん文句を言われたよ。結局どうすることもできなかったがな。低きに落ちた水をふたたび引っぱり上げるのは、自然法則《てんのさだめ》に反するのじゃ」

「そうか。うーむ」

六次郎、腕をこまぬいてしまった。

存外すなおな男らしい。逆にとつぜん、

「おぬし、成算があるか」

聞いてくるありさま。藤五郎はぷいと横を向いて、

「あったら、わしが実行しておる」

「ねえんだな」

「わしは菓子司じゃ」

「卑怯《ひきょう》者」

六次郎、百姓あがりだからか、平気で言ってはならぬことを言う。藤五郎は六次郎のほうを向き、けんか口調で、

「おぬしこそ、何も考えず普請を差配しおって」

「考える必要はない」

「いいかげんすぎる」

「そうじゃねえ。わしが頭をはたらかさずとも、あの人が、ちゃーんととりしきってくれるんだ」

「あの人?」

「おーい」

六次郎は頭上で両手をふり、その人を呼んだ。

ふたりはいま、三崎河岸《みさきがし》の路上にいる。

のちの三崎町。例の上水が外濠をこえたところを少し南へ入った街。外濠の内側だから、むろん郭内ということになる。

郭内の、武家地だった。

ただし大名屋敷はなく、ほとんどが上級旗本の屋敷地。土地造成には手間がかけられており、道もよく均されている。そのぶん大工や商人が活発に行き来するというような雰囲気ではなく、あたりは静かで、もう昼ちかいというのに人の影はあまりなかった。

そういう街の表通りのはしっこで、藤五郎と六次郎は、さっきから口論していたのだった。

道幅は四間（約七・二メートル）ほどとかなり広く、まんなかに二十一世紀のセンターラインよろしく外濠のほうから穴がながながと掘りこまれている。例の埋設管――木樋――を埋める準備をしているのだ。

穴はこの瞬間も、ふたりのほうへ脚《あし》をのばしている。人足どもが列になって鋤《すき》鍬《くわ》のようなもので土をしゃくり出しているのへ、

「そこ！　穴がまがりだしたぞ。よく見て掘れ」

とか、

「あと少ししたら休んでよい」

などと叱咤《しった》している武士がひとり。あおあおと月代《さかやき》をそりあげた、汗がにおい立つような若い男だった。

その若者が、

「おーい」

という六次郎の呼び声に気づいて、我に返ったようになり、

「いま行きます」

ふたりの前に来た。

まだ二十代という。服装、表情、声の調子、どれをとっても六次郎より育ちが上であることが明白だが、驕《おご》るそぶりはなく、むしろ兄に接するように腰を低くして、

「何かご用でしょうか、六次郎殿？」

名前を、春日与右衛門《かすがよえもん》という。

徳川家の上級家臣である阿部正之の若党だった。いわば土木実務者というとこ

ろで、これまで江戸の街づくりに際して阿部が担当した木材運搬、あるいはその運搬のための水路開削というような工事にたずさわることが多かった。その経歴を買われたのだろう。最近、阿部から、

「江戸市内で上水普請がおこなわれるという。補佐せよ」

と命じられた。阿部は家康に命じられたのだろう。家康はおそらく、工事が市内に入ったら、

——もはや、六次郎の手に負えぬ。

そう判断したのだった。

春日がまっ先におこなったのは、

——人の手を、貸してください。

ほうぼうへ交渉することだった。

必要なのは経験豊富な労働者だった。交渉相手は、たとえば多摩川両岸の農業用水路建設にかねてから功績のある用水奉行・小泉《こいずみ》次大夫《じだゆう》だったりしたし、あるいは関東北部で利根川東遷《とうせん》という古今未曾有《ここんみぞう》の大事業に挑戦している代官頭《がしら》・伊奈忠次だったりした。

彼らは、貸した。

春日とともに数十人の腕っこきが江戸へあつまり、上水普請にあたることになった。のちの世に、
神田上水
と呼ばれることになるこの上水道の設置工事は、ここにおいて、素人《しろうと》による試行錯誤から、専門家集団による高度の開発事業に変わったのだ。

もっとも。

春日自身は、そのことを鼻にかけない。

六次郎がほとんど幼な子のような顔をして、

「わしら、ふたりともわかんねんだが。地下の埋設管《うめくだ》は、だらだらと坂をくだりっぱなしでは障《さわ》りがあるんかな」

と例の初歩的な質問をぶつけても、いやな顔ひとつせず、

「ああ、それは」

にっこりとして、

「実物で説明するほうがいい」

人足どもの列の脇をとおりぬけて、おなじ通りの、より外濠に近いところへ六次郎と藤五郎をみちびいた。このへんは、工事がすでに終わっている。

見た目にはふつうの道だけれども、その地下には、長大な木樋がひっそりと埋もれているはずだった。

「ここです」

春日はそう言うと、交差点の中央に立った。

藤五郎は輿に乗ったまま、六次郎とともに春日のうしろへ位置を取った。ぐるりと見わたす。二本の道が直交《ちよっこう》している。南北の道はひろく、東西の道はやや狭い。

足もとの路上には、四角い木のふたが嵌《は》めこんであった。歩《あゆ》み板《いた》という。こんにちでいうマンホールにやや似ているか。春日はしゃがみこみ、木のふたを手ではずすと、二、三歩あとじさりして藤五郎たちに場所をゆずった。

藤五郎は、

「輿をおろせ」

と足軽に命じ、地に置かせた。

首をのばし、四角い竪穴《たてあな》の奥をのぞく。四方の壁にはぴったりと木の板が貼《は》られている。もっとも現代のマンホールと異なることには、人が入ることを目的とはしていないから、穴そのものは大きくない。あやまって子供が落ちこむこともないだろう。

「この仕掛けを、枡《ます》といいます」

まだ水は通じていないし、太陽はほぼ真上から照りつけているから、藤五郎は内部の様子がよくわかった。藤五郎のところから見ると水はそこへ右からながれこみ、左へ出て行くことになる。右には入り管《くだ》、左には出管《でくだ》がそれぞれ先端をのぞかせているが、

「高さがちがうぞ」

藤五郎は、つぶやいた。春日は、

「そのとおりです。入り管はほら、ずいぶん下にあるでしょう。ほとんど底につきそうです。出管は上のほう。地上から容易に手がとどく。ほら」

みずから手のひらを穴につっこんだ。爪《つめ》ではじくとコンコンと音が立つ。

「つまり市外から引きこまれた水は、この枡にいったん溜《た》まり、水位を上げてから、つぎの木樋へと出て行くんです」

この枡をところどころに設置すれば、水は地下でななめ一直線にかけおりるのではなく、さながら鋸《のこぎり》の刃のように下がっては上がり、下がっては上がりを繰り

返しつつ先へすすむことができる。やたらと深く掘る必要がないばかりか、

「ということは、この方法を応用すれば……」

と藤五郎が言いさすと、春日は、

「おっしゃるとおりです、大久保様。台地の上へも水が引ける」

「なるほど」

「枡にはほかにも重要なはたらきが二つあります。ひとつは砂や土をしずめこみ、水をきれいに保つというもの。しずんだ泥はときどき浚《さら》い出さねばならないわけです」

「もうひとつは？」

「木樋と木樋の継目《つぎめ》になることです。地上に交差点《よつつじ》があるように、地下の木樋にもまた交差点や分岐《わかれめ》がなければ街のすみずみへ水をくばることができませんから。この枡も、ほら」

言われてふたたび竪穴をのぞくと、たしかにさっきの入り管、出管とはべつに、上下方向へそれぞれ四角い横穴があいている。枡とは水位回復装置であり、沈澱《ちんでん》装置であり、なおかつ分水装置でもあるのだった。

「大したものだ」

「えらい仕掛けだべ」

子供のように六次郎と顔を見あわせながら、

——完璧じゃ。

藤五郎は、そう思った。

春日与右衛門というこの謙遜《けんそん》な、或る意味つかみどころのない若者にすっかり仕事をうばわれてしまったことは悔《くや》しくなくもないけれど、それよりも新時代のインフラを一から体感するよろこびというか、新導入のアトラクションを一番に経験するよろこびというか。

——長生きは、するものじゃ。

本来なら武士にあるまじき感想だった。武士ならむしろ死にはやるべきだろう。腰の古傷が、ほんの少し、うずいた気がした。

†

それにしても。

春日与右衛門のこの丁重《ていちょう》な態度は、どういった心理に由来するのか。本来ならば直参の藤五郎はともかく、百姓あがりの六次郎など軽蔑《けいべつ》どころか打擲《ちょうちゃく》してもゆるされるほど身分も知識も経験もある男なのだ。

むろん、

――自分は、中途からの人間だ。

という意識もあるのだろう。まだ二十代だからと気がねするところもあるのかもしれない。がしかし、根本的には、春日はそういう性格だとしか言いようがないのだった。

謙虚を宗《むね》とし、むやみと大きい顔をしない。議論をこのまず和を重んじる。

――自尊心がない。

という見かたもできるが、むしろこれが戦国の世を知らない新時代の若者の自尊心のありかたかもしれなかった。豊臣秀吉による天下統一から十五年。この国の気風は、急速に平和へとかたむいている。

†

工事はすすみ、四角い木の管はどんどん埋められていった。

三崎河岸のほぼ全域を水道網が網羅した。今後さらに神田、日本橋、京橋《きょうばし》と版図《はんと》を拡大しなければならないし、またそれが家康の命でもあるのだが、ひとまずここで、

「試験《ためし》をやりましょう」

或る日、春日は提案した。

藤五郎と六次郎が、

「試験？」

「ええ。埋めこんだ木樋や枡がほんとうに所期の役割を果たすか、井戸からほんとうに水が汲めるか、実際に水をながして確かめるのです」

七井の池から引いた水は、現在、目白でせきとめられている。

それまで西から東へ来ていたのが、目白の山にぶちあたったところで南北にわかれ、南のほうは自然河川（江戸川《えどがわ》）に落とされていたが、北向きの水路はそのまま普請中の上水に通じるため、いまのところは人工的に鎖《とざ》されている。

その人工の堰《せき》を、いちど切るのだ。

切れば清水はさらさらと目白の山の北へまわり、東流し、南へ折れて例の掛樋を通るだろう。外濠をこえ、郭内に入り、そのまま地下へもぐるだろう。そのと

き水がどんな振舞いをするか、あるいはしないか、——じかに、見たい。

というのが試験の趣旨のようだった。いかにも技術官僚らしい手がたい手続きにほかならなかった。

「して、わしらの仕事は？」

藤五郎は問うた。

「ありません。ゆっくり見物なさってください」

と言われたら嫌だなと思っていたが、春日は何がおかしいのか、あいかわらずにこにこと、

「おふたりには、味見をしていただきます」

「味見？」

「ええ」

何しろ江戸に到着するまで、上水の水は、いろいろな環境にさらされているのだ。素掘りの川、掛樋の橋、そうして地下水路。それが水質そのものに何らかの変化を生ぜしめるか、それも観察の対象としたい。

つまりは、官能試験なのだ。

というような趣旨の説明を春日がすると、六次郎は腕をまくりあげて、

「そんなら、わしにまかせろ。七井の池の水だったら赤んぼうのときから舌に味がしみついてる。ちょっとの差もすぐわかるべ」

「牡丹《ぼた》餅と羽二重《はぶたえ》餅の区別もつかぬ男が、何をぬかす」

藤五郎は舌打ちした。六次郎は、

「おぬしは菓子をこしらえておれ」

「菓子の調製にこそ水の味ききは必須なのじゃ。おぬしこそ牟礼で米でもつくっていろ」

「米は万穀《ばんこく》の基《もとい》だべ」

「おぬしの米は万難の種《たね》じゃ」

口論しつつ、しかしふたりとも顔はおだやかだった。一種のスポーツをたのしむ感じか。新時代の平和の風にそまったというよりは、仕事をおりた者どうし、相通じるものを見いだしたのだろう。

試験当日。

快晴だった。空がいかにも秋らしく深い青みをたたえているのへ、雲が一刷《ひとは》け、たかだかとノの字を描いている。

藤五郎と六次郎は、井戸のかたわらにあった。

場所は、三崎河岸の町域のいちばん奥。せまい道ぞいに下級家臣の小さな家がたてこむ屋敷地だった。となりの元鷹匠町《もとたかじょうまち》（こんにちの神田小川町《おがわまち》近辺）は目と鼻の先だが、ただしふたりのいるところは袋小路で、その袋小路のつきあたりの塀《へい》の手前にひとつ井戸が掘られていた。

井戸は、縦《たて》掘り。

いわゆる江戸井《えどい》だった。長大なちくわのような木製の円筒をずぶりと地に刺し、一部を地上に（化粧《けしょうがわ》側という）出したもの。内部の空洞へふりつるべ（振り釣瓶）という長い竿《さお》をつけた桶《おけ》をするすると下ろし、水を汲みあげる仕掛けだった。

その井戸のなかをのぞきこみながら、六次郎は、

「暗いのう」

「当たり前じゃ」

「水がない」

「当たり前じゃ」

藤五郎、この日も輿の上。六次郎のうしろへまわり、泰然《たいぜん》とあぐらをかいて、

「水がないのは当たり前じゃ。まだ目白の堰を切っておらぬ。……おいおい、六次郎。そんなに身をのりだすな。落ちたら何とする」

六次郎がふりむいて、意外そうに、

「わしの身を案じてくれるべか？」

藤五郎がぷいと横を向き、

「水がまずくなる」

と応じたところへ、

「藤五郎様、六次郎さん」

大通りをまがり、春日与右衛門が駆けてきた。

にこにこ顔、というわけにはさすがに参らぬ。実質的な総責任者なのだ。泣きそうな、怒ったような複雑な目で、

「いま合図がありました。堰が切られた」

きびすを返し、大通りを右へ折れて消えてしまった。この日、大通りには、老若《ろうにゃく》男女《なんにょ》たくさんの見物人があつまってしまっている。

弁当売りまで出ているありさまだった。春日はそういう見物人の整理とか、初歩的な質問への応答とかで忙殺され、神経がすりへっているのかもしれなかっ

た。

──たいへんじゃのう。

藤五郎がぼんやりと思っていると、六次郎は、井戸の化粧側をこつこつと草履《ぞうり》のつま先で蹴《け》りながら、

「心せよ。水が来るべ」

「わかっておる」

それっきり、ふたりは口をつぐんでしまった。

──俺も、力み返っておる。

藤五郎はそっと苦笑した。緊張の原因はあきらかだった。これから末長く江戸という日本の事実上の首都の人々の命をささえることになる上水道の、史上最初の、

──飲み手となる。

その意識のせいだった。この一服は、茶の宗匠の初釜などより、

──よほど意味があるのだ。

時間は、さほどかからなかった。

ごぼり

ごぼり
という音が、井戸のなかに響いた。

くぐもった、黄泉《よみ》の国のうめきのような音だった。

六次郎が、化粧側にしがみついた。

藤五郎も反対側へまわり、輿をさげさせる。井戸の内部はやはり暗いが、下のほうの壁面にほんのちょっと顔を出した竹筒《たけづつ》からしゃあしゃあと勢いよく水が入ってくるのがわかる。竹筒は、
呼び樋《ひ》
と呼ばれる最末端の導水管だ。路中の木樋からつながっている。

「おお、水じゃ」

「旨水《うまみず》じゃ。旨水じゃ」

「やった」

「やった」

ふたりは跳びあがった。いや、藤五郎には跳びあがることは不可能だった。しかし輿の上でむずむずと肩を上下させている様子はいかにもそんな感じだった。

「おらが牟礼の村からなあ。よう来たなあ」

と、生き別れの息子に再会したかのごとく涙ながらに話しかける六次郎を、

「汲め。汲め」

藤五郎がせかす。

「お、おう」

六次郎はつるべの桶を落とした。竿であやつり、桶をしずめ、いっきに引き上げた。

かと思うと、椀にも移さず、がまんできぬと言わんばかりに口を直接つけてしまう。

「これじゃ！　わしの知っとる七井の池の水！」

六次郎が目をかがやかせたのと、藤五郎が、

「貸せ」

両手をのばし、桶をかかえるようにして奪ったのが同時だった。水をすて、ふたたび桶を井戸へしずめて引っぱり上げてひとくち飲んだ。

「うまい！」

ふたりが笑顔を交《か》わした刹那《せつな》、大通りから、

「うおあっ」

春日与右衛門の声だった。異様なものを蔵している。それを追うように、

「きゃあっ」

という女たちの悲鳴がひびきわたる。

「何か、あったべ」

六次郎がまっさきに駆けだした。藤五郎も足軽に命じ、あとを追う。なかば六次郎と競走するようにして大通りへ出ると、

「あっ」

信じられぬ光景が、そこにはあった。

道のまんなかに、何本もの巨大な柱が列をなしていたのだ。

透明きわまる水柱《みずばしら》だった。外濠のほうへ向かって、交差点ごとに、五、六本もふきあがっている。いずれも青空に冲《ちゅう》し、ほとんど雲をつらぬいたあげく驟《しゅう》雨《う》となって地をたたいた。見物人はあるいは身をかがめ、あるいは頭に両手をかざし、

「！」

などと動物の排泄《はいせつ》物を意味する極端な悪態をつきながら逃げ散った。誰ひとり傘など持っていなかったのだ。あっというまに誰もいなくなった。

そのとき。

春日与右衛門は。

一本の水柱のかたわらに突っ立って全身ずぶぬれになっている。上を向き、焦点のさだまらぬ目で何かを見つつ、ぶつぶつ口のなかで言っていた。

――若いのう。

藤五郎は、あわれになった。

最近の若者はなどとありきたりなことを言いたくないが、藤五郎はかつて文字どおり戦場で命を落としかけた。不自由な体に甘んじてきた。それにくらべれば、

――たかだか、水さわぎではないか。

藤五郎は、春日へ近寄り、

「おい」

ふりむかせると、無言で頰をひっぱたいた。

「あっ」

春日は頰を手でおさえ、ばけものにでも出会ったかのような顔をした。藤五郎はおだやかに、

「誰もしたことのない事業じゃ。失敗はゆるされる。おちついて考えろ、ことの原因《おこり》は何じゃ。おぬししか考えられぬ」

春日は、我に返ったようだった。

目に力をこめ、かたわらの人足頭へ、

「目白だ！」

「は、はっ」

「目白へ行け。堰を止めさせろ。これは勢いがありすぎるのだ！」

ばたばたと走り去る人足頭とその手下どもの背中を見つめながら、藤五郎は、

——そうか。

何となく合点した。問題は流速というか、つまるところ、水圧にあるにちがいなかった。

もともと水源のある牟礼の村は、江戸とくらべ、かなり高い土地だった。こんにちの測量では標高差約六十メートルとなっているほどで、それが五里のうちに江戸に達し、目白の山で堰きとめられると意外に水圧が大きいのだろう。それが地下へもぐらされ、せまい木樋へおしこめられたことでさらに高まり、

——枡から、爆ぜた。

藤五郎の知らないことだったが、人類は、これをはじめて経験したわけではない。似たようなことは、約二千年前、古代ローマ帝国支配下の先進諸都市でも起こっていた。

もっとも、あの世界帝国の水道技術者はむしろそれを積極的に利用して、広場に、宮殿に、別荘《ヴィラ》に、しゃれた噴水をたくさんこしらえたものだったが、とにかくそれとおなじ水力学上の原理によって、日本では、江戸の道路がたかだかと空にしぶきをきらめかせたのだった。

いまごろは藤五郎たちが味見をした袋小路のあの井戸も、末端だから大噴出はしないにしろ、

——あふれてしまっているだろう。

そう思い出したところで、藤五郎は、

「そうじゃ」

まわりを見て、六次郎をさがした。

六次郎は、三間（約五・四メートル）むこうの路上にいた。

ふりやまぬ人工の雨を避《さ》けることはしなかったかわり、ただぼんやりと水柱のてっぺんをながめている。牡丹の紋のついた黒羽織から水をぼたぼた落とし

つ、生き別れの息子がとつぜん酒に酔って暴れだしたのをおろおろ見つめる父親のような顔をしていた。

藤五郎は、

「おい、六次郎」

呼びかけたが、六次郎は気づかない。圧倒的な水音のせいだった。

「六次郎！」

ようやく六次郎がこちらを向く。

「こっちへ来い」

六次郎を呼び寄せると、春日と六次郎をかわるがわる見つめながら、とつぜん、

「わしは無理じゃ」

「え？」

ふたりは、目をまるくした。藤五郎は、ちらりと水柱のほうを見やってから、

「この問題を解決するのは、あすあさってとは参るまい。相応の年月が必要となろう。わしは年寄りじゃ。そのころは墓の土の下」

「何を言うか。おぬしはまだまだ元気ではないか」

六次郎が言いさすのを、藤五郎は手で制して、

「わしはわしなりに江戸に上水をみちびいた。きょうの水もうまかった。こんな愉快な人生がおくれるとは思わなんだぞ。春日殿」

「は、はい」

「この失敗は、よい失敗じゃ」

ふりかえり、ちらりと水柱を見あげてから、

「とにかくも七井の池の水量はじゅうぶん江戸の口をやしなうに足る。その一事をあかしだてた、よい失敗じゃ。武運をいのる。おい」

輿をかつぐ足軽たちへ合図した。

そうして水柱と水柱のあいだを通り、ゆっくりと去った。背中がみょうに昂然《こうぜん》としていた。その頭上には、いまだ勢いの衰えぬ銀色のしぶきのなか、まるで阿《あ》弥陀仏《みだぶつ》の来迎《らいごう》でもあるかのように虹がくっきりと光っていた。

†

十余年の歳月がながれた。

春日与右衛門は、三十代になった。

妻もめとり、娘もふたり生まれ、あと二、三べん正月の朝日をおがめば四十になるという年ごろだった。

もう若党とは呼ばれないけれど、あいかわらず徳川家の上級家臣・阿部正之のもとで土木実務にたずさわっている。ほかの仕事を担当したり、ときには書類仕事に精を出しながらも、江戸の上水工事からはとうとう手を引かなかった。幕府が引くことをゆるさなかった、ともいえるだろう。

この日。

目白の山の下にいる。

十数年前のあの人生最大の失敗の日、堰を切り、大量の水を解放してしまった因縁の地だった。

あのときは西からの水路がここで南北にわかれ、南のほうは江戸川へ、北のほうは江戸市中へ、それぞれ向かって行ったのだったが、その分岐点は、つまるところ素掘りの域を出なかった。

水量調整という発想がないにひとしかった。だからこそ自然の力学に敗北し、ああいう醜態をさらしてしまったのだ。

いまは、ちがう。

そこには人工の石造物がある。

人工の分流装置がある。こまかい水量調整を可能にした、大がかりな洗堰《あらいぜき》にほかならない（のち特に「大洗堰《おお》」と称される）。ながい年月をついやしたあげく、ようやく完成したものだった。

春日与右衛門は、川ぞいの堤防の上に立っている。

ざあざあと洗堰から水のあふれ落ちるのを見おろしつつ、

「藤五郎様」

天をあおいで、

「見てください。やっと解決しましたよ。もう江戸の交差点《よつつじ》で水がふきあがることはない」

おのずから、手が合掌《がっしょう》のかたちを取った。大久保主水藤五郎忠行はあれから水道事業とは接しようとせず、将軍家菓子司としての生涯をまっとうした。家康の死の翌年、谷中の日蓮宗瑞輪寺《にちれんずいりんじ》に葬《ほうむ》られたのである。

いまごろ天上のどこかで輿に乗りつつ、この洗堰を、

——見おろしているかな。

洗堰の外観は、どこかお城の石垣に似ている。

実際、石垣の一種だった。上から見ると、それは「コ」の字のかたちで川をふさぎ、西から（春日の目には左から）のながれを抱きとめているのだ。

流量、多し。

抱きされるものではない。水はあっさりと石垣からあふれ、東に落ちた。ざあざあと音が立つのはこのときだった。その後ながれは南へ折れ、これまでとおなじように江戸川へそそぐ。自然河川と一体化する。七井の池からはるばる五里を旅してきながら人間の文明に何ひとつ貢献するところなく余り水として捨てられるのだ。

――あふれ出るなら、何の意味もないではないか。

というのは、誰もが抱く疑問らしい。

実際、春日は、これまで何度もそれを聞かれた。聞くのはたいがい素人だったから面倒くさいときもあったけれど、それでもなるべく、時間があれば、

「それこそが、洗堰というものの妙味なのです」

解説につとめたものだった。啓蒙《けいもう》もまた技術者のたいせつな社会的責務なのだ。

この場合、妙味とは「コ」の字のかたちの内部にあった。

そこはプールのようなものだった。余分な水は出て行くから大雨のあとでも水位は一定だし、ながれの勢いは殺されている。いわば自然の樹木を加工して角材にするように川を加工した上で、プールの北側に、取水口をもうけるのだ。石でかこまれた四角い穴。水はここから取り込まれ、北へながれて目白の山の北へまわり、東流し、例の掛樋を通るだろう。

そうして地下へもぐりこむわけだが、江戸の市中にたかだかと水柱が立つのはもう二度とごめんだから、春日与右衛門は、取水口に、さぶたを設置することにした。

「差蓋」と書く。取水量をこまかく調節し得る一種の水門にほかならなかった。

具体的には、取水口の手前、左右にそれぞれ石の柱を立てる。堰柱《せきばしら》という。堰柱はそれぞれ内側に縦溝《たてみぞ》がきざまれているので、そこへ上から木の板を、一枚、二枚、三枚……とギロチン式に落としてはめこむ。板の枚数がふえれば取水口の断面積は小さくなり、取水量がへるという仕掛けだった。取水量をふやしたければ、板をはずせばいいわけだ。

すなわち洗堰および差蓋は、神田上水の心臓部というべき装置だった。後年、

江戸の人々は、この地を、
関口《せきぐち》
と呼びならわして一種の観光名所としたが、その名はここに由来する。江戸の入口の堰、というほどの意味なのだろう。こんにち関口一丁目から三丁目の地名がのこっていて、椿山荘《ちんざんそう》、カトリック東京カテドラル関口教会、江戸川公園などがある。江戸川公園内にはいまもこの洗堰の一部がひっそり遺《のこ》されているのだが、立ちどまってながめる都民は多くない。よくみると堰柱の縦溝もはっきりとわかる、またとない産業遺産の現物なのだが。

とにかく、春日与右衛門。

――藤五郎様。

しばらくその場にたたずんで合掌、瞑目《めいもく》していたが、やがて立ち去り、以後の消息はわからない。

もっとも、このあと、春日の主君である阿部正之が、水道之事《こと》沙汰を幕府より申しつけられている。おそらく実際には春日がひきつづきたずさわったのだろう。水量の調整、枡の浚渫《しゅんせつ》、市民からの水銀《みずぎん》（水道使用料）の徴収など、神田上水の維持管理のためには厖大《ぼうだい》な日常業務が必要であり、専門的な知識と経験なしには成り立たなかったからである。戦争を知らない世代に属する春日与右衛門は、その世代にふさわしい、平時の優秀な技術官僚というべき生涯をおくったであろうと思われる。

†

百姓の六次郎のその後は、よくわからない。

水元役《みずもとやく》と称して水源の管理をおこなったことはたしかだが、没年は不明。百五十年後の明和《めいわ》七年（一七七〇）、子孫である内田茂十郎が水元役の退役《たいやく》を命じられ、それに対して幕府に復職願のようなものを提出しているのが遺っているから、それまでは代々《だいだい》この職をひきついだと思われる。

茂十郎の退役は、べつだん不祥事によるものではなかった。幕府のほうで体制を変え、水元役を普請奉行の支配下に置いたのが原因だった。すなわち幕府は、水源管理を直轄《ちょっかつ》の業務としたわけで、水道事業の重要性をいよいよ強く認識していたものと思われる。遺構はこんにち、ところどころにのこっている。

第四話

石垣を積む

そのころ伊豆国《いずのくに》に堀河《ほっかわ》という地があり（現在の静岡県賀茂《かも》郡東伊豆町北川《ほっかわ》）、こんにちで言うところの超能力のもちぬしがいた。

名を、吾平《ごへい》という。

――見えすき吾平。

などと呼ばれたところを見ると、あるいは透視能力者だったものか。年のころは三十なかば。肌の浅黒い、冬でも上半身はだかで平気な顔をしているような頑《がん》健《けん》な男だった。

職業は、石切《いしきり》。

採石業者の親方だった。

石切は、ふだんは石丁場《いしちょうば》（採石場）で仕事をしている。

あらかじめ切りひらかれ、整備された作業場である。仕事も決まっているから超能力はいらないし、誰が親方であっても一定の成果があげられるのだが、しかし石切という連中は、ときどきわざと石丁場をはなれ、道をはずれ、森に分け入らなければならない。
そうして日常業務ではとうていお目にかかれぬ奇岩怪石を見つけなければならない。新規開拓といったところだ。うまく切り出せば高く売れて富と名誉が手に入る上、そこがまた将来あらたな石丁場となって次世代の収入源となる。腕におぼえある者にはこたえられない冒険、日本近世のフロンティアスピリットにほかならなかった。
この日。
吾平は、草払《くさばら》い、墨師《すみし》、タガネ師といったような手下どもをぞろぞろ連れて道をはずれ、
ざっ
ざっ
と腰の高さほどもある藪《やぶ》を鎌《かま》で左右に払いつつ山の斜面をのぼっていった。運がわるければ熊に出会ってお陀仏《だぶつ》環境である。
と、

「おっ」

とつぜん足をとめ、下を向いた。

足をどけ、枯れ草をどける。小さな石がある。蹴《け》ってみてもびくともしない。いわゆる氷山の一角のようなもので、土の下には厖大《ぼうだい》な体積《かさ》のそれが眠っているのだ。石の色は灰色というより白色にちかく、ところどころに金粉をまぶしたようなきらめきがある。

（上品《じょうぼん》じゃ。かなりの値になる）

吾平はあとじさりして、

「おい」

草払いの連中を呼び、まわりの草を刈り取らせた。

土がすっかり剝《む》き出しになると、こんどは土を掘りさげさせた。みな手なれている。仕事がはやい。陽《ひ》が真南にさしかかるころには直径一間《けん》五尺《しゃく》（約五・一メートル）ほどの穴ができて、その穴のなかに、まるで巨大な筍《たけのこ》のようにして例の石がにょっきりと頭を出していた。

金粉のきらめきは、さらに盛大になっている。

「こりゃあ大きい」

「どこぞの大名の庭石にでもなりそうな」

「みがく先《せん》から光っておる。まれいしじゃ、まれいしじゃ」

みな雀躍《こおど》りしてよろこんだが、しかしこの程度ならば少し気のきいた親方衆なら誰もする。とくべつ尊《たつと》ぶにおよばない。吾平の透視能力はむしろここから、石を切り出す作業において真価を発揮するのだった。

吾平は、

「どれ」

ゲンノウ（玄翁）をひとつ持ち、とんと穴の底へとびおりた。

穴の底の土は、まったいらである。

吾平は中腰になり、石をにらんだ。眼をぎょろぎょろと上下にうごかし、左右にうごかし、横へ足をふみだして石のまわりを歩きはじめる。

体はあくまでも石そのものに正対したまま、蟹《かに》のように、五周、六周。顔もゆで蟹のようにまっ赤になっていて、あたかも石を、

――のろい殺す。

と言わんばかりの形相《ぎょうそう》だった。ときどき立ちどまってゲンノウをかざし、こんこんと石をたたいて耳をつけるのは、内部の反響を聞いているのだった。

手下どもは、地上からかたずをのんで見おろしている。

しわぶきひとつする者はなかった。吾平はやがて、日光のあたらぬ北側へまわり、

「ここだ」

目の高さよりも少し下、のどもとの高さの石肌にトンと人さし指を立てた。

そのまま左下へざらりと斜線をひく。長さ三尺（約九十センチ）のノの字を書いた恰好《かっこう》だった。もっとも吾平は字が読めないから、それがノの字であるとは知らなかったけれども。

吾平は、指をはなした。

はなすや否《いな》や、

「承知した、親方！」

声とともに、地上から男がひとり飛びおりてきた。

墨師の与一《よいち》だった。墨師としては近隣にその名を知られた男であり、吾平第一の腹心でもある。与一は墨汁《ぼくじゅう》のしみた糸を石の上にぴたりとあてて、吾平のノの字を視覚化した。その作業を見とどけると、親方の吾平は、

「あとは、まかせる」

声が、おどろくほどしわがれている。

その顔色はもはや、ゆで蟹どころか大根のように蒼白《そうはく》で、ひや汗をかき、ほとんど死相があらわれていた。石の「透視」に精も根もつきはてたのだ。

吾平は、這《は》うようにして地上へあがった。

墨師の与一もいっしょだった。あとはもう墨線《すみせん》にそって石を割るだけのこと。ふたりと入れかわるようにして、べつの男ふたりが穴へおりて、

「まいろうか」

「まいろうず」

うなずきあって、墨線の上にノミ（鏨）をあて、こつこつとゲンノウでたたきはじめた。石に、矢穴《やあな》と呼ばれる長方形の穴をあけるのだ。やがて墨線にそって四つの矢穴が、一尺（約三十センチ）おきに口をあける。そのそれぞれに金属製のクサビ（楔）をすべりこませて、さらにゲンノウで激しく打つと、或《あ》る瞬間、とつぜんに、

ぴしっ

と墨線の上に亀裂がはしった。

亀裂はそのまま線のない石の反対側へもまわりこんだ。おどろくべき距離であ

る。そうして筍のかたちをした巨石は、ゴトリと重い低音をひびかせて完全に割れ、その上部がすべり落ちたのだった。

「わっ」

地上の手下どもが声をあげ、道具をほうり出し、われさきに土穴《つちあな》へ飛びおりた。割れた石の上部はななめになり、穴の壁にもたれている。みながつぎつぎと身をかがめ、下から石をのぞきこんだ。断面に興味津々《きょうみしんしん》だったのだ。

「おお、見ろ」

「鏡のごとく平らかじゃ」

後日、この石は、おなじ伊豆国の臨済《りんざい》宗・永長寺《えいちょうじ》におさめられた。枯山水《かれさんすい》の庭にもちいられたのだ。土にうもれた自然石は、こうして天下の名石になった。

こういうことが何度もあるので、

――さすがは、見えすきの吾平。

名声はいよいよ高まるのだった。吾平の透視能力とは、すなわち石の節理《せつり》を読む能力のことだった。

石というものは、一般に、或る特定の平面にそって割れる性質をもつ。いわゆる劈開《へきかい》というやつだ。この劈開面をなす線が節理である。吾平はあのように精根《せいこん》つくして石をにらみ、石の音を聞き、そうして内部の節理を正確に見きわめたからこそタガネ師の仕事がらくになった。こんにちの単位でおそらく三十トンはあろうと思われる巨大な石が、わずか四つの矢穴と一刻《とき》（約二時間）ばかりの作業時間でやすやすと切り落とされるというのは、当時としては瞬間切断にもひとしいのである。

ほかの親方だったら、こうはいかなかった。

もっと矢穴の数が多くなったか、あるいはそれでも永遠に亀裂が入らなかったか。石の節理を読むというのは、元来それほどむつかしいのだ。

見えすきの吾平。

その名は年を経《へ》て、伊豆をこえ、とうとう天下の総代官の耳に入った。

徳川家康の代官頭《がしら》、大久保長安の耳にである。

†

吾平が大久保長安に、

「来い」

という命令を受けたのは、慶長《けいちょう》五年（一六〇〇）十月のことだった。

吾平はそのことを人づてに聞いたとき、即座に、

「行かん」

そっぽを向いた。足もとの平らな石をつま先で蹴って、

「わしのいまの仕事場は、この堀河の石丁場じゃ。はるばる十里《り》（約四十キロ）もはなれた土肥《とい》の地へなんで行く必要がある。用があるなら大久保のほうから来い」

口調こそ駄々《だだ》っ子のようだったが、感情自体はごく当たり前のものだった。

伊豆国はもともと、北条早雲にはじまる北条氏のものである。

いわゆる後北条氏だ。彼らはこの伊豆国という中世以来さまざまな混乱のうちつづいた難治の地をともかくも百年のあいだ支配して、それなりに政治的安定をもたらした。

庶民にとっては恩人である。したがって北条氏への憧憬《しょうけい》はたいへんなもので、その憧憬の激しさときたら、世上有名な甲斐国《かいのくに》の人々の武田家に対するそれ、土《と》佐国《さのくに》の人々の長宗我部《ちょうそかべ》家に対するそれをさえ、

――しのぐやもしれぬ。

とうわさする者もあるほどだった。

その北条氏をほろぼした上、あたらしく支配者面《づら》をして関東へのりこんできたのは徳川家康とかいう三河《みかわ》者。

――たぬきじじいが、何しに来たか。

悪感情をいだいたのは、ひとり吾平のみではない。伊豆の国人《くにびと》ならみなおなじだったろう。べつだん家康が苛政《かせい》を敷《し》いたわけではないのだが、人間の忠誠心《ちゅうせいしん》というものは漆喰天井《しっくいてんじょう》のようなもので、ひとたび固化したら容易に軟化しない、可塑《かそ》性にとぼしいものなのだ。

だから吾平は、

「行かん」

と言った。論理ではなく感情だった。これにはまわりの手下どもが、

「親方。それはまずい」

あわてて駆け寄り、口をつっこんできた。

とりわけ墨師の与一など、そろそろ四十になるという年齢もあってか、

「いま徳川家にさからうのは上分別《じょうふんべつ》じゃねえ。下《げ》の下《げ》です。先月、美濃《みの》の関ヶ原で何があったかは親方もよく知っていましょう？　あろうことか豊臣方に勝っ

ちまったんだ。もはや天下の支配はゆるぎない。その徳川家の寵臣《ちょうしん》である大久保長安様のご命にそむいたりしたら」

「そむいたりしたら？」

「これじゃ」

与一は手刀をつくり、首のうしろにあててみせた。

――刎《は》ねられる。

の意味であろう。吾平は顔をしかめて、

「ふん。意気地がねえ」

数日後。

吾平は結局、与一とともに土肥へ出向いた。権力に屈した恰好だった。土肥には金山《きんざん》奉行としての大久保長安の役宅がある。

「たのもう」

門番に来意を告げ、拝謁《はいえつ》をねがう。門番は小男のくせに、あからさまに恩着せがましく、

「おぬしが、石屋の吾平かえ」

「はい」

「運がいいの。あるじは在宅にあらせられる」

吾平は、屋敷の中庭へ通された。

四方を屋根つきの廊下にかこまれているが、武家造りだから白砂《しらすな》などは敷かれていない。ただ土がよく踏みかためられているだけだった。吾平主従は土の上に正座して、微動だにせず、あるじを待った。

あるじは、来ない。

たっぷり半日も待たされて、足の感覚がなくなった。正座をやめるわけにはいかないのである。あたりが暗くなりかけたところへ、

「大儀《たいぎ》大儀」

うそぶきつつ大久保長安が入ってきた。吾平は平伏した。長安はもちろん屋内にあって、たたみ敷きの座敷に立っている。吾平にはその声がまるで空から降ってくるような感じがした。

「おぬしが、見えすき吾平かえ」

「はい」

「わしのために石を切り出せ」

声とともに、長安は、何かを投げてよこしたらしい。

頭の先で、どすっという音がした。吾平がそっと目をあげると、土の上には、

（純金）

手のひらほどの大きさの分銅がころがっている。分銅はいわゆる分銅形で、厚みは一寸《すん》（約三センチ）、上から見るとこうもりが左右の翅《はね》をひろげたようなかたちをしている。これ一個で一生あそんで暮らせるだろう。

吾平は、顔をあげた。

長安の顔をまともに見た。ひげが濃い。鼻はぶらりと茄子《なす》のようである。しかし何より特徴的なのは左右の眉《まゆ》だった。内側がほそく、外側がふとく、その差のあまりにも極端なことが権威を添《そ》え、いささか滑稽《こっけい》味を添えてもいた。

その眉が、八の字になった。

にんまりとしたのだ。何か人を小ばかにするような口ぶりで、

「雇《やと》い金《がね》じゃ」

（殺す）

それが、吾平の第一印象だった。初手《しょて》から人の心を金でつかもうという心根《こころね》がけがらわしい上、しゃべりかたに虫酸《むしず》がはしる。

「お奉行様のために、石を切り出せとは？」

吾平が問うと、長安は、

「そのとおりの意味じゃ。たとえ話ではない」

「ということは、この役宅の庭石にでも使われるので？」

「ばかめ」

長安は、これだから下々《しもじも》の話は聞くに値《あたい》しないのだと言わんばかりの軽蔑顔《けいべつがお》で、

「わしは、私利のために申しておるのではない。天下のためじゃ。千代田のお城の石垣のためじゃ」

「ち、よ、だ」

吾平は、おうむ返しに繰り返した。聞いたことのない地名だが、いかにも田舎くさい響きがある。

「そのちよだは、どこにあります」

「武蔵国《むさしのくに》、江戸の地じゃ」

長安は、得々とつづけた。

「せんだって関ヶ原のいくさに勝ち、天下の大勢を決した徳川家康公の根城であることは、まさか知らぬとは申すまい？　家康公はもはや誰をはばかる必要もな

く、じきに京の朝廷より征夷大将軍《せいいたいしょうぐん》の宣下《せんげ》をも受けられるであろう。あらたなる天下人《てんかびと》にふさわしい、天下一の城を普請《ふしん》するのじゃ」

「天下一……大坂城のごときですか」

「あほう。あんなおもちゃのような城、はるかに凌駕《りょうが》してくれるのじゃ。唐《から》や天竺《てんじく》、えすぱにあにも千代田の名をとどろかす」

(……こいつは)

妄想にもほどがある。吾平は失笑しかけたが、しかしつぎの瞬間、

(できる)

確信した。家康にほんとうにその能力と根気があるのなら、石材に関しては物理的条件はととのっている。伊豆国はもともと箱根《はこね》火山の溶岩流によって形成された土地が多く、古来、伊豆石と呼ばれる安山岩《あんざんがん》系の良石の産地となっている。埋蔵量は無限だ。吾平の正確な直感によれば、一万や二万くらいは、

(巨石は、切り出せる)

城の石垣にはじゅうぶんであるように思われた。問題はその切り出した石の運送だが、これはもちろん海路がいいだろう。伊豆半島の東の沿岸に四つ五つ港をこしらえ、そこから石船《いしぶね》(木製、石をはこぶ船の意)を出して海をわたる。そう

して江戸湾ふかく入りこませるのだ。海中の浮力はよほど作業をらくにするだろう。

それやこれやを考えると、伊豆というのは、まさしく江戸に石垣をきずくために存在している土地のようにも思われてくる。こんなことを思いつくとは、

（大久保長安、ただものではない）

そのことは、みとめざるを得なかった。

さすが甲斐の猿楽師《さるがくし》の家に生まれて関八州《かんはっしゅう》百二十万石の代官頭にのぼりつめただけのことはある。発想の飛翔《ひしょう》力がすばらしく、そのために大人数《おおにんず》を酷使することを屁《へ》とも思っていない。

「承知つかまつりました」

吾平は、ふたたび平伏した。となりの与一へ目くばせしてから、

「おん役目をおおせつかり、光栄に存じます」

吾平はこの刹那《せつな》、独立した一団の首領から、雇われ社長になったのである。自尊心は傷ついたが、そのかわり、

（わしの人生、大きゅうなる）

その期待に胸がふくらんだ。旧主北条氏への憧憬という心のとげはあるもの

の、目の前の仕事の魅力には逆らえないのが職人という人種の性《さが》なのである。

長安は、またぞろ人を小ばかにするような口調になって、

「金《きん》をとれ」

「え?」

「その分銅をとれと言うのじゃ。わしの前では礼儀は無用じゃ。とっとと懐中せい」

(殺す)

ふたたび思ったが、人生には自重《じちよう》のしどころがある。吾平はおとなしく分銅をつかみ、ふところに入れた。

「そうそう、それでよい」

長安の笑いはいっそう高らかになる。最高の仕事と最低の上司をいちどきに手に入れた瞬間だった。

†

大久保長安は、この連作にすでに登場している。

あの貨幣鋳造《ちゆうぞう》の名人である後藤庄三郎が家康の命を受けて江戸独自の大判をつくり、上方《かみがた》の豊臣家に対抗しようとした物語において、長安は、いわば家康と庄三郎のあいだの連絡役として顔を出した。

あのときの長安は、謙虚だった。

少なくとも権高《けんだか》なところのない男だった。庄三郎の話によく耳をかたむけ、必要な助言を惜《お》しまず、その態度もおおむね庄三郎を人と見ていた。まちがっても分銅金《きん》をごろりと投げ出すようなまねをする男ではなかったのだ。

その長安が、このたびは、すっかり人変わりしている。

鷺《さぎ》が烏《からす》になったようなものだった。理由はたぶん、時間にある。

この間《かん》、五年の月日がながれているのだ。

ただの五年ではない。秀吉が死に、前田利家が死に、そうして家康が関ヶ原の戦いを制して全国再統一をなしとげた五年だった。

家康はもはや単なる大大名ではなく、史上空前というべき巨大権力者になりあがっていたし、それにともなって家康第一の代官である長安の権限もとどまるところを知らなかった。長安はまた全国の銀山や金山を統括《とうかつ》する役目もになっている。ほかの大名や代官どもが、

――石高が、うんぬん。

――田んぼの取れ高が、うんぬん。

などと米のことばかり気にしているときに長安はひとり莫大《ばくだい》な現金をつかみ取りしていたのだ。この利権には家康ですら手がつけられなかった。こういう事情が長安をして、

――誰ひとり、わしには文句をつけられぬ。

自制のたがをゆるめさせてしまったのだろう。驕慢《きょうまん》のふるまいは年を追ってひどくなった。ほかの武将のように命がけの戦いで得た権力ではないだけに、かえって人に見せつけなければ安心し得ないのかもしれなかった。

ちなみに言う。長安はこの十三年後の慶長十八年（一六一三）、六十九歳で中《ちゅう》風《ぶう》で死ぬが、死んだとたん家康から、

「不正に金銀をたくわえた」

だの、

「幕府転覆の密謀があった」

だのという根拠不明の罪をあげつらわれ、遺児七人を死罪とされた。長安と親しかった大名や代官ものきなみ処分されたのだった。

あまりに大きくなりすぎた権力と財力を危惧《きぐ》した故《ゆえ》でもあるだろうが、根本的には、長安のこうした放埒《ほうらつ》さが家康の癇《かん》にさわったものと思われる。おかげで二十一世紀の現在においても長安はその民政官僚としての功績をじゅうぶん評価されているとはいいがたく、何か印象のつかみどころがない。人格というものは、業績とは無関係のようでいて、案外後世の評価に直結するものらしい。

†

関ヶ原の戦いの三年後、家康は朝廷より征夷大将軍の宣下を受けた。いわゆる江戸幕府の開府である。これによって家康は天下人よりさらに一段高いところに立つ、公儀そのものの存在になった。まもなく江戸城の普請に着手したことは、これは大久保長安の読みどおりだった。

城普請のうち、もっとも金と手間がかかるのは、石垣である。城には外敵から身をまもるため内濠《うちぼり》および外濠が必要となるが、その濠は、すべて石垣でかためられるのだ。

総延長は内濠外濠あわせて約五里、二十キロ以上にもおよぶ。結果から先に言うと、この二十キロのためには一万や二万どころではない、十万個をはるかに超える巨石が投じられることになった。たしかに大坂城を凌駕したのだ。

あの大久保長安の、

――唐や天竺、えすぱにあにも千代田の名をとどろかす。

という思いきった大言壮語《たいげんそうご》も、こんにち江戸城跡にたくさんの外国人観光客がおとずれていることを考えると現実となったといえるかもしれない。石垣の美の故である。そうしてその十万個の九割以上は、伊豆に産する石だった。

†

幕府開府の、さらに三年後。

石屋の吾平は、あいかわらず伊豆にいる。

大久保長安のもちものとなった堀河の石丁場であいかわらず石切の仕事に従事している。もっともここでは吾平の「見えすき」が必要となるようなむつかしい石はもう出ることは少ない。吾平は或る日、ふと思い立ったというふうに、

「たのむ」

弟子に言い置くと、

「与一。行こう」

例の墨師に声をかけ、現場をはなれた。

堀河は、現在の北川温泉あたり。

伊豆半島の東海岸ぞいの地名である。東は海だが、ちょっと西のほうへ入りこむと、半島一の高さをほこる天城山《あまぎ》がもりあがっている。

吾平はその山にのぼった。こんにち天城高原のあるところから尾根づたいに少し北へおりると、見はらしのいい場所がある。ほぼ東西南北をぐるりと見おろすことができる、神の視点の得られる場だ。

空は、晴れていた。

雲はなく、まっさおな空にときどき黒胡麻《くろごま》をまいたようにして鳥影が浮かぶばかり。むろん北西方面には雪をいただく富士《ふじ》山もくっきりと見えるが、吾平の目は、はじめから風景を愛《め》でるようにはできていない。

「なあ与一」

と、吾平は、となりの墨師に声をかけた。

「十年前とは、えらい違いになっちまったな。俺たちの伊豆は、気がつけば、ことごとく石丁場になっちまった」

大げさな感慨ではないつもりだった。どんぐりの背くらべのようにして地平線までひろがる山、山、山は、むかしはひたすら木のみどりで覆《おお》われていたものだったけれども、いまや山肌のいたるところが皮膚病の犬のように白くずるりと剝けている。木が伐《き》られ、土が払われ、石丁場になった箇所だった。

すべてのはじまりは、三年前。

家康が全国の大名に、

――御手伝《おてつだい》せよ。

と命令したことだった。江戸城づくりの御手伝である。ただしこのとき、天下の人々が、

――奇妙じゃ、奇妙じゃ。

ささやきあった事態が起きた。江戸よりも伊豆のほうに多くの大名がわりあてられたのだ。

伊豆の大名、約三十。

江戸の倍である。なかには加賀《かが》の前田利長、肥後《ひご》の加藤清正、土佐の山内一豊、長州《ちょうしゅう》の毛利秀就《ひでなり》といったような錚々《そうそう》たる名もあったから、事情を知らぬ京

大坂のわらべなど、

――徳川は、伊豆に城を築くか。

本気でそう信じたほどだった。

伊豆国には、ぞくぞくと人足たちが流れこんできた。

彼らはぞくぞくと山へのぼり、木を伐り、土を払って石丁場をひらいた。石丁場の数はぜんぶで六十にもなっただろうか。大きいところで六百人、小さいところでも七、八十人がそこで作業に従事したから、伊豆全体ではおそらく二万人以上になる。このちっぽけな半島は、たちまち日本一の大規模開発地帯と化したのである。

（こいつは、まあ）

吾平は、あきれる思いだった。

人口の急増を見こんで酒売り、魚売り、大工、遊女屋などあらゆる業種の人々もあつまったから、伊豆国には市《いち》が立ち、街がふえ、あえて二十一世紀のことばを使うなら石切バブルが到来した。吾平自身、うんと金まわりがよくなったのだ。

「たしかにまあ、えらい違いだ」

与一は、そう応じた。風景などはろくに見ず、尊敬にみちた目でじっと吾平の顔を見つめながら、

「わしももう四十をこえたが、こんなになるとは思いもよらなんだ。冥土《めいど》へのいみやげ話になります」

「お前は八十まで生きるよ、与一」

「どうでしょう」

「生きるさ」

吾平は、はっはっと笑った。石工には八十をすぎても元気にツルハシをふるう者がめずらしくない。与一もおそらく、墨師として、

(いつまでも、墨糸《すみいと》を張ってるだろう)

そんな奇妙な確信がある。それが証拠に、

「先月も、お前あ、女房に八人目の子を生ませたじゃねえか。精根がありあまってらあ。長生きするよ。しなきゃなんねえ」

「へへ、まあね」

与一が照れくさそうに頭をかいた。

「たんと金をかせがなきゃな」

「親方もね」

「そこでだ」

吾平は与一に向きなおり、ふいに真剣な顔になって、

「与一。ひとつ相談がある」

「何でしょう」

「あ、いや」

吾平は目をそらし、ろくに興味もない富士山のほうを見やりつつ、

「じつを言うとさ、この山の上へお前にわざわざ来てもらったのも、打ち明けたいことがあるからなんだが……」

与一は、動じない。かえって語気をみずみずしくして、

「親方らしくねえ。びしっと言ってください」

「それじゃあ言う。与一よ。これまで俺たちが長年掘りこんできた堀河の石丁場だが」

「はい」

「捨てようと思う」

「捨てる？」

「大久保様のゆるしを得て、ほかの大名にゆずっちまうんだ。俺たちはまた道なき道をゆく。誰も足をふみいれたことのない山奥へわけいって、一から石の採《と》れるところをさがす」

「どうしてです」

とは、与一は聞かなかった。ただ腕を組み、二度、三度とうなずきながら、

「近ごろは、江戸の要求《もとめ》がきびしいですからなあ」

「そう、それだ」

この事業がはじまった当初、江戸からは、指令はなきにひとしかった。

極端に言うなら、

――石であれば、何でもよい。

という感じだった。吾平としてもとにかく石を切り、山からおろして船にのせ、江戸へおくり出せばよかったのだ。

よその大名の人足には少々いかがわしい者もいて、石を切るという技術がなく、ほとんど砕《くだ》いてばかりだったけれども、そういう連中の出したものにも江戸からはべつだん文句は来なかった。人目につかぬ盛《も》り土の基礎部分など、それはそれで使いどころがあったのだろう。

が。
最近は、
——家康公のご意志である。
というふれこみで、こまかい注文がつくようになった。注文は、おもに四種だった。

一、石は大きく切れ。
一、色のついた石は出すな。
一、形状は、角石《かくいし》であれ。

角石というのはかどの立った四角柱というほどの意味だけれども、かりに四角柱にならない——たとえば鉛筆形のような——としても、

一、切りくちは直線であれ。断面は平滑であれ。

おそらく江戸のほうの石垣積みの現場でも、作業が進展するにつれ、高度な美

観、強固な力学的構造がよりいっそう追求されるようになったのだろう。一種の規格化の要求だった。代官頭の大久保長安など、ことさら家康の意をむかえることに熱心だったから、

「吾平よ」

と、ときどき役宅へ吾平を呼び出して、

「よそに負けるな。休まずはたらけ。お城の濠どころか天守台にも積まれるような天下一の石を切り出せ」

「むりです」

と、吾平はそのつど訴えるのだった。

「わが堀河は、むかしからの石丁場です。めぼしいところは掘りつくし、もう大ぶりの石は出ません。小さな角石をたくさん出すのが精いっぱい……」

「だからおぬしは二流じゃと言う」

「これは土地柄の話です。一流二流は関係ない」

「何のための見えすきか」

「見えすきなればこそ申すのです」

最後はいつも、不毛な押し問答になるのだった。

こういう経緯のあった末に、吾平は、

――堀河を捨てよう。

という提案を与一にしたのだ。

冒険の勧誘といっていい。与一はあっさりと、

「おもしれえ」

腕を組み、目をかがやかせた。おのが二の腕をごしごしとこすりつつ、

「親方、ぜひやりましょう。俺もじつは決まりきった仕事にはうんざりしてた。田んぼで言やあ、新田開発がしたかったんだ。見えすき吾平の仕事のときだ」

「だがお前には、妻と八人の子が……」

「なあに。これまでの蓄《たくわ》えがあります。食うにはこまらねえ。それに新たな石丁場を切りひらけば、これまで以上に銭持《ぜにも》ちになれる。やりましょう。やりましょう」

その場でタンタン足ぶみしはじめたので、吾平は意を強くして、

「よし。やろう」

ふたりは、力強く肩をたたきあった。

†

吾平の行動は、はやかった。

翌月にはもう堀河の石丁場を手ばなした。となりの石丁場を担当する丹波福知山《たんばふくちやま》八万石・有馬豊氏《ありまとようじ》にそっくり譲渡して、墨師の与一ほか十七名の草払い、タガネ師等とともに、単なる山師としての生活に入った。

勝てば長者、負ければのたれ死にして鳥のえさという生活である。大久保長安が案外あっさりこのことをみとめたのは、

——他にさきがけて、天下普請の手伝いをする。

という所期の目的は達したからだったろう。すでにして銀山や金山をじゅうぶん支配している長安には、いまさらただの石ごときで二度目、三度目の投機をおこなう必要はなかったのだ。

吾平たちは、ほとんど街へおりなかった。

収入のない、食いものもとぼしい、山伏も同然の旅ぐらし。ときどきは草の根を煮《に》て食ったりもした。うさぎ汁がご馳走《ちそう》だった。なかなか目をみはるような石

はあらわれなかったけれども、吾平はしかし、

(西へ行けば)

その確信は、ゆるがなかった。

確信には、根拠がある。これまで諸大名の石丁場は、伊豆半島の東半分に集中していたのだ。

西半分には石がない、というわけではない。単なる運送の便利の結果だった。江戸ゆきの船はみな東岸の港から出るのだ。西の山でいくら巨石を切り出したところで、陸路をえんえん運ぶのは困難でもあり危険でもある。だからやらない。それだけの話にすぎなかった。

しかしそれは、逆にいえば、

(半島の西にも、港をつくればいいじゃねえか)

そういうことだと吾平は思う。むかしといまでは情況がちがうのだ。江戸の幕府からこれだけ良石をよこせ、たくさんよこせと強要されているいま、たとえ半島の西側であっても、

(いいものが出りゃあ、運ぶやつはあらわれる)

だから吾平は、西へと歩をすすめたのだった。手下たちは誰ひとり逆らわなか

った。

一年後。

天城山の北西部、いわゆる天城火山群の最深部にあたる天子の山に入ったところで、吾平はとうとう目ざすものを見つけたのである。

「あれを見ろ」

吾平は谷底で立ちどまり、頭上を指さした。

切り立った崖《がけ》がそそり立ち、太陽を突き刺さんばかりにしている。崖というより巨大な壁。

その壁面は、まっ白だった。

少女の頬《ほお》のようにしみひとつない、なめらかな石肌がしっとりと夏の陽光を吸いこんでいる。これを粘土《ねんど》のようにすぱすぱ切り分けて運び出すことができたら、

(俺は、英雄だ)

吾平は、そのことに体がふるえた。背後では手下どもが上を向き、くちぐちに賞讃の声をはなっている。

「これなら天守台どころか、大手門《おおてもん》にも使える」

「岩壁に、ところどころ松の木がはえてるが」

「たたき落とせ」

「切り出そう、切り出そう」

「しかしどう切る」

その声で、ハタと全員が口をつぐんだ。

全員、吾平のほうを見た。崖を切り分けるなどという途方もなく馬鹿げたことができるのは伊豆、いや日本ひろしといえども、

――親方しかいない。

そんな力あるまなざしだった。

「お前たち、ついてこい」

吾平は号令し、まずは崖の上にのぼった。

木を伐り、草を払い、地を均《なら》すのは毎度のことである。今回はそれに加えて、

石屋
吾平一党

と刻んだ一かかえほどもある標識石をどんと据えた。石丁場ではどの大名もやることである。吾平もいわば大名なみに、一種の領有宣言をおこなったのだった。

土がすっかり均されると、崖っぷちに木杭《きぐい》を一本うちこんだ。杭に藁縄《わらなわ》をむすびつけ、縄の先にやはり藁で編《あ》んだ籠《かご》をむすびつける。籠はたいへん小さなもので、吾平ひとりが体を入れるとそれだけで全身をしばりつけるように窄《すぼ》まってしまう。

「窮屈だな」

吾平が笑うと、手下が笑った。機械的な笑いだった。

四人が、縄にとりついた。

「いいぞ。やれ」

という吾平の合図とともに、彼らは縄をたぐり出した。

吾平を入れた吊《つ》り籠はするすると崖をはなれ、宙へ降下することになる。縄が切れれば、もちろん谷底へまっさかさまである。吾平はつい、下を向いた。

「うっ」

（高い）

谷底はふかく、浅い川があり、その両岸をしらじらと川原石がうめつくしていた。やわらかく吾平を受けとめてくれそうな気配はみじんもない。落ちれば血肉が四散する。

風が、吹いた。

どうということはない。微風の域を出ないだろう。が、籠はぐらりと思いのほかにゆれ、

「何くそ！」

上から声が聞こえてきた。あおぎ見れば四人の手下たちが必死の形相で縄にしがみつき、ひっぱっている。わずかのゆれでも下向きの力はそうとう強くなるのにちがいなかった。籠はひょこひょこと上下した。

がしかし、このことがむしろ吾平に度胸をとりもどさせた。

（あいつらを、食わせねばならん）

もはや下を見ることはしない。上も見ない。見るのはただ正面の断崖絶壁のみ。いや、それはもはや崖ではなかった。単なる巨大な一枚の石なのだ。これまで何千、何万と対峙《たいじ》してきたのとおなじ、ただの「見えすき」の対象。なるべく大きく切り落とすには、

（どの節理から、割ればいいか）

まわりの風景から、空が消えた。鳥が消えた。崖上に通じる縄が消え、谷底の小さな川が消えた。あらゆる音や

においが消え、あらゆる風のそよぎが消え、天地にはただ吾平と石があるのみになった。

吾平はゲンノウを使わなかった。石の内部の音を聞かなかった。手をのばせば届かぬことはなかったが、いまは目だけに頼りたかった。そうして吾平は、或る瞬間、

（来た）

まるで人体のなかに骸骨《がいこつ》を見とおしたように、すみずみまで石の内部を見とおしたのである。

右手の指をさしのばし、

「この筋《すじ》だ」

はっきりそう言ったとき、右どなりには与一がいる。

吾平とおなじように吊り籠につつまれ、吾平とおなじ高さにいる。与一の縄も上のほうへ走っていた。見あげると、崖の上にもう一本打たれた杭にしっかり巻

きつけられていて、べつの手下がやはり四人、綱引きのように引っぱっている。

与一のほうに目をもどすと、

「承知した、親方！」

与一は、大きな声を出した。

が、その声はかさかさに乾《かわ》いた枯れ葉のようだった。目がつりあがり、顔全体があたかも蠟《ろう》でかためたかのごとく蒼白だった。

くちびるは、紫色。

「おい、与一。だいじょうぶだ。仲間を信じろ」

「し、信じてまさ。もちろん」

「下を見るな」

「も、もちろん」

「見るなって！」

「見てません」

股間《こかん》から湯気が立っている。黄金のしずくが谷へ落ちる。与一はしかし、おのれの体の変調にはまったく気づいていないようだった。

「さ、仕事だ」

腰に手をやり、帯にたばさんだ小筆をとろうとした。ここでは墨糸は使えないのだ。上半身がぎこちなく傾き、籠がぐらつく。

「おい！」

言ったのと、与一の籠が――籠そのものが――横だおしになったのが同時だった。まるで柄杓《ひしやく》が水をこぼすように、籠はあっけなく与一をこぼした。

「あああああああ……」

八人の子の父親の悲鳴は、すうっと谷底にすいこまれた。しだいに響きが小さくなり、やがて完全な静寂が支配したとき、下のほうから、ほおずきを鳴らしたようなチュッという音が立った。

†

石取り自体には、成功した。

墨線を引くことはできなくなったが、吾平自身が吊り籠のなかから指示を出すことで何とかタガネ師たちに矢穴を穿《うが》たせた。タガネ師ももちろん吊り籠にゆられつつ、なるべく下を見ないようにして、ノミ、タガネを打ちこんだのだ。

矢穴の数、二十以上。

いずれもそうとう深かった。作業は三か月にもおよんだ。牛のあゆみのような日々だったけれども、
ぴしっ
と、その瞬間はとつぜんおとずれた。

亀裂が水平に走り、ぐらりと崖の上部がかたむいたのだった。

と思うと、その「石」は崖から離れ、信じられぬほどゆっくりと谷底へ落下していった。やがて谷底の浅い川に衝突し、ごおおっという鬼の泣き声のような山びことともに川底にめりこんだ。吾平は吊り籠のなかでそれを見おろして、体がふるえ、あやうく与一の二の舞をふむところだった。

崖の上では、手下どもが仕事をしていた。

ならんで吊り籠をひっぱっていた。しかし彼らはあらかじめ奥のほうへ引き下がっていたから崖もろとも墜落することはなかった。吾平はこの危険でありすぎる高所作業において、とうとう与一以外の事故死者を出さなかったのだ。

谷へ降りると、その石は、予想をはるかに上まわる品だった。

これだけの高さから落ちたのに割れも欠けもほとんどしていない。そうとうな

硬さだった。要求のきびしい江戸の連中も、これなら、

——上品《じようぼん》、上品。

手を打ってよろこぶだろう。吾平は手下たちを呼び、ぐるりと彼らの顔を見ながら、

「この崖は、これから最高の石丁場になる」

涙でまつげを濡《ぬ》らしつつ、かねてから胸にあったことを話しはじめた。

「巨石良石おもうがまま。宝の山じゃ。お前たち、たんと稼げよ。わしは退《の》く」

「退く?」

「お前たちの親方をやめる」

全員、顔を見あわせる。

しばらくして、

「親方」

おずおずと前へすすみ出たのは、松次《まつじ》という若者だった。タガネ師のなかの最年少で、腕は未熟だが、先輩にも口で負けない利発さがあって吾平は一目《いちもく》置いている。

「何だ、松次」

「退いて、何とします」

「江戸へ行くさ」

吾平はさばさばと言うと、腕をのばし、たったいま切り出されたばかりの巨大な石をいとおしく見あげながら、

「こいつが江戸でどう扱われるのか、わしは、しかと見とどけたいんじゃ」

松次は、なかなか察しがいい。子が親にさからうように口をとんがらして、

「そいつはやっぱり、与一さんへの供養ですか」

「それもあるが、松次さ、わしももう五十だよ。先はみじかい。この目のきくうちに、『見えすき吾平』の名があるうちに、わしはわしの仕事のゆくすえが見たいのじゃ。わしの切り出した石がはたして未来永劫《えいごう》、誰かの心にのこり得るか、のこり得ないか。それを見とどけんうちは安心して与一のもとへは行かれねえ」

「し、しかし」

となお不満そうな顔をする松次へ、吾平はにやりとして、

「安心しろ。きょうあすの話じゃねえ。江戸へ行くのは、この崖をちゃんとした石丁場にしたててからだ。お前らだけにやらせたら、またぞろ第二、第三の与一が出ちまうからな」

こういう後進へのおもんぱかりは、結局、吉だったか凶だったか。

吾平はそれから、江戸へ出るのに七年もかかった。崖そのものの開発もむつかしかったが、それ以上に難航したのは、崖から人里《ひとざと》への、修羅道《しゅらみち》の開削《かいさく》だった。

修羅道とは、石をおろす道のこと。ふつうなら距離が最短になるようまっすぐ道をひらくものなのだが、吾平はわざと、

「つづら折りにせよ」

と命じた。くねくねと折れ曲がりつつ下降する道。このほうが勾配《こうばい》がゆるやかになり、石を運ぶとき——木船にのせて丸太の上をすべらせる——スピードが出ない。轢《ひ》き殺される危険がへる。吾平はここでも人足たちの命を優先したのだった。

当然、工期も延《の》びるのだが、吾平はそれでも、

「かまわん」

つづら折りにこだわった。もっとも、工期が延びれば工事費もふえる。こればかりはどうしようもなかった。或る日、まっさおな顔をして、

「親方、銭がありません」

と訴えてきたのは、あの若い松次だった。松次は結局タガネ師としては大成せ

ず、手先の仕事からは離れたが、しかしそのかわり資材の手配とか人材の配置とかいう現場監督の仕事にめざめ、そちらのほうで吾平の片腕となっていた。

「もう人足のめし代も出やしません。このままじゃ全員ぶったおれちまう」

　松次がほとんどべそをかくと、

「そうか」

　吾平はしかたなく、つてを頼って、仙台藩六十万石の藩主である伊達政宗の援助をあおぐこととした。伊達家はこころよく金四千両を醵出《きょしゅつ》したが、そのかわりこの新設の石丁場は、宝の山は、そっくり伊達家のもちものとなった。吾平一党はふたたび雇われの身となったのである。

「わしに力が足りなかった。申し訳ない」

　吾平は、そう言って手下どもへ頭をさげた。

　親方としては失敗なのだが、松次をふくめ、文句を言うやつはいなかった。みな吾平がどれほど自分たちをいたわってくれたかを知っていたのだ。戦国の世は去ろうとしている。命あってのものだね、が常識の世になろうとしていた。

　七年後。

　吾平は、ようやく伊豆を出立《しゅったつ》した。

伊豆半島の東のつけ根、相模国《さがみのくに》との国境にちかい伊豆山の地（現在の静岡県熱海《あたみ》市）で、松次以下の手下たちに見おくられると、

「さらばじゃ。さらばじゃ」

何度もそう言って、涙をながし、なかなか足を踏み出さなかったという。吾平も老いた。おそらくは、もう二度と、

（ふるさとには、帰られん）

そんな予感があったのだろう。

†

武蔵国江戸。

その第一印象は、

（きれいじゃ）

ということだった。

街路のまんなかに立って、

「ほう、ほう」

吾平は、賛嘆の声を出しすらした。ここは江戸城東方のお濠端《ほりばた》。近ごろは八代《やよ》洲河岸《すがし》などと呼ばれている街。こんにちの東京駅八重洲《やえす》口あたり……ではなく、それよりももう少し城にちかい丸《まる》の内《うち》周辺に相当しようか。たった二十年前には海だったなどということは、

（言われなきゃあ、わからねえな）

何しろ街なみが整然としていた。道はまっすぐで幅《はば》がひろいし、よく地固めがなされている。藁くずひとつ落ちていない。道の左右は町人地だが、大工なら大工が、鍛冶《かじ》屋なら鍛冶屋が、それぞれ寄り集まって一街《いちがい》を形成しているらしく、町人地にありがちな汚くごちゃごちゃした印象はなかった。

「江戸の町人は、こんな場所に住んでるのか」

正直うらやましかったし、こんな光景を現実のものとしてしまった徳川家康という男のことを、はじめて、

（大したお人じゃ）

とも思ったが、むろん冷静にかんがえれば「いい街」どころの話ではない。しょせんは新造の埋め立て地、地盤的には豆腐《とうふ》の上も同然だから地震が来れば全家屋がぺしゃんこになる。そのあと津波でも来れば最悪だ。たった三尺の高さの波

でも住民ことごとく海へさらわれることになろう。やっぱり八代洲などというところは、

（いのちの値段の、安いやつの住むところだ）

それが証拠に、武士たちは誰ひとり住んでいない。

みな山の手といわれる高台に住んでいる。最初からそういう計画《まちわり》なのだ。逆にいえば、江戸というのは、低地と高台をどちらも持つというそもそもの自然条件が身分差別に最適である。よくも悪くも封建の世にぴったりの都市なのだった。

吾平は、北のほうへ足を向けた。

高台のなかの高台をさして歩みはじめた。江戸城である。そこでは長大な内濠や外濠のあちこちで石垣づくりがおこなわれているが、吾平がめざすのは、伊達家担当の現場だった。伊豆での交誼《こうぎ》のながれから、吾平はここでは伊達家お雇いの人足どもに寝食の世話をしてもらうことになっている。

伊達家担当の普請場は、大手門だった。

江戸城本丸の表玄関。実用面でも儀礼面でももっとも重要な場所のひとつ。ここを任《まか》されるというのは、伊達家にとっても職人にとってもこの上ない名誉にほかならなかった。

夕刻だった。

吾平は、たまたま通りかかった土はこびの子供をつかまえて、

「伊豆から来た吾平という。おぬしの親方に会いたいのじゃ」

子供はうなずき、男をひとり連れてきた。

（これが、もう親方か）

吾平は目をみはった。顔にしわひとつなく、にきびのあとすら頬にぱらりと散っている。どう見ても二十代だ。あの伊豆の松次より若いではないか。

「あんたが、見えすき吾平か」

男が、問うた。

威勢のよすぎる巻き舌だった。吾平はうなずき、こうべを垂《た》れて、

「何ぶん江戸には不案内じゃ。よろしくお願い申す」

「俺は喜三太《きさんた》」

と、この石積みの親方は、

「このへんの丁場（現場）じゃあ『見えすき喜三太』って呼ばれてる」

「見えすき、喜三太？」

吾平は、顔をあげた。喜三太は敵意むきだしの口調で、

「俺の目あ、石の内部《なか》が見えるんだ。言っとくが、俺自身の名のりじゃねえぜ。いつしか手下どもがそう呼ぶようになった」

「ほう、そうか。それはほんものだな」

吾平は、衷心《ちゆうしん》から言った。実際、吾平も、そのようにして気がつけば通称で呼ばれていたのだ。喜三太は、つばを吐《は》いて、

「ところが流れ者のなかにゃあ、俺をにせもの呼ばわりするやつがいる。ほんものは伊豆の石切だ、こっちは二番煎《にばんせん》じだってさ。今回はいい機会《しお》だ。本家殿《どの》に会えるとはな。あすからはいろいろ石の目ききを教えてもらうことにしようよ、なあ」

焦《こ》げくさい肌のにおいが嗅《か》げるくらい顔をちかづけて吾平をにらむと、喜三太は、ぷいとふりむいて行ってしまった。慶長十九年（一六一四）九月、みょうに肌寒い日のことだった。

†

喜三太は、どこの出身かわからない。

一説には安土《あづち》城の石垣を築いたことで有名な近江国穴太《おうみのくにあのう》の石工集団、いわゆる穴太衆の出《で》ともいわれるけれども、これは伝説の域を出ないようだ。とにかくはっきりしているのは、十八のときには江戸にあって千代田の城の仕事をしていたことと、二十余歳で親方となったことだった。親方となってからは職人がほうぼうから寄り集まって、喜三太一党と呼ばれる一大勢力を築いた。江戸城普請の現場では、その名を知らぬ者はなかったのだ。

もっとも。

最初は、伊達家お雇いの者ではなかった。紀伊《きい》三十七万石の領主である浅野長晟《あさのながあきら》の配下だった。担当箇所も大手門ではない。城の東南角《すみ》にあたる、外桜田《そとさくらだ》門から日比谷《ひびや》門にかけての内濠だった。こんにち日比谷公園や霞《かすみ》が関《せき》一丁目あたりから望むことのできる石垣がすなわちそれだが（もっともこんにち見る石垣は後世の修築を経ている）、喜三太はしかし、このときはむしろ浅野家から、

――厄介者《やっかいもの》。

という評価を得ていたのだった。浅野家の派遣した現場監督というべき普請奉行・御手洗紹左衛門《みたらいしょうざえもん》とことごとに対立したからだ。

「急げ」

というのが、御手洗の口ぐせだった。

「西どなりを見よ。肥後の加藤清正の普請である。北どなりを見よ。備前美作《びぜんみまさか》十八万石森忠政《もりただまさ》の普請である。おぬしら賤民《せんみん》にはわからぬであろうが、ここは単なる普請場ではない。大名どうしの戦場《いくさば》なのじゃ。おくれを取るな。急げ。急げ」

（何が賤民だ。気に入らん）

と思いつつ、喜三太は、反抗しなかった。この当時はまだどこの現場でも石を積むところまでは行っておらず、その前の段階、つまり基礎となる盛り土をする段階にとどまっていたから、

（手柄にはやるのは、いいことじゃ）

むしろ共感すらしていたのだった。

或る日。

喜三太は、西どなりの普請場にふしぎな光景のあるのを見た。

まだ盛り土もしていない沼同様の地へ、人足たちが枯れ萱《かや》をどんどん放りこんでいる。まるで武蔵野全域から集めてきたかと思われるような、それはそれは大量の萱だった。沼そのものが枯れ色に覆われた。

むろん土も入れるのだが、それにしても異様きわまる光景だった。

――何じゃ、何じゃ。加藤家のところは何をしている。

人足たちの評判になったが、当の加藤家の人足たちは、萱の投げ入れを終えてしまうと、つぎの日から現場へ姿を見せなくなった。

仕事をやめてしまったのだ。かわりに普請場へあらわれたのは、数百人の子供たち。

「きゃあっ」

歓声をあげつつ、萱土《かやつち》の上でまいにち遊んだ。相撲、たこあげ、印地《いんじ》打ち……

喜三太はその光景をまのあたりにして、

「御手洗様」

と、おのれの現場監督に注進《ちゆうしん》した。

「いまからでも間に合います。あのやりかたを真似《まね》ましょう」

「ばか」

御手洗は、いやな顔をした。

「あそこの奉行は森本儀太夫《もりもとぎだゆう》という怠《なま》け者《もの》じゃ。わしのようなまじめな武士がどうして下風《かふう》に立てるものか」

「しかし、お奉行……」

「喜三太、まだ言うか。普請の手法はめいめい勝手。よそを真似るなど殿の顔に泥をぬるにひとしい」

御手洗は逆上し、喜三太は、閑職にまわされた。

お濠の底へ土留《どど》めの杭をうちこむ作業へと配置換えになったのだ。お濠の水は抜いてあるし、はっきり言って誰でもできる。普請場の花形というべき石積みの仕事は、かつて喜三太の手下だった初老の男にまかされることになった。酒ぐせが悪く、ばくちが好きで、すぐに手抜きをしたがるので重要な仕事はあたえてこなかった男だった。

この新しい親方は、なかなか有能だった。

あっというまに盛り土を終え、その表面に石を積んだ。積みかたも堂に入ったもので、自然石を積んだだけの野面《のづら》積みではなく、加工した石をすきまなく組み合わせる切石《きりいし》積みをいちはやく採用した。見た目にもきれいに仕上がっていた。

西どなりの加藤方は、ようやく子供を追い払ったところだった。

「どうじゃ」

御手洗は、得意満面。子供のように手を打って、

「森本めはまだ石のひとつも積んでおらぬ。わしの勝ちじゃ」

主君の浅野長晟にほめられたし、浅野長晟は家康にほめられた。いっぽう喜三太は、お濠の底で、

――無能。

という評価があたえられた。それまで苦楽をともにしてきた手下や人足がひとり、またひとりと去っていくのを引き止めることはできなかった。

ところが。

一か月後の、四月三日。

雨がふった。大した雨でもなかったのに、切石の石垣はみるみるゆるんだ。石と石のあいだから水がもれ出し、土がもれ出し、石垣全体が息を吸ったようにふくらみはじめた。基礎が、くずれはじめている。

「修築をせよ」

御手洗は、ただちに命じた。あの酒ぐせのわるい、ばくち好きな親方は手下全員に蓑《みの》をくばり、笠《かさ》をくばって、

――石のすきまに、小石をつめこむ。何としても崩落をふせぐのじゃ。

雨中の作業に没頭させた。対症療法《いちじのがれ》にすぎなかった。

どっ
という音がしたかと思うと、或る箇所がとつぜん内部から爆発するかのごとく土をふきだし、巨石を二、三個はじきとばしたのだ。

土土手《つちどて》が、むきだしになる。

そこへ上から積み石がなだれこんだ。ごつごつと凄まじい音がひびいた。なだれはなだれを呼び、たちまち石垣全体へひろがる。石と石のすきまがひろがり、大きな地震が発生する。

浅野家の担当は、外桜田門から日比谷門にかけて。

長さ三町（約三百三十メートル）、高さは八間（約十四・四メートル）にもおよぶ。こんにちで言うなら五階建てのビルディングに相当する高さの壁が総くずれになり、千数百個の石、石、石がごうごうとお濠の底へころがり落ちた。砂の山がくずれるようなあっけなさだった。

石壁《いしかべ》には、無数の人足がへばりついていた。

小石つめこみの作業をしていた。丸太で足場を組むひまもなかったのだ。彼らは巨石とともにお濠に落ち、つぎつぎと巨石の下敷きになった。

虫のように踏みつぶされた。頭部はつぶれ、肋骨《ろっこつ》はこなごなになり、血脂《ちあぶら》はなめらかに石肌をぬらして雨中にあやしげな白光をはなった。はるばる伊豆半島から丁重《ていちょう》かつ丹念に運びこまれた石たちは、こうして大量殺戮《さつりく》の凶器と化した。雨はしばらく降りやむことがなく、遺体は泥中《でいちゅう》に放置されて腐臭をはなった。

　圧死者、百五十余名。

そのほとんどが妻も子もある父親だった。喜三太の手下はひとりもなかった。最初から御手洗の命をこばんでいたため犠牲者は出なかったのだ。

　御手洗は、ただちに主君の譴責《けんせき》を受けた。

——面目《めんぼく》次第《しだい》もござりませぬ。ただちに修復いたします。

叩頭《こうとう》し、現場へもどり、人足たちを罵詈罵倒《ばりばとう》した。

——おのれらがやわな石垣を築くから、このような騒ぎになったのじゃ。能なしめ。わしの不面目じゃ。一日もはよう復旧せよ。

　御手洗の関心は、どこまでも面目にあった。

面目以外にはなかった。彼は工期にこだわった。外観にこだわった。時間をかけて基礎をしっかりやりなおすという当然すべきことをせず、石積みばかりを優先させた。

　基礎は、ほとんど粘土のままだった。

翌々月に一度、さらにその翌月に一度、崩落事故を起こしたのは当然の結果というほかない。原因はやはり雨だった。御手洗は、事故から何ひとつ学ぶことをしなかったのだ。

三度目のときには、西どなりの加藤家の人夫まで巻き添えにしてしまった。これこそ殿様の不面目である。責任はまぬかれず、切腹の命をたまわったが、喜三太は、この時点ではもう浅野家を追い出されてしまっている。御手洗のたびたびの要求にもかかわらず、手下をとうとう出さなかったためだ。死ぬとわかっている現場へ手下をさしむけることは、喜三太にとって、自分が死ぬよりもあってはならないことだった。

喜三太は、

――佐渡へ行こうか。

ふとそんな思いがきざした。佐渡には日本一の金山がある。自分の目の能力も、それなりに、

――使いどころが、あるだろう。

そんなふうに思ったのだった。しかしそのとき、

「うちで、働かぬか。このまま城普請と縁《えん》を切らせるのは惜しい」

声をかけてくれたのが、伊達家の家中《かちゅう》の人だったわけだ。

喜三太は、いうなれば移籍した。異例のことである。そうして移籍先の大手門でも親方として尊敬をあつめ、

——見えすき喜三太。

などと呼ばれるようになったのである。その「見えすき」の内容は、もとより吾平のそれとはちがうけれども。

†

さて、吾平。

翌日から、伊達家の普請を見るようになった。

口は出さない、手も出さない。ただ少し離れたところに突っ立って現場のありさまを見まもるだけ。ときには正直、

——わしにも、やらせろ。

と袖《そで》をまくりたくなる瞬間もないではないが、

（わしの仕事は、見ることだけじゃ）

そのことを、おのれへ強く言い聞かせている。自分はもはや隠退した身なのだし、それに何より、

(与一の石が、まだ来てねえ)

あの崖のてっぺんから切り落とした石は、与一の命とひきかえの石は、いまだ江戸に来るどころか伊豆の山すそに放置されているのだった。

理由はひとつ。

あまりにも大きすぎるのだ。

大きすぎて伊達家の所有する約三百艘《そう》の石船のどれにも積載できなかった。もとより陸路はかんがえられぬ。海上輸送が不可能ということは、ただちに輸送が不可能なのだ。このままだとあの石は、いわゆる残念石《ざんねんいし》になってしまう。かたちが悪いとか、矢穴のあとが見苦しいとかいう理由で永遠に建築資材とはならず、野ざらしにされる石。もっとも、吾平は、

(いずれ、来る)

そう信じている。江戸城がほんとうに天下一の城たらんとするなら、天下一の石を使わなければならぬ。天下一とはあの石である。あの石のゆくすえを、

(見とどける)

それが吾平の最後の人生の目的である以上、それまでは凡百の仕事に口を出すにはおよばない。人生には、そう、自重のしどころがあるのだった。

もちろん。

ただ見るだけと言っても、思考まで停止しているわけではない。意外な気づきがいくつかある。

(大手門の仕事ってのは、案外、つまらねえもんだ)

このことだった。いくら江戸城本丸の表玄関でも、いくら儀式の舞台でも、石垣の高さはさほどではない。人の背よりは少々高いというくらいか。お濠端のそれが八間にもおよぶ――五階建てのビルディングに相当する――ことを考えると、まったくもって、

(張り合いがねえ)

喜三太も、口のわりには大したことがなかった。べつだん有能な親方とは見てとれぬ。つぎつぎと運びこまれてくる石を見あげては、その石を胸の前できゅっと両手におさめる恰好をして、その手をひっくり返したり、左右に回転させたりしつつ、

「これは、こう」

「これは、こう」

などと積みかたを指示するだけだった。なるほどその口ぶりはテキパキしていて有能そうだが、特殊能力というほどではない。そもそも大手門にはさほど巨大な石も使われないのだ。まったくもって、つまらなかった。

或る日の朝。

吾平がいつものように現場のすみで立っていると、喜三太が来て、

「お前。俺が凡夫だと思ってるだろ」

あいかわらず敵意にみちた目で言った。吾平はあっさり、

「まあな」

「だろうな。ここじゃあ見えすきもへったくれもない」

「ほかの現場ならやれるんだが、か。能なしによくある言いわけだな」

吾平が挑発すると、喜三太は仏頂面《ぶっちょうづら》のまま、

「ついてこい」

くるりと背を向け、歩きだした。

内濠にそって北へ歩く。内濠は西へカーブする。平川《ひらかわ》門はこのさい無視してさらに西へ歩をすすめると、道の左に、お濠をわたる橋がある。

その橋のむこうに、北桔橋門《きたはねばし》があるのだった。

大手門とおなじく本丸への入口であり、大手門を表玄関とするならば、こちらは裏門にあたる。いわゆる搦手《からめて》であるが、

「こ、こいつは」

吾平は、絶句した。

その石垣は、大手門よりもはるかに手が込んでいる。

大手門のそれが単純にのっぺりと左右へのびているのに対し、こちらのほうは、特に門の左側は、出角入角《でかくいりかく》をくりかえしている。

手前へ、奥へ。手前へ、奥へ。さながら屏風《びょうぶ》を折ったかのごときジグザグ状態。上から見れば、その輪郭《りんかく》は、のこぎりの刃状の線を描いていることだろう。

もっとも、まだ石積みの作業ははじまっていない。

ごく地面に近いところ以外は土土手《つちどて》がむきだしになっている。将来その上もびっしりと切石に覆われるときには、それはもう、

（この世のものとは、思われねえ）

天下一のうつくしさになる。その光景を想像して、吾平は、息ができなくなってしまった。

「……うっ、ああ」

あんまり息がつまったので、自分でとんと胸をたたいたくらいだった。

夜のあけそめ。白昼。夕暮れどき。……陽のさす角度が変わるたび石垣のかげも向きや長さを変えるだろう。ときにはお濠のまっさおな水面《みなも》の上へも黒い絵をうつし出すだろう。二十一世紀の現在なら、千代田区、竹橋《たけばし》交差点あたりでふと目をあげれば誰もが見ることのできる光景である。

喜三太が、横に立つ。

まだ石のない普請場のほうを見ながら、

「きれいだろ」

声がはずんでいる。吾平はうなずき、

「ああ、きれいだ」

「もちろん外観《みため》だけじゃない。軍学上の利点も大きいんだ。大手門の担当たる俺には少々くやしいことだが、この江戸城は、設計《なわばり》の上じゃあ、搦手のほうが大切なんだ。俺の言うこと、わかるか？」

「わかる」

吾平は、ただの石切である。

築城のことはわからない。わからないながら、

（なるほど）

納得するところがあった。この北桔橋門は城の裏門にあたるだけに、将軍の住まう御殿《ごてん》や天守からいちばん近い位置にある。大手門よりはるかに近い。ということは、外敵がまっさきに目をつけるのも、

（こっちの、裏門だ）

まもり手としては、防戦の準備をつくさねばならぬ。

櫓《やぐら》をずらりと設置しなければならぬ。見張りをしやすくし、矢や弾丸をより広角に、より大量に、発射できるようにするためだ。

そうしてそういう櫓の機能が——とりわけ広角に発射するという機能が——最大限発揮されるためには、その土台である城壁はぐっと前に、Ｖの字状に、突き出ることが必須である。すなわち屛風を折ったかのごときジグザグの出入りは、単なる美観の追求ではない、軍学上の実利を徹底的に追求した結果だった。

「そういうことじゃろ、喜三太」

と吾平が言うと、喜三太はへへんと鼻で笑って、

「ま、この程度のこたあ、わかってもらわにゃあ話がつづかねえ」

「わからん者がいるのか」

「いるさ」

喜三太は、けろりと言った。

「そいつは、誰だ？」

「この北桔橋門の石垣は、土佐国二十四万石、山内忠義《ただよし》様のご普請だが」

喜三太はそこで口をつぐむと、あたりを見まわし、しかしむしろ声を大きくして、

「ま、山内様もおかわいそうさ。ぼんくらばかり雇わされて」

暴言である。

まわりにはそのぼんくらが百人も行ったり来たりしているのである。本来ならば、

「何故《なにゆえ》に、われらを侮るか」

とか何とか怒声をあげつつ彼らがもっこを捨て、梃子棒《てこぼう》を捨てて喜三太に殴《なぐ》る蹴るの暴行をくわえても文句は言えないところだった。

何もしなかった。

彼らは粛々《しゅくしゅく》と仕事をした。むしろお濠のむこう側、ジグザグの石垣のふもと

に立って手下にいろいろ指示を出していたらしい男がひとり、

「おお」

こちらに気づき、犬のように駆けてきた。

犬のように両手両足をつかって土手をあがり、喜三太の前に立つと、

「見えすき喜三太。よう来てくれた」

まるで仏像でも拝《おが》むかのように喜三太にむかって手を合わせた。喜三太は苦笑いして、

「俺はほとけじゃねえ。まだ生きてる」

「あいかわらず口がわるいのう。われらを助けに来てくれたんじゃろ？」

ひどい土佐なまりである。この普請場の親方なのだろうが、指導力はなさそうで、好々爺《こうこうや》の予備軍といったような笑顔だけが印象にのこる男だった。

喜三太は鷹揚《おうよう》にうなずいて、

「俺が助言してやらねえと、お前たち、どんなおかしな仕事をするか知れたもんじゃねえ。石には石の積みかたがあるんだ」

「そうじゃろ。そうじゃろ。助けてくれ」

「だがなあ、うーん。こっちも伊達様の雇われの身だしなあ……」

喜三太が頭へ手をやり、ためらうそぶりを見せる。相手の親方は、喜三太の顔を下からのぞきこむようにして、

「酒か？」

「おいおい」

「酒なら土佐から送らせる。肴《さかな》もじゃ。鮎《あゆ》ずしはどうじゃ。手下どもとたらふく飲め」

「よし」

喜三太は、ひざを両手でぽんとたたいてから、

「それじゃあ軍配《ぐんばい》してやろう。ただし、まいにち来るわけにはいかねえからな。あそこをやる」

顔をあげ、対岸の或る箇所を指さした。

北桔橋門の左側、門にいちばん近いVの字の突出部。ずいぶん長いこと土手のまま放っておかれているらしく、ひょろひょろと草まで生えてしまっている。親方はよろこびをあらわにして、

「そうじゃ、そうじゃ。特にあそこの先端部《さきっぽ》がのう、土手がせまくてのう、わしには無理なんじゃ。たのむ、たのむ」

それから喜三太は、四、五日に一度、その普請場へ顔を出した。

そうして大手門におけるのと同様の仕事をした。つぎつぎと運びこまれてくる石を見あげては、その石を両手におさめる恰好をして、その手をひっくり返したり、左右に回転させたりしつつ、

「これは、こう」

「これは、こう」

積むまねをして見せたのだ。吾平はうしろで見ていて、

（これが、喜三太の見えすきか）

はじめて得心した。吾平自身の見えすきは、石の節理の透視能力である。いわば石を切るための能力だが、喜三太のそれは、むしろ石を積むための能力だった。具体的には、石の内部の、

（重さの、偏《かたよ》り）

それを透視する能力だった。

すなわち、或る石を寝かせたら、縦《たて》にしたら、重みのかかり具合はどう変わるのか。どの面にどれほど分散されるのか。そもそも石の重心はどこにあるのか。この石にこの石をどう重ねたらどうなるか。どう傾けたらどうなるか。……「重

さ」という見えない力の大きさや向きを一瞬のうちに、正確に、見やぶる目こそ喜三太の見えすきにほかならなかった。

小さな石なら、誰でもわかる。

手のひらでころがしてみることもできる。がしかし、巨石となると積むことも、ころがすことも、すべてが一発勝負になる。やりなおしはきかない。最初に「見る」ことがかんじんなのだ。

そうしてこの北桔橋門の現場においては、巨石の数が、ほかの普請場よりもはるかに多い。喜三太が人足たちに人気があるのも、

(なるほど。よくわかるわい)

吾平は、日ごとに感嘆をあらたにした。

人足たちにしてみれば、喜三太の言うとおりにさえしていれば巨石をころがすのも積むのも最小限の手間ですむ。ひとたび積めば微動だにしない。文字どおりの盤石となるのだ。もちろん大雨はこわくないし、労働災害の心配もほとんどない。彼らも命は惜しいのだ。

(それにしても)

と、吾平は思う。おもしろいことがひとつある。喜三太の本籍というべき伊達

家のほうの態度だった。

　彼らは思いのほか寛容だった。喜三太がたびたび大手門の現場をはなれても、べつの現場の仕事をしても、誰ひとり、

「それは、いかぬ」

　と制止しなかった。伊達家がじきじきに派遣した奉行役の武士ですら、そんな四角四面なことは言わなかった。

　江戸城普請は、天下普請である。

　天下の名だたる大名がこぞって城を建てている。ということは、大名どうしが競争しているということなのだ。

　本来ならば伊達家は伊達家、山内家は山内家。ほんの少しでも技術流出はどこの家中でもきらうはずだが、そこはそれ、現場には現場の便法がある。作業の安全と効率化のためには、こういう人的交流も、

　――暗黙の、了解。

　となっているのだ。伊豆の石丁場ではたえてなかったことだけに、吾平は、

（まったく、おもしろい）

　老いた頭脳がしゃきっとするような興味をおぼえた。逆に言うなら、石という

のは切るよりも、積むほうが数段むつかしく危険であるということなのだろう。大名は競争しないのではなく、している余裕がないのだった。

喜三太も、いきいきしていた。

大手門におけるよりも数段うれしそうだった。

自分の真価が発揮できるからだったろう。どうやら酒だの鮎ずしだのは一種の口実にすぎぬようだった。

結局。

喜三太という名人は、大手門と搦手という江戸城の切所《せっしょ》ふたつを、

(ふたつながら、支配した)

江戸城とはつまり喜三太の城なのだ、という感慨さえ抱かれるほどだった。

「わしは、負けたな」

吾平は或る日、喜三太にそう言った。

気がつけば口がひらいていた。喜三太はさすがに照れたような顔をして、

「いや、まあ……伊豆のいい石のおかげさ」

喜三太の態度は、以後、微妙に変わりはじめた。見えすきと見えすきが認めあったのだ。むかしもいまも、秀《ひい》でたもので結ばれるほど堅固な人間関係はない。

†

一か月後。

石積みが、完了した。

北桔橋門の左、例のVの字の突出部。山内方の親方が「わしには無理じゃ」とさじを投げてしまったその先端部も、いまはもう、まるで鑢《やすり》で研《と》いだように吾平のほうへ尖《とが》った鼻先をつきつけている。この鼻すじを、こんにちの術語で、角《かく》稜線《りょうせん》という。正面からは縦一本の直線としか見えないのである。

「おいおい」

と、吾平はひさびさに声がうらがえった。十《とお》も若返ったような気分だった。

「こうして出来あがりをあらためて見ると……みごとじゃ。みごとな石積みじゃ喜三太」

「へへ。まあな」

胸をはる喜三太。吾平はもうこらえきれず、

「それっ」

蟹のように左へ走った。

こんどは横から見たかったのだ。横から見ると、角稜線はあたかも人間の横顔のように左上から右下へすっと鼻すじを通しているが、その鼻すじは、しかしまっすぐの斜線ではない。

反《そ》りがある。

最上部は垂直にちかく、最下部は水平にちかく、そのあいだが弓なりに曲線を描いている。ほとんど色っぽいまでの曲線美である。

いわゆる弓《ゆみ》勾配だった。外部からの敵にとってはその線をよじのぼって本丸へあがることが困難なところから、しのび返しとも呼ばれるが、しかしそれは二番目以下の長所であろう。この弓勾配の最大の長所は、力学上のそれなのである。

つまり、強い。

およそ石垣というものは上からの荷重に耐《た》えられねばならず、特に角稜線はずっしりと櫓をのせねばならない上、自然崩落のもっとも起きやすい位置にある。弓なりの曲線にするほうが強度が確保できるのだ。

強度の確保に関しては、石そのものの積みかたも大きな貢献をしている。

このVの字の突出部を、こんどは真上から見てみるとしよう。空を舞うとんびの背にでも乗ったつもりになってみよう。角稜線はＶの字の頂点にあたる。そこに使われる石はまっしろで、拍子木《ひょうしぎ》のようなかたちをしているが、その巨大な拍子木石《いし》は、まずはＶの字の右の線にそって置かれている。「まずは」というのは、いちばん上の石がということだ。その下の二番目はやはり拍子木形で、こんどは左の線にそって置かれている。三番目は右。四番目は左。つまりここでは、石がたがいちがいに組み合わされつつ最底部まで達しているのだった。

ここでとんびの背を降りよう。ふたたび横から見てみよう。角稜線には模様ができている。上から石の長辺、短辺、長辺、短辺……がかたちづくる「凹」と「凸」の字のくりかえしのような模様。歯車の歯ががっちり食いこんでいるようにも見えるやもしれぬ。拍子木はまた算木《さんぎ》のかたちとも見られるので、この積みかたは、算木積みと呼ばれるのだが、これこそが角稜線というもっとも自然崩落の起きやすい部分のために最適化された力学上最強の建築法にほかならなかった。この石垣なら、たとえ大雨が三年ふりつづいたとしても、

（びくともせせぬ）

吾平は、そんなふうに確信した。

心ゆくまでながめてから、ようやく喜三太のところへ戻って、

「喜三太」

その背中をねんごろに撫《な》でさすってやりつつ、

「これだけの普請を、たった一か月でやってしまうとは。お前はりっぱな親方だ」

喜三太はすなおに、

「ありがとう。まあ実際に体を張ったのは、山内家の人足どもだが」

「お前の指示が的確だったからだ。そう、わしは、お前になら……」

と、吾平はそこで言いよどんだ。

ふたたび口をひらきかけ、またつぐむ。老いたりとはいえ、この石切の元親方にはめずらしいことだった。喜三太はいぶかしげな顔をして、

「いまさら遠慮《えんりょ》なんかするな。俺とお前の仲じゃねえか。何だい、じいさん。言ってみな」

「お前になら、あの石を託せる」

「あの石？」

吾平は、意を決したように、

「天下一の石だ。いまは伊豆にある。あんまり大きすぎるんで運ぶ船がない」

†

「天下一の石？」

「そうだ」

吾平は、力強くうなずくと、その筋肉質の腕で石垣のほうを示した。

Vの字の突出部はまだいくつもあるし、それらのほとんどは石で覆われていない。土がむきだしのまま次の普請を待っているのだ。それらのどこかへ、

「わしの石を使ってくれ」

吾平は、例の石の話をした。崖のてっぺんから切り落とした石。船に載せられず伊豆の山すそに放置され、いずれ残念石になりそうな石。

「そいつを、あの隅角《すみかど》に積みてえんだ。隅角こそ積み石の華《はな》。わしはそのことがようわかった。それがかなうなら、わしはもう死んでもいい。たのむ」

吾平はそう言うと、とつぜん両ひざを地についた。

ひたいで道をたたいた。ぐわんと鈍《にぶ》い音が立ち、土ぼこりが舞う。喜三太はか

がみこんで、吾平の脇《わき》に手を入れて立たせながら、

「やめてくれ、じいさん。俺にはそんな権限《ちから》はない。石えらびは山内家の仕事なんだ」

「それはわかるが」

「これぱっかりはどうにもならん。あきらめろ。……まあ、どこかに山内のお殿様よりも偉いお人がいて、その人が命令してくれるんなら話はべつだが」

最後のひとことは、声に力がこもっていなかった。気休めだったのだろう。吾平はよろよろと立ちあがり、うなだれて、

「……だめか」

ひざの土を払い落としたとき、その「偉いお人」が姿をあらわしたのである。

はじめに気づいたのは、門のまわりの侍どもだった。

「あっ」

とか、

「ははっ」

とか、悲鳴のような声をあげつつ右と左にわかれ、それぞれ一列になって平伏した。

それら平蜘蛛《ひらぐも》たちの列のあいだを、その人はずんずんと歩いてきた。とうに七十をすぎていると思われる上、そうとう肥満しているのだが、足どりは軽快だった。どちらかというと、せかせかしたという感じだったかもしれない。

屋根のない北桔橋門をとおりぬけ、橋をのぼってきた。橋はいわゆる太鼓《たいこ》橋で、まんなかが弓なりに高いのである。そのてっぺんで立ちどまり、吾平たちを見おろした。

吾平は、ふたたび地に這《は》い伏している。もっとも、目だけは上目づかいに前方をぬすみ見ていた。まわりの人足どもが、案外大きな声で、

「大御所様《おおごしょ》」

「大御所様じゃ」

ささやいたので、吾平もようやく、

(あれが、徳川家康公)

家康は、ふりかえって石垣を見た。

家康のまわりには五、六人の男が立っているが、これは若い近習《きんじゅ》で、取るに足りない。しきりと家康に話しかけているのは、六十くらいの、顔の大きな老人だった。よほど大身《たいしん》の大名か旗本のようで、きらびやかな白い羽織をまとってい

る。

話の中身は、吾平のところまではとどかなかった。

とどかなかったが、それでも、

「いくさの備えが」

とか、

「櫓からは、石も落として」

うんぬんとかいう言葉がきれぎれに届いてくるあたり、どうやら石垣の設計意図と今後の運用方法について説明しているらしい。工事が一段落ついたところで家康にじっくり見てもらおうというのだろう。それにしてもあの説明役は誰なのか。家康に対して臆しもせず、気分よさそうにしゃべっている。

「ありゃあ、藤堂高虎《とうどうたかとら》様じゃ」

人足の誰かが、土佐なまりでささやいた。吾平は、

(ほう、あれが)

顔をしかめた。およそ城普請にたずさわる者なら、知らぬ者のない名前だった。

藤堂高虎は、伊勢国津《いせのくにつ》の城主。もともとは豊臣家の恩寵《おんちょう》あつき七万石の大名

だったが、秀吉死後は家康にちかづき、関ヶ原でも東軍についた。この結果、戦後には、いっきに東伊予《ひがしいよ》二十万石を支配する大大名になりあがったのである。

その後、津へ移されたのも、

——大坂から、東国をまもる。

という家康の意によるのだとか。外様にしては異例の優遇にほかならなかった。ひとつには高虎の処世のたくみさ、ほとんど阿諛追従《あゆついしょう》にひとしい献身もあったのだろうが、一面では、高虎が、

——築城の名手なり。

という世間の評判を得ていたことにもよるだろう。高虎には、とにかくも芸を売る才があったのだ。

出世作は、十年ほど前に築いた伊予国、今治城《いまばり》だった。もともとこの地域には国分山《こくぶやま》城があったのだが、何しろ山頂にあったため、戦闘には便利でも統治のためには不自由だし、水運の便も享受《きょうじゅ》できない。そこで高虎は、

——城を、ひきおろせ。

と家臣に命じ、あらたに今張浦《いまはりうら》に今治城をつくらせた。海のそばに土地造成《もりつち》をして濠をひらき、石垣を積んで、統治の便と水運の便をふたつながら手に入れた

のである。当代の流行に敏感な高虎が、いかにも当代ふうの平城を築いたわけだ。濠に海水をひきこむという離れわざのような土木技術と相俟《あいま》って、この城は、

――天下の名城。

とたたえられるようになった。築城監督としての藤堂高虎の盛名《せいめい》は、このときさだまったのである。

いっぽう、家康は。

元来、城づくりは得意ではない。そのことを自覚してもいる。だから今回、江戸城を修築――新築にひとしい――するにあたって高虎を召《め》し、

「そのほうが、せよ」

高虎はただちに首をふって、

「それがしはもう老いぼれです。天下の大事業には値《あたい》しませぬ」

固辞《こじ》をかさねた。家康がしいて、

「受けよ、受けよ。およそ城の縄張《なわば》り（設計と測量）というものは、老巧の者のわざである」

と言ったので高虎はようやく頓首《とんしゅ》して、

「大御所様が、そこまでおっしゃいますなら」

しぶしぶというかたちで拝命《はいめい》したのだった。この話を聞いたとき、吾平は、

(ふん)

しらけるものを感じていた。世わたり上手のお手本を見る思いがしたのだ。海がちかい、大規模な土地造成が必要である等もろもろの地形的要因を勘案すれば、江戸城の設計責任者には、今治城のそれが最適任であることは自他ともにわかりきっている。

(猿芝居も、たいがいにしろ)

しかし吾平が高虎をきらうのは、それが最大の理由ではない。

最大の理由は、高虎の、現場に対する蔑視《べっし》だった。家康に対しては草履《ぞうり》の裏もなめそうなほど媚《こ》びへつらうくせに、現場の労働者に対しては、高飛車どころか詐欺《さぎ》まがいのことをして平気なのである。

あの「天下の名城」今治城を築いたときもそうだった。

今治城の石垣を積むためには、江戸城と同様、遠くの山から石をたくさん切り出して船ではこんで来なければならなかったが、このとき高虎は、領内の石屋や船頭におふれを出して、

——船いっぱいの石をもってくれば、船いっぱいの米をくれてやる。

これほど景気のいい話はない。普請場の港にはたちまち石船があつまったし、石は米と交換された。しかし高虎は、そのうちに、

——もう石はいらぬ。もってかえれ。

と言い出したのである。しかも、

——船の航行が危険になる故、海中に投棄してはならぬ。

船頭たちは、こまり果てた。まさか石を山へもどすわけにもいかないのである。

結局、彼らは、石をみな普請場の港に置きすてた。

そうして空荷《からに》で帰路をたどった。のこされたのは数百個の良質の石。見あげるような巨石も少なくなかった。高虎はここで、

「かかれっ」

家臣に命じ、それらを拾いあつめさせたのである。ぜんぶ城の石垣にもちいたことはいうまでもない。高虎は、無料《ただ》で普請をしたのだった。

「これが、知略というものじゃ」

高虎はそううそぶいたという。このうわさを聞いたとき、吾平は、

（けったくそ悪い）

飛んでいって高虎をしめ殺してやりたいと胸を熱くしたものだった。何が知略だろう。こんな無理無法をやられたら、船頭も、石切も、みな飢え死にしてしまうではないか。石ひとつ運ぶことが、石ひとつ切ることが、どれほど命がけのわざであるかに思いが及ばないのだ。おそらく高虎は、労働者など、

――いくらでも、代わりはいる。

とでも思っているのだろう。その高虎は、まだ千代田の橋の上にいる。

もう来てから四半刻《しはんとき》（約三十分）が経《た》つというのに、あいかわらず高調《たか》子で、

「大御所様、あれは」

などと家康へ滔々《とうとう》と講義している。このまま放っておいたらそれこそ江戸城の石垣は、

――ぜんぶ、拙者《せっしゃ》がひとりで積みました。

などと言い出しかねない、それはそれは弁舌さわやかな講義だった。

と。とつぜん、

「ばかめっ」

家康の声とともに、

ぴしり
と木の枝を折ったような音がひびきわたった。

「お、おおごしょ……」

高虎は、口をあけたまま家康の顔をながめている。家康の手はなかば中空に浮かんだまま、一本の白扇《はくせん》をにぎっていた。どうやらこれを腰から出して高虎のひたいを打ったものらしい。

おなじ白扇で、こんどは高虎の頬をたたいた。そうして家康は、

「もうよいわ。おぬしが何を自慢しようが、どんな仕上がりを思い描こうが、実際はどうじゃ。まだまだではないか。あれでは何のまもりにもならぬ。肝心なのは速さなのじゃ、はよう、はよう石を積んでしまえ」

むきだしの土塁《どるい》をあごで示した。高虎はひたすら腰をかがめて、

「はっ、そ、早急に」

（好機）

吾平は、目を光らせた。

平伏をやめた。立ちあがり、足を前にふみだしたのである。

まるで自分の足ではないようだった。見おろせば、喜三太はじめ人足たちが地

に這って背をまるめている。それらを左右へひょいひょい避《よ》けつつ、吾平は駆けた。きゅうに速度が上がる。駆けながら胸のなかで、

（与一）

あの墨師のおもかげに語りかけている。

（し損じたら、そっちへ行くぞ）

家康の姿は、まだ遠い。しかし吾平は両手をふりあげて、

「大御所様。大御所様。おたのみ申しまする」

声は、家康にとどいた。

というより、家康のまわりの若い近習にとどいた。彼らは腰の刀に手をかけつつ、いっせいに家康の前へ出たのだ。

まことに優秀なボディガードだった。吾平が橋板をふむころには、彼らは腰をしずめ、すっかり待ち受ける体勢をととのえている。

いや、待ち受けるどころか、

「狼藉《ろうぜき》っ」

彼らのひとりが、すすんで斬《き》ってきた。抜刀《ばっとう》と斬撃《ざんげき》を連続化した、後世のいわゆる居合だが、この時代にはまだ武術としての洗練はなく、もっぱら瞬時に敵を

制することを主眼としている。この近習の一刀も、片ひざをついたり、腰を浮かしたりといったような居合らしい動作はなく、ただ立ったまま横一文字にふりぬくという素朴なものにすぎなかったが、それだけに、決まってしまえば吾平の腹など、まくわうりよりも簡単に割り裂いてしまうだろう。

吾平は、目をつぶった。

(やられた)

確信した。がしかし、足のほうが無意識に急停止していたらしく、刃《やいば》はごうとうなりを立てて吾平のへその一寸先で空を切ったのである。吾平は、ぞっとした。

橋の上に這いつくばった。そうして、

「大御所様。わしに船を」

「はあ?」

近習たちを押しのけて吾平の前へずいと出たのは、家康ではない。

藤堂高虎だった。高虎は黒蟻《あり》でも見るような目つきで吾平を見おろしたが、しかし吾平は、高虎などには興味がない。あくまでも家康のほうへ、

「船を一隻《せき》、おあたえくだされ。三界《さんがい》一の大きな船を。あの土盛りへ積むにふさ

わしい、三界一の石が伊豆にあるのです。船さえあれば持って来られる。隅角に据えれば下の石の重しになり、地盤《どだい》は安定し、お城のまもりは確かとなります」

「こいつ。去れ」

高虎が足をあげ、吾平の肩口を蹴りとばす。老齢のわりに、かなりの力強さだった。吾平はのけぞり、尻もちをついた。吾平はすぐさま平伏しなおして、

「大御所様。おたのみ申します」

「何をしておる。この薄汚《むさ》い下郎をさっさと連れ出せ。首を打て」

近習たちへわめきたてる高虎を、

「待て」

手で制したのは、家康だった。

高虎が口をつぐみ、信じられないという顔で家康を見た。その場がしんとなる。家康は、吾平のほうへ向きなおって、

「おぬし、名は？」

「吾平と申す」

吾平は、顔をあげた。視線が合った。

（案外、柔和だな）

などと吾平は思った。家康の顔には深いしわが幾条《いくすじ》もきざまれているが、そのしわが、何となく親しみやすい感じだった。鼻の頭だけはつるつるに赤光《あかびか》りしている。鼻の下には白いひげ。加齢のためか、白いを通りこして薄い茶色になっている。

「気に入った」

家康は、ふっと目じりを笑みくずした。白扇をゆっくりと腰にたばさんで、

「見たところ、わしと変わらぬ年まわりのようじゃが。なかなかの覚悟じゃ」

「え、そ、それでは」

吾平は上体を起こし、声を上ずらせたけれども、

「いらぬ」

家康は、きゅうに冷たい目になった。

「あの石垣は、城の搦手。まもりの要《かなめ》たるべきもの。一日もはよう完成《しあげ》をせねばならぬのじゃ。天下一の石などいらぬ。いまここにある石をつかう。肝心なのは速さなのじゃ。急げ急げ」

最後は、吾平ではない。高虎に向けたことばだった。高虎が、

「ははっ」

と腰を低くするのへは目もくれず、家康はきびすを返し、さっさと門のほうへ歩きだした。橋をおり、門の向こうで左に折れ、そのまま城中の人となったのである。

吾平はしかし、それを見おくる時間はなかった。例の若い近習たちが左右から吾平の腕をとらえて、

「心得違いめ。詮議《せんぎ》いたす」

むりやり吾平を立たせたのだった。

藁縄でうしろ手に手首をしばられ、歩かされ、小伝馬町《こでんまちょう》の牢《ろう》へぶちこまれた。吾平はどういう抵抗もしなかった。牢内では一日中、ひざを抱えてすわったまま、

「終わったぞ。与一。終わった」

うわごとを言ってはめそめそ泣くばかりだったという。

†

この仕置。

家康も、やはり現場の労働者を蔑視していたのだろうか。

その気味も、たしかにあっただろう。何しろ天下人なのだ。労働者どころか全国の大名をすら、

――いくらでも、代わりはいる。

と考えることのできる唯一《ゆいいつ》の存在。たかだか伊豆から来た石切ひとりの一生など、塵《ちり》あくたも同然だったにはちがいないのだ。

がしかし、家康がこのとき吾平の懇願を容《い》れなかったのは、べつの事情もあった。家康はほんとうに、是《ぜ》が非《ひ》でも、石垣の完成を急いでいたのだ。

――江戸城が、攻め落とされる。

そのことを恐れていたのだった。

ほとんど強迫観念の域に達していたかもしれぬ。なぜならこれは慶長十九年九月のこと。翌月にはいわゆる大坂の陣がはじまるのだ。

家康はこの時期、いよいよ豊臣家と戦う気でいる。

最終決着をつけるべく諸大名に号令し、二十万の軍勢をひきいて大坂城を包囲するつもりでいる。その結果は、こんにち誰もが知るとおりである。半年あまりの城攻めののち大坂城は陥落し、火の海となり、櫓のなかで豊臣秀吉の遺児であ

る二十三歳の秀頼とその実母（いわゆる淀殿《よど》）はともに自害したのだった。徳川方の圧勝だった。

などというのは、しかし結果論にすぎない。戦争前の家康の主観はむしろ、

――負けるやもしれぬ。

この不安にさいなまれていた。実際、家康は、それまで腫《は》れものをさわるようにして豊臣家とつきあっている。九年前、息子の徳川秀忠が朝廷から征夷大将軍の任をたまわったときも、家康はまっさきに書状をおくって、

――秀頼様にはご上洛の上、わが秀忠とお会いくだされませぬか。

措辞《そじ》丁寧《ていねい》にねがい出た。しかるに淀殿は、

「用があるなら、そっちが大坂へ来やっしゃれ」

一蹴《いっしゅう》しただけならまだいいが、

「こっちから出向くくらいなら、私は自害し、秀頼にも自害させまする」

と言わでものことまで言った。強硬というより感情的。まったく外交的常識では考えられないふるまいだった。織田信長の姪《めい》であり、かつ秀吉の側室であった彼女にしてみれば、家康など、いつまでたっても田舎出の家臣のひとりとしか見られなかったのだろう。

このうわさは、市中にながれた。

大坂市民が、

――すわ、いくさじゃ。

にわかに浮き足立ったのも当然だったろう。彼らは荷物をまとめて市外へ出た。女房子供を故郷へやった。道には長蛇の列ができたという。しかし結局、家康は、

――やむを得ぬ。

淀殿へ抗議することもなく、しずかに京を去った。秀忠にも同様にさせた。まだ豊臣家がこわかった、というよりは、片桐且元《かたぎりかつもと》、伊達政宗、福島正則、加藤清正、前田利長といったような全国に点在する秀吉恩顧《おんこ》の大名たちへ配慮せざるを得なかったのである。

彼らの感情は複雑だった。いまは徳川に忠義立てしているけれども、いざ本式に豊臣家へ矛《ほこ》を向けるとなると、

――それは、ちと。

ためらう可能性が彼らにはあった。彼らはみな、もともとは秀吉によって出世させてもらった身なのである。家康自身もおなじだったから、彼らの気持ちはよ

くわかる。豊臣は老舗《しにせ》の看板であり、徳川は新興勢力にすぎないのである（なお関ヶ原は徳川と豊臣ではなく、その奉行である石田三成との戦いだった。建前としては豊臣家は何の関係もなく、したがって直接対決ではない）。

それにまた、家康自身の老齢ということもある。あしたには胸かきむしって逝《い》ってしまうかもしれないのだ。そうなれば徳川家のつぎの棟梁《とうりょう》は三男・秀忠。すでに将軍職を継いでいるとはいえ、人物そのものの評価はひくい。実力ある老年中年の大名にとっては、

——ああ、あの関ヶ原に遅参《ちさん》した。

とか、

——茶の湯なら、かなりお上手じゃそうな。

とかいう程度の若造である。おなじ若造なら、

——大坂の、秀頼様のほうが上ではないか。

などという意見が大勢を占めることはじゅうぶん考えられるのだ。たよりない二代目が創業家をほろぼすなどというのは、古今東西、どこにでもころがっている話である。

要するに、家康は気にやんでいた。

なかなか大坂へは手を出せなかった。それが時をかさねるうち、幕府支配が強化され、また秀吉恩顧の大名がぽつりぽつりと死んでいったので、ようやく、

――いまこそ。

とばかり、大坂征伐を決心したというわけなのだ。積極というよりは、年齢に追いつめられたが故の決心。死ぬ前にこの災いだけは除《のぞ》いておかねば徳川がほろびる、そんな切羽《せつぱ》つまった気持ちだった。

家康は、だから不安が去らなかった。

万が一敗北したら。万が一豊臣がふたたび天下に号令しはじめたら。諸大名は豊臣家のいわゆる五三《ごさん》の桐《きり》の紋《もん》のもとに結集し、足なみをそろえ、馬蹄《ばてい》の音をとどろかせつつ江戸へいっきに押し寄せるのではないか。そのときに江戸城が、

――搦手の石垣も、ろくに積んでいないのでは。

家康は、一日もはやく防塁を完成させたかった。吾平の願いをはねつけたのもその故である。逆に言えば、

（いくささえ、終わってしまえば）

そのことが、いつしか吾平の唯一の希望となった。

大坂城を陥落させ、豊臣勢力を制圧すれば、家康は心がおちつくだろう。拙速

主義で石垣をつくる必要もなく、外観《みため》にも心をくばる余裕ができるだろう。そのときに誰かが口ぞえしてくれれば、

（伊豆から、あの石が）

希望は、現実のものとなった。

翌年になって、

——大御所様が、豊臣家をほろぼした。

の速報が江戸に到達したのである。

結局のところ豊臣方についた大名はひとりもなく、徳川方はもっぱら真田幸村《さなだゆきむら》、長宗我部盛親《もりちか》といったような牢人《ろうにん》くずれを相手にすればよかったとか。兵力も徳川方二十万に対して豊臣方は十万。こうまで差がひらこうとは、家康自身、おそらく想定していなかったにちがいない。

それでも大坂城は、天下の堅城である。

なかなか落ちなかった。家康はだらだらと戦争が長びくことを恐れた。なりふりかまわず和議をむすんだ。外濠を埋める約束をし、しかしみずから約束をやぶって二の丸、三の丸の濠まで埋めてしまった。城を丸裸にしたのである。

後代の恥ともなるべき濫行《らんぎよう》だった。結果的には圧勝だったが、家康の主観で

は、安堵《あんど》のほうが大きかったろう。

ともかく、いくさは終わった。

「やった」

その知らせを聞いたとき、吾平は、雀躍りした。小伝馬町の牢から出たあとはやはり伊達家の人足長屋に世話になっていたが、その長屋をとびだして、まわりの街をよたよたと駆けめぐりながら、

「お城の普請も、ふたたびはじまろう。大御所様は、きっとおぼえてくださっている。わしが訴えたあの伊豆の石のことを。みなの者、じきお沙汰《さた》があろうほどに、よう目をひらいて見い。わしの世が来たぞ。わしの世が来たぞ」

——気がふれたか。

と誰もが思ったほどの有頂天ぶりだった。あの北桔橋門の橋の上での家康との出会いから、一年ちかくがすぎている。この一年で吾平の髪はきゅうに色が抜け、霜《しも》を置いたようになっていた。

夏になり、秋になった。

沙汰はなかった。吾平は外出《そとで》しなくなった。足腰がよわったのか、それとも気力が萎《な》えたのか。一日中、長屋にこもって神棚へぶつぶつ何か言う日々がつづい

た。もの忘れも激しくなった。それでも喜三太がかえるたび、肩をつかまんばかりにして、

「お沙汰は？　お沙汰は？」

目をぎらつかせることは忘れないのである。喜三太はそのつど、

「ねえよ」

迷惑そうに手をふる。それはそうだろう。家康はもともと吾平に対して何の約束もしていない上、喜三太の持ち場は搦手ではないのだ。

なるほど乞《こ》われて手伝いに行くことはあるけれども、本来はあくまでも伊達家の人足。その担当は大手門なのだ。あの連続したV字の突出のつらなりは、喜三太には、他人の庭のようなものなのである。

「そうか。ないか」

そんなときの吾平は、はた目にもあわれなほど首を垂れるのだった。あんまり涙をながすので、涙のあとが黒い肌をくっきりと白くそめぬいてしまったほどだった。

（このじいさん、もうすぐ死ぬ）

とでも思ったのだろうか。あるいは、

（死ぬ前に、夢を見させてやりてえ）

とでも。喜三太は或る日、吾平を呼んで、

「持って来てやる」

と言い出した。吾平は、

「え？」

「お沙汰を待つにはおよばねえ。俺が伊豆から持って来てやるよ、その天下一の巨石ってやつ」

「まさか」

吾平は、目をまるくした。喜三太はうなずいて、

「ほんとうさ。俺もこのごろは伊達様の家内へけっこう顔がきく。ご家臣の横澤《よこざわ》将監《しょうげん》様にも顔をおぼえてもらってな。将監様は一昨年、はるばるえすぱにあへ人をおくる仕事をなさったんだ」

「えすぱにあ？　どこだ」

「いや、俺もよくわかんねえんだが」

喜三太の言うのは、伊達政宗による、いわゆる慶長遣欧使節《けんおうしせつ》の事業のことだった。

政宗は一昨年九月、家康の許可を得た上で、横澤将監（吉久《よしひさ》）らに命じて準備をさせ、支倉六右衛門《はせくらろくえもん》（常長《つねなが》）という家臣を船に乗せ、スペインその他へと旅立たせた。当時は南蛮《なんばん》と呼ばれた地域である。

目的は、実利だった。仙台藩と南蛮諸国とのあいだで直接的な交易を開始し、あわせてキリスト教の宣教師を派遣してもらおうとしていたのだ。

支倉六右衛門は、この目的の第一歩は果たした。スペイン国王フェリペ三世に会った上、政宗の書状を手わたすことに成功したのだ。

もっとも、これはのちのことに属するし、喜三太の話の主題でもない。ここで喜三太が吾平に言いたかったのは、支倉らのその海外への旅が、伊達家がみずから造ったガレオン船でおこなわれたということだった。

「そういう大船《おおぶね》を造れる船大工が、仙台にはいるってことだ。太平洋《ぱしふぃくむ》とか何だとか、とにかく向こうが見えねえような大海原でもどんどん走っていけるような大きな船がな」

「そ、そんな船なら……」

と、吾平はもう涙をながしはじめた。近ごろは歯も抜けたから、発音が明瞭で

はない。喜三太はうなずいて、

「あんたの石も、らくらく持ってこられるさ。もっともまあ、いくら何でもその
ために新しいのを一隻こしらえてもらうわけにもいかん。べつの船をまわしても
らうか。俺が将監様に言ってやる」

「お、おおおお」

吾平は、何度も何度も手で顔をなでながら、

「ありがたい。ありがたい。あの石を見れば、誰だって隅角につかう気になる。

土佐家へゆずって、喜三太が差配して……」

吾平の目には、もうそのまぼろしが見えているらしい。喜三太の手をとって、
何度も何度もおじぎしながら、

「ありがとう。ありがとう喜三太」

「ああ、いや……いいってことよ」

喜三太は、目をそらした。

喜三太の手配は、迅速《じんそく》だった。

二か月後にはもう、

――あの石が、港についた。

という知らせが江戸にとどいたが、しかし吾平が聞いたのはさらなる朗報だった。「あの石」はじかに現場へ来るのではなく、いったん神田明神《かんだみようじん》へはこばれた上、清水で洗われ、しめ縄を巻かれた上で、きらびやかな衣をまとった稚児《ちご》たちとともに城へ曳《ひ》いてこられるのだという。しかも大手門前《まえ》に到着したさいには、あろうことか、将軍・徳川秀忠じきじきの台覧《たいらん》まで賜《たま》わることが決定したとか。大御所・家康は、最近はなかなか駿府から出ないという。

「まことか」

吾平は、呆然《ぼうぜん》とした。

例の長屋のなかである。喜三太は入口の框《かまち》に腰かけて、照れくさそうに、

「まことだ」

（惚《ぼ》けたか）

吾平は、おのが胸に手をあてた。あんまり話ができすぎている。しかし喜三太は、すらすらと、

「言っとくが、俺の手柄じゃないぜ。俺はただ将監様にお願いしてみただけ。あとはみんな将監様のさしまわしさ。よほど、その、恰好の石だと思われたんだろうよ」

謙遜《けんそん》したので、かえって現実感が湧《わ》いた。吾平は手を合わせ、

「ありがとう。ありがとう」

ほんとうに喜三太をおがみはじめた。知らぬ者が見たらやっぱり惚けたと思うのではないか。吾平はその晩、ひさしぶりに酒を飲まなかった。興奮で一睡もできなかった。

†

大手門の門前は、広場になっている。

もともとはやはり江戸湾の底だったところだが、埋め立てて土地をつくり、東

西方向にお濠（内濠）を引いた。その北側に門をつくり、南側を広場としたのである。両者はむろん橋でつないだ。こんにちとは約九十度、向きがちがうことになる。

広場の地面も、こんにちより低かった。

お濠の水面より二、三尺（約六十〜九十センチ）ほど高いだけ。なるほど防御用の砦《とりで》としてはたよりなく、家康の危惧も当然だったが、それだけに儀式のための空間としてはかえって適していた。地面が低いぶん、門のむこうの本丸がいっそう高くそびえるからである。それはいかにも将軍おひざもとにふさわしい、大道具つきの舞台のような演劇的な空間だった。

石曳きの、当日。

広場は、何かの節句のようなありさまだった。

人々でごった返している。ぜんぶで三百人はいただろう。とはいえそこには町人たちの姿はなく、あるのは肩の張り出した裃《かみしも》をつけた旗本ばかり。地方の小大名まで立っている。秩序感がちがう。下町の火事場見物のような物騒がしさがない。吾平がそこに参列をゆるされたのは、本人にとっても、周囲にとっても、異物感をまぬかれぬことだった。

（こいつあ、落ち着かん）

やせた尻をむずむずさせつつ、吾平は、ひとり立ちつくしている。

立ったまま身をちぢめている。場所もわるかった。大手門にかなり近いところ。広場全体のなかで上座下座《かみざしもざ》をいうなら明らかに上座。

しかも吾平には床几《しょうぎ》まで用意されていた。老齢をおもんぱかったのだろう。むろん座りはしなかったが、

（喜三太のやつ、どういう手品をつかいやがった）

吾平はもう、わけがわからなかった。手品といえば、そもそもがこの日の儀式である。いくら天下一の巨石といえども、たかだか石ひとつ持ちこむことをここまで大げさにやる必要はない。儀式は竣工《しゅんこう》時にやればいいのだ。

（何かの、まちがいじゃないのか）

吾平は、不安のほうが大きかった。

気がつくと、寝床に横たわっていた。あれはみんな幻だったのだ、などという邯鄲《かんたん》の夢みたいな結末が待っているのではないだろうか。吾平は本気で恐れたが、しかし何度、目をしばたたいても目の前の風景は変わらなかった。石はまだ来ない。ただ木枯らしの吹きすぎる音を聞くのみ。どうしたのだろう。港からこ

こへ来るまでの町人地でなかなか先へ進まないのだろうか。

（そう、思いたい。はよう来てくれ）

吾平が祈るように思いはじめたとき、

「来た来た」

まわりの誰かが言った。礼節を知った者に特有の、あたかも無関心のごとき口調だった。

目の前には、左から右へ、一本の道がしつらえられている。

広場全体においては南から北へ。石をはこぶ修羅道《しゅらみち》だった。

無数の丸太が枕木《まくらぎ》状に敷かれている。敷木《しきぎ》という。敷木の上には、暗緑色、赤色、むらさき色……これも無数の生《なま》の海草類がぬらぬらと敷きつめられていた。日比谷沖あたりで採れた、のり、わかめのたぐいだろう。たっぷりと水をふくんでいるらしく、分厚くふくれて星のように白い光を発している。磯のにおいが強烈だった。

右のほうが、大手門。

石は、左から来たのだった。吾平は背のびをして、そちらへ首を向けた。

（見えた）

一台の修羅が、こちらへ走ってくる。

修羅は木製。舟のようなかたちをした、陸上で石をはこぶための容器である。あらゆる見物人よりも背が高く、影をながながと曳いている。まだだいぶん遠くだというのに、吾平はもう胸がやぶれそうだった。

修羅の前端、舟なら舳先《へさき》にあたるところには、鉄環がふたつ取り付けられている。

それぞれ麻綱《あさづな》がむすびつけられている。それを五、六十人ずつ、ぜんぶで百人を超える人足たちが、

えいっ、よいやっ

えいっ、よいやっ

声をそろえて引っぱっていた。「よいやっ」はイントネーションが独特だった。疑問文のように語尾が極端に跳躍するのだ。いつになく力のこもった声だった。「よいやっ」の声があがるたび、修羅がしずかに前進する。案外、速い。敷木が車輪状に回転していることはもちろん、その上でぬるぬると海草類がすべり躍っていることも運動摩擦を軽減していた。

えいっ、よいやっ

えいっ、よいやっ
人足は、修羅の側面にもいる。

左右それぞれ二十人、合計四十人ほどだろうか。彼らは綱は引かないが、そのかわり全員、赤樫《あかがし》の梃子棒をしっかりと両手でにぎっている。ときおり左なら左、右なら右の連中がいっせいに梃子棒を修羅の下へつっこんで立てているのは、修羅そのものの進行方向を微調整しているのだった。

彼らのはたらきによって修羅は敷木から落ちることなく、人の群れに飛びこむことなく、まっすぐ進むことができるのだった。ほかにも修羅の側面には、水師《みずし》と呼ばれる人足たちがいる。天秤棒《てんびん》で水桶《みずおけ》をかついでいる。彼らの役目は、のり、わかめが乾かないよう、ときどき柄杓《ひしやく》で水をかけることだった。

修羅の上には。

まず、ふたりの稚児がいた。

どちらももちろん男の子である。京ふうの濃い化粧《けしよう》をして、つづれ錦の着物を着て、船首のあたりへ横にならんで突っ立っている。いっぽうは伊達家の竹に雀の紋の入ったのぼりを立てて持ち、もういっぽうは白い紙を短冊状に切って木につけた幣帛《へいはく》をささげ持っていた。その稚児たちのうしろに、

「ああ。与一」

吾平は、もう涙がとまらなかった。

あの石がどっしりと鎮座《ちんざ》していた。

かつては山の頂上そのものだった石。吾平みずから吊り籠にぶらさがって「見えすき」をした石。与一の墨線を引かなかった石。轟音《ごうおん》を立てて谷へ落ちたにもかかわらず伊豆の林でずっと雨ざらしにされてきた石。

その石が、あのころと色もつやも変わらぬまま、こちらへ滑ってくる。真新しいしめ縄を巻かれたさまは白無垢《しろむく》をまとった花嫁のようだ。まだまだ距離はあるけれども、吾平はもう、

（死んでもいい）

とすら思った。実際、このとき吾平の目にははっきりと阿弥陀如来《あみだにょらい》の尊顔が見えたのである。

石そのものが如来だった。後光がさしている。虹のごとき光の束が、ふとぶとと放射状に発射されていた。

（これが、来迎《らいごう》か）

石の上では、喜三太がはねまわっていた。

羽織をひらめかせ、白扇をかざしつつ四方へ跳び、人足たちを見おろして、

「えいっ、よいやっ」

と音頭をとっていた。喜三太にとっても一世一代の晴れ舞台なのだ。近づくにつれ酒のにおいがただようのは、ここに来るまでに、下町で見物人に祝い酒をふるまったためにちがいなかった。

「喜三太」

吾平の、しわだらけの唇《くちびる》がひらいた。

「喜三太、りっ」

りっぱだぞ、と言おうとしたのだ。

言葉はしかし、中空で消え入った。木枯らしと同化してしまったのだ。

（まさか）

愕然《がくぜん》とした。

あり得ない光景がそこにあった。近くまで来てようやくわかったということもあるが、そもそも吾平の目は、このあまりにも広大な風景と異常な雰囲気のなかでいくぶん大小感覚を狂わされていたらしい。修羅のうしろにもうひとつ修羅がある。

（修羅が、ふたつ）

うしろの修羅にも、鉱物塊がそびえている。やはりあの石だった。吾平はわが目をうたがったが、しかし何しろ心を去ったことのない対象である。見誤りようがない。うしろの修羅の全貌《ぜんぼう》がはっきり視野に入ったとき、吾平はとうとう事態がわかった。前の石も、うしろの石も、記憶のそれよりはるかに小さい。

（切った）

結論は、それしかなかった。ひとつの石をふたつにした。

「おああああっ」

声とともに、吾平の足は、ひとりでに前へ出ていた。

「待て待て待て待て待ていっ」

わめきつつ修羅の前に立ち、修羅に向かって両腕をひろげた。

舳先がせまってくる。吾平は見あげた。正面から見ると二階建ての家のような偉観である。人間ひとりなどあっさりと轢き殺して血をぬるぬると噴《ふ》き出させ、それこそ海草同様にしてしまうにちがいない。速度は、さっきよりも増していた。

吾平は、臆しない。

首を横にたおしたので、うしろの修羅も視野に入った。ふたつの石の切断面は、おたがい向かいあっている。どちらも鑿《のみ》か手斧《ちょうな》のようなもので磨かれたのだろう、不自然につるつるしているように見える。何から何まで、

（余計なしわざを）

「あぶない！」

石の上から、喜三太がさけんだ。

それよりも先に人足たちが仕事をした。前の綱をひっぱっていたうちの三、四人が、すばやく吾平をとりかこんだのである。吾平は、

「こんな石、海に捨てろっ」

と言って目の前のやつに殴りかかったが、老齢があだとなったか、敷木と海草に足をとられた。

前のめりになった。ふんばって体勢をもどそうとして、かえってのけぞり、背後へつるりと転倒した。後頭部を強打した刹那、視野いっぱいに星が散り、ながながと手足が地にのびてしまった。

力が入らない。何が起こったか理解することすら不可能のまま、吾平はただ天頂をぼんやりと見るばかり。

人足たちは、テキパキしていた。

寝棺《ねかん》でももちあげるように吾平の体をもちあげると、そのまま道の外へ放り出した。

どさりと音を立てて落下してからもなお吾平は天をながめるまま、ぶつぶつと、

「どうして切った。どうして切った。これでは隅角には使えぬ。金輪際《こんりんざい》」

喜三太は、通りすぎざま、

「悪いようにせぬ！」

ふたつの修羅はほどなく橋をわたり、大手門の前で停止した。門の前には将軍・秀忠がいる。

秀忠のとなりには伊達政宗がいる。ふたりとも烏帽子《えぼし》に直垂《ひたたれ》、袴《はかま》という正装に準ずる服装である。喜三太がひらりと石から飛びおりるのを見とどけると、政宗は、将軍へ一礼して、

「ご献上つかまつる」

秀忠は、

「うむ。大儀」

まだどことなく将軍職が板についていない気づかわしげな口ぶり。政宗がうなずき、儀式は終了した。その様子を、吾平は見ていなかった。

†

ほどなく、大手門の石垣ができあがった。

とともに、門の内側の、升形《ますがた》と呼ばれる場所も完成した。

升形というのは正方形の土地で、まわりが石垣と塀《へい》でかこまれている。大手門を入った敵はここでいきなり直角に——江戸城では右に——まがらねばならず（まがった先にもうひとつ門がある）、進入速度を減じざるを得ないが、その減じたところへ上から鉄砲をばらばらと撃ちかけるのが防御側の企図なのである。

べつだん、めずらしいものではない。

全国どこの城にもある縄張りである。もっとも、そういう軍事的機能をはなれても、この正方形の土地は一般家屋でいえば玄関にあたる。それ相応の権威というか、宗教的な仕掛けもほどこされなければならなかった。この場合は、大手門を入った正面の石垣に、

鏡石《かがみいし》
を積みこむことがそれだった。

文字どおり、鏡のように平滑な面《めん》をもつ大面石《おおづらいし》。鏡というこの古くより神の依代《よりしろ》とされてきた、勾玉《まがたま》や剣とともに三種の神器にもなっている什《じゅう》器《き》をいわば隠喩《いんゆ》としている石である。光をするどく反射する性質がそのまま悪霊撃退のイメージにつながることは、むかしもいまも変わらないだろう。大手門から来た敵はまずこの石を見る、といったような現世利益的な効果をはるかに超えた、城そのものを霊的にまもる象徴的存在にほかならなかった。

その鏡石に、あの石がもちいられたのだ。

伊豆から運ばれ、神田明神で清められ、修羅の上で稚児にみちびかれつつ搬入された吾平の石。むろん伊豆の港を出る前にふたつに切った上、切断面をよくよく磨いて船に載せたのである。特別な船は必要なかった。

なお切られたもういっぽうの石は、さらに九個に分割された上、鏡石のまわりに配された。笑積《わらいづ》みと呼ばれ、鏡の周辺を装飾する意味をもつ。古式にのっとった積みかただった。

逆にいえば。
この石は、搦手の隅角石にはならなかった。
喜三太はおそらく最初からそんな気はなかったのだろう。伊達家側へは、
――伊豆の山の頂上が、そのまま切石になったものがあります。鏡石にもっと
もふさわしいのでは。
というふうに働きかけた。そのほうが吾平の目の黒いうちに結果を出してやり
やすい、と思ったかどうかはわからないが、少なくとも、山そのものを神と見る
日本古来の宗教観によくかなうとは見たのだろう。
この献言《けんげん》を、伊達家は容《い》れた。
――適材適所。
と判断したのにちがいない。鏡石となるべき石に何よりも必要なのは表面の平
滑さではなく、むろんそれも大きいが、由来《ゆらい》ばなしのもっともらしさ、臨場感な
のだ。いうなれば機能性よりも物語性。こうして計画は、またたくまに完成へと
みちびかれたのだった。
吾平は、生きながらえた。
鏡石の完成をまのあたりにした。どういう反応を示したかは伝わっていない

が、あるいは、

——報《むく》われた。

と思っただろうか。それとも失望しただろうか。

これ以降、幕末にいたるまで、約三百年のあいだ江戸城は敵の襲来を受けなかった。霊的機能は果たされたのである。もっとも、その間《かん》、大手門は何度か修築を経ている。こんにちのわれわれが見る鏡石が当時とおなじものである保証はない。

第五話　天守を起こす

石垣から、話は少しさかのぼる。

そもそも家康が江戸城の大増築――ほとんど新築――を思い立ち、

「佐渡守《さどのかみ》っ」

と藤堂高虎を呼んでその縄張《なわば》りを命じたのは、幕府開府の三年後、慶長《けいちょう》十一年（一六〇六）のことだった。

高虎はさんざん遠慮《えんりょ》したあげく命を受け、しかし受けたあとは飛ぶような速さで図面を描いて家康に披露した。

図面のなかに、三の丸、二の丸、本丸などの諸施設にくわえて、天守があったのは当然だったろう。後年のいわゆる天守閣である。城中でいちばん高い櫓《やぐら》、城そのものの象徴である。

建設予定地は、本丸御殿《ごてん》のさらに奥。

一等地のなかの一等地、搦手《からめて》にあたる北桔橋門《きたはねばし》のすぐ内側。それでなくても日比谷、神田、四谷などの周辺の地に比して海抜の高いこの城でもっとも高い場所であり、ごく少数の人間しか足をふみいれられぬことはいうまでもない。家康は、

「ふむ」

鼻を鳴らしたのみだった。

外濠《そとぼり》や内濠、二の丸の櫓といったような戦時の最前線になりそうな施設に関しては夜を徹するほどに話しこんだが、天守については特段の疑念を呈しなかったのである。

施工者《せこうしゃ》も、決定した。

天守台が筑前福岡藩《ちくぜんふくおか》五十二万石の黒田長政、そこに乗っかる天守の作事《さくじ》が大工頭《がしら》の中井正清《なかいまさきよ》（これは江戸城全体の作事を担当）。人足もあつめられ、いよいよ普請《ふしん》がはじまろうというとき、しかし高虎は、

「お、大御所《おおごしょ》様」

西の丸の御殿に家康をたずね、困惑の表情を浮かべた。お芝居ではなく、ほんものの困惑であるらしい。

家康の居室は、書院造である。

面取りをした白木《しらき》の床柱《とこばしら》がきよらかに部屋全体の印象をひきしめている。となりの違い棚は一転して黒檀《こくたん》の重厚な感じのもので、唐物《からもの》の、葡萄《ぶどう》の房のかたちをした香炉《こうろ》をどっしり鎮座《ちんざ》せしめていた。家康は、その違い棚の手前に座している。

六十五歳。脇息《きょうそく》にひじをつき、ほとんど壮年の者と変わらぬ大音量の舌打ちをすると、

「どうした、佐渡守」

「上様《うえさま》が」

「上様？　ああ、あの粗忽者《そこつもの》か」

「は、はあ」

高虎は、目をおよがせた。

上様とは家康の三男・秀忠である。前年の四月、家康はすでに将軍職をこの二十八歳の三男へゆずっており、生活の場も、本丸から西の丸へと移してしまった。

すなわち隠居だが、政界を引退した、というのではむろんない。

応仁《おうにん》の乱で日本が乱世に突入してから約百四十年。群雄割拠《ぐんゆうかっきょ》の世を経《へ》て、ようやく手に入れた天下の権はもはやこれを、

——他家には、渡さぬ。

そのことを、はっきりと内外へ宣告したのだった。徳川のつぎの天下人《てんかびと》は徳川。日本は、永遠に徳川家の膝下《しっか》にありつづけるのだ。

「秀忠がいかにした。またぞろ不始末でもしでかしたか」

家康がまたひとつ舌打ちをすると、高虎は、いささか口ごもって、

「不要にあらずやと」

「はあ？」

「天守という建物は、その、わが江戸城には必要ないと、こう訴えておられるそうな。側近の大久保忠隣《ただちか》殿におっしゃったのを、それがし、忠隣殿から聞き申しまして」

「ばかめ」

家康は、不快な顔をした。ひざの前のたたみに人さし指を突き刺して、

「秀忠を、これへ呼べ」

秀忠は、むろん本丸に住んでいる。

西の丸からは十分ほど。高虎はひとり歩いてそこをおとずれ、秀忠に話をして、ふたり連れ立って、ふたたび西の丸の御殿へ入った。いくら柳営《りゅうえい》（幕府）が置かれたといっても、この当時の城内は、まだまだ万事ざっくりしている。

秀忠が家康の前に出ると、家康は、

「どういうつもりじゃ」

ぎょろりと黄色い目を剝《む》いた。なおも違い棚の前である。秀忠はべたりと平伏して、

「お耳よごしのこと、まことに申し訳もありませぬ」

「謝れと言うのではない。どういうつもりじゃと申しておる」

「申し訳もありませぬ」

秀忠は、家康の傀儡《かいらい》。

では決してない。ふだんはなかなか目立とうとせず、すすんで父の下風に立っているが、いざとなると、家康もおよばぬような果敢さを見せることがある。

これは少しあとのことになるが、徳川家がいわゆる大坂の陣に勝利し、いまにも大坂城を落とそうとしたとき、城内には十九歳の千姫《せんひめ》がいた。千姫は秀忠の長女だが、豊臣家にとつぎ、秀頼の妻となっていたのである。

その千姫が、城から出てきた。

秀頼と淀殿の助命を乞《こ》うべく、豊臣方が最後の交渉をこころみたのだった。家康が大よろこびで、

「よう出た。よう生きて出た」

頰《ほお》ずりせんばかりに抱きしめたのは自然の情だったろう。実の孫なのである。ところが父である秀忠は、千姫には、

「会わぬ」

あっさり言い放ったものだった。

「ひとたび豊臣に嫁《か》した身ではないか。ちゃちゃ（淀殿）と秀頼殿とともに焼け死ぬべきところ、ひとりおめおめと出てきたのは見苦しき命冥加《いのちみようが》」

秀忠には、そういうところがある。戦場を馳駆《ちく》する軍人としては一流ではないし、そのことを自覚してもいるけれど、それよりも頭で冷静にものを考えて、

――是《ぜ》は是。

――非《ひ》は非。

と決めることは得手《えて》だった。頭が切れる、ともいえるだろう。もっとも家康は、やはり三河《みかわ》武士の典型なのか、華麗な判断力よりも実直な誠意をおもんじる

型の人間だったから、どうしても、

（二流の男が）

という評価になってしまう。このときもそうだった。脇息にもたれ、あからさまに軽蔑《けいべつ》まみれの目で秀忠を見おろして、

「わが江戸城に天守はいらぬと吹聴《ふいちょう》しておるそうじゃな。存念を申せ」

「さらば」

秀忠は、おもてを上げた。

ことば面《づら》はなお遠慮の気配をのこしつつ、しかし口調ははきはきと、

「なるほど城には天守がつきもの。ふるくは右府《うふ》殿（織田信長）の手になる安土城、太閤《たいこう》様（秀吉）の築かれた大坂城、いずれも天に冲《ちゅう》するばかりのそれがあります。われらが江戸城もそういう時のながれに乗るべきやにも思われますが、それがしの見るところでは、もはや織豊《しょくほう》のころとは世がちがいまする」

「どうちがう」

「右府殿や太閤様の全盛時代には、こんにちとくらべ、大小のいくさが多うございました。そのほとんどは城攻めでした。となれば城というものの機能《ききどころ》はまず何よりも実戦に耐《た》え得ること、堅い砦《とりで》であること。当然それが設《もう》けられるのも、

平地《ひらち》よりは丘、丘よりは山と、なるべく高いところが選ばれたものであります」

「これは笑止。青二才が、わしにむかしを説《と》いておる。安土城の実物を見たこともないくせに」

「父上。しかし」

と、秀忠はまじめに語をおっかぶせて、頬の白い肌を紅潮させつつ、

「しかし昨今は、いくさは格段に減りました。まだまだ泰平の世が来たと申せるほどではありませぬが、近ごろ全国の城々《しろじろ》がおしなべて実戦よりも統治の便、交通の便をおもんじる造りになっておることは、そこなる佐渡守の今治城を例に挙げるまでもないでしょう。のう、佐渡守」

　ななめうしろへ首をねじり、高虎へ返事をうながした。高虎はそっぽを向き、ちゅっと唇《くちびる》を鳴らすようにして、

「いや、まあ」

　どちらの味方もしたくないのだろう。秀忠はしばらく高虎を見ていたが、ふたたび家康のほうへ首を向けて、

「この江戸城もまたしかり。本質《おおもと》のところでは統治の便、交通の便の城でありましょう。もちろん江戸城がおさめるのは一領国にあらず、関八州《かんはっしゅう》にあらず、ま

るまる日本にほかなりませぬが。父上も、実戦の用をおもんじていたら、そもそもこの江戸に城を築くことはなかったのではありませぬか。何しろここには高い山もなく、急な崖《がけ》もない。江戸は砦にはならぬのです」

「平坦な土地だからこそ、丈高《たけだか》の天守が必要なのじゃ。平城のなかに山城をつくる」

「天守とは、櫓だと？」

「いかにも」

家康は大きくうなずいて、

「この世でいちばん高い櫓、実際のいくさに役立ちますか。役立つのはむしろ濠ぞい

「しかしその高い櫓じゃ」

や、曲輪《くるわ》のすみや、門の上といった要所要所にもうけられる櫓のほうではありませんか。そこから矢や鉄砲を射《い》かければ、敵の侵入をすばやく、じかに、防ぐことができるからです。天守は前線には遠すぎ、悪目立《わるめだ》ちしすぎる」

「櫓というのは、矢や鉄砲を射るのみではない。見張りという役目もある」

と、なおも家康は反論する。秀忠はこくこくとうなずいて、

「なるほど、見はらしは大変よろしい。遠目がきく。しかしそれなら、やはり自

然の山にはかなわぬのです」

「天守には、威厳を示すという役目もある。領民をひれ伏させることもできるし、軍事的にも、それはそれで一種の防衛設備《まもりがため》じゃ。りっぱな天守に対しては、敵は士気を殺《そ》がれるであろう」

「かえって鼓舞《こぶ》されるやもしれませぬ」

「むう」

家康は、声をうしなった。

ようやく反論のたねが尽きたのだ。このごろはしばしば思うことだが、

（年寄りは、議論では若者に勝てんの）

反射神経がおとろえたとか、頭の回転がにぶくなったとかいう以前の問題として、そもそも議論などという人間的行為そのものに意味を見いだせなくなっているのだ。

この世ではほんとうに大事なことは議論では決まらない、数字や脅迫や詐術《さじゅつ》や根まわしで決まる。そんな政治のリアリズムが骨まで沁《し》みこんでしまっている。そのくせ人間評価の尺度は誠意なのだ。

秀忠は、元気いっぱい。

なかば腰を浮かせつつ、身ぶり豊かに話をつづけた。

「それに実際、これまでの歴史において天守に住んだのはただひとり、安土城の織田信長公のみではありませんか。いかがです、父上」

「む」

ここでもまた、家康はにわかに返事できなかった。

事実そうだったからだ。安土城の完成は三十年ほど前、天正《てんしょう》七年（一五七九）のことであり、家康はもちろん信長じきじきに六階建ての天守へ招《しょう》じ入れられたことがあったけれども、外観はともかく、内部はごくふつうの御殿だった。当時まだ四十前後だった家康は、書院造の、違い棚のある、そうして襖絵《ふすまえ》はすべて狩野永徳《かのうえいとく》の障壁画という部屋のなかで信長とつつがなく談笑しながら、

（ふーん）

部屋それ自体にはほとんど驚かなかった記憶がある。信長にとって天守とは要するに日常使いの場にすぎず、逆にいえば天守には実用的価値があったことになる。

ところが。

信長のあとを継いだ秀吉となると、天守の使いみちが変わっていた。

大坂城の天守もやはり内装に凝《こ》り、障壁画を奢《おご》り、柱や壁には金箔《きんぱく》をふんだんに貼《は》りつけたが、しかし秀吉は、そこに住むことはしなかった。本丸にべつに設けた奥御殿で暮らしたのである。

要するに、あの六階建ての壮麗《そうれい》な天守はただの空き家だったのである。家康はここへも上がったことがあるけれども、そのときは秀吉みずからが六階の高楼に立って、

――あれが、生駒《いこま》山。

――あれが、住吉《すみよし》のやしろ。

などといちいち指さしてくれたものだった。たしかに見はらしは最高だった。ほかの客人もおなじように接待されたというから、秀吉にとって天守とは生活というより享楽の舞台。空き家が言いすぎだとしても、単なる展望台でしかなかったのだ。

すなわち。

長い目で見れば、天守の実用的価値は低下している。

というより、天守などという異形《いぎょう》の建物を使いこなせるのは、信長のような異形の神経のもちぬしだけだったのかもしれぬ。

「されば」

と、秀忠はいっそう声を励《はげ》ますのだった。

「されば、われらが江戸に天守をつくっても、やはり大坂の二の舞になることは避《さ》けられぬでしょう。いや、あるいは展望台にさえならぬかもしれません。江戸には生駒山はありませぬ。住吉のごとき由緒ある神社もない」

「あとは米蔵になるか金蔵になるかと、こう申したいのじゃな?」

「米蔵にも金蔵にもなりませぬ。天守というのは建物が高いわりには建坪《たてつぼ》が小さく、六階建てにしようが十階建てにしようが延《のべ》坪は案外変わりません。ものの上げ下ろしも面倒《めんどう》です。かくのごとく考えたのち、天守とは、それがしには無用の長物に見えると申すのです。まだしも石灯籠《いしどうろう》を立てるほうがまし」

と、そこまで言いきったところで、秀忠はきゅうに咳《せき》払いをした。

木に竹をついだような、とってつけたような咳払いだった。さすがに言いすぎたと思ってごまかしたのだろう。家康は脇息にもたれ、われながら疲れたような口調で、

「もうよい。さがれ」

ゆらりと顔の横で手をふった。

秀忠は、すなおである。悪びれもせず、恐縮もせず、ただ反射的に、

「では」

一礼すると、さっさと部屋を出てしまった。のこされたのは、家康と高虎のふたりのみ。秀忠の足音が遠ざかるや、高虎は、ここぞとばかり膝をすすめて、

「大御所様」

「何じゃ」

「上様はこのごろ、ちと図に乗りあそばし……」

訳知り顔でまくしたてようとした。家康はきらりと目を光らせて、

「ばか」

「はあ、いや、愚昧《ぐまい》なお方とは思いませぬが、さすがにまだお若いだけに……」

「ばかはお前じゃ、佐渡守」

家康は、ぶっきらぼうに告げた。内心では秀忠のことを、

(存外、使いものになる)

と見ているのである。

秀忠はもともと、惣領《そうりよう》息子でも何でもなかった。

惣領は長男の信康《のぶやす》だった。信康はおさないころから家康にかわいがられ、長じ

ては織田信長の娘とくを嫁にもらって徳川の未来を一身ににない存在となったものの、信長の理不尽な怒りを買って切腹させられた。

あらたに惣領になるべきはもちろん次男・秀康《ひでやす》だが、これを最初から家康はうとんじていた。理由は家康自身にもわからない。妾腹《しょうふく》の生まれであることが関係していたともいわれるが、それなら秀忠もおなじだろう。要するに、性が合わなかった。

成長すると豊臣秀吉へ人質として差し出してしまった。秀康はやがてその豊臣家からも追い出されて下総《しもうさのくに》国結城《ゆうき》氏の養子になり、それはそれで幸せなのかもしれないが、とにかく徳川は継がなかったのである。

継いだのは、三男・秀忠。

いわば棚から落ちてきた牡丹餅《ぼたもち》を口をあけて食っただけであり、

——ただの果報者じゃのう。

という見かたをしたのは口さがない京わらべばかりではない。ほかならぬ家康自身、そういう評価を口に出してはばかるところがなかったのである。

——秀忠様は、凡庸《ぼんよう》じゃ。

という結論は、家中《かちゅう》のひとしく共有するところだった。

ところが最近は、その家康が、

(創業者には向かぬ。向かぬが)

と、意外の念をもちはじめている。

(二代目には、あるいは打ってつけかも)

天守は実用に不向きである、などというのはいかにも頭でっかちな意見であり、体験の裏打ちがとぼしいが、逆にいえば秀忠の頭脳は幕府がこれから長い時間をかけてやらねばならないであろう諸制度の整備、役所の設置、大名の配置換えといったような机上の思案には適している。議論好きもときには結構。新時代のために有用であるというのは、

(親のひいき目、ではなかろう)

もっとも、こと天守の普請に関するかぎりは、

「あやつは、まだまだじゃ」

家康はつぶやき、高虎へうっそりと笑ってみせた。笑いながら、

「天守というものが持つ、もうひとつの重要な機能《はたらき》を見落としておる」

高虎は首をかしげて、

「その機能とは？　……あっ」

ひざを打った。家康は、

「そのとおりじゃ」

と言いつつ、

（わが世代には、わが世代の常識がある）

火薬と血と焦げ肉《こ》のにおいが鼻をつく幾多《あまた》の戦場をくぐり抜けてきた者にしかわからぬ、肌で感じる常識があるのだ。家康は即日、天守の建設命令を出した。

†

しかし家康のもとで大工頭をつとめる中井正清は、図面を受け取るや、

「こりゃ、面妖な」

その鶴のように痩《や》せた顔に当惑の色を浮かべたのである。

「こういう天守を建てよとは、この正清、生まれてはじめて申しつけられましたな」

「どこが面妖じゃ」

と聞き返したのは、藤堂高虎。

ふたりは、高虎の自邸にいる。高虎が正清を呼びつけたのだ。

正清は、四十二歳。

遠慮するような年ごろではない。ひざの前へ図面をひろげ、いろいろな地形図や平面図があるなかでも天守の姿図《すがたず》（横から見た投影図）をトンと指でついて、

「五重の屋根をかさねるのは結構。瓦葺《かわらぶ》きにするのも、頂上《いただき》にふたつの金鯱《きんしゃち》を置くのもよろしい。天下人の普請にふさわしい豪壮さでありましょう。しかしながら、外壁《そとかべ》が白とは」

「白壁が、何か悪いのか」

高虎はむんと胸をはって、高圧的に、

「例はあるのであろう？」

「ありますが、いずれも地方のものです。安土、大坂といったような日本の中心たるべく築かれた城郭《じょうかく》においては、天守の壁はむしろ……」

「黒いのが通例、じゃな」

高虎はきゅうに背をまるめ、ほうとため息をついた。正清はうなずいて、

「いかにも。大坂城はその典型です。つややかな黒うるしを塗った板壁《いたかべ》のそここに菊紋や、桐《きり》紋や、破風《はふ》かざりの彫刻《ほりもの》を入れる。金箔を貼りこむ。その黒と金

のおごそかな取り合わせは、さながら天守そのものが巨大なよろいかぶとを身につけたかのごとく敵にも味方にも畏怖《いふ》の念を起こさせる。天下人の天守とは、そうでなければ」

「それは、わかる」

高虎は、苦い顔をした。胸の前で紅骨《べにぼね》の扇《おうぎ》をぱちぱち開閉しながら、

「わしも正直、そちに賛成じゃ。まっしろな天守を建てるなど、子供をまるはだかにして戦場に立たせるようなものと何度も申し上げたのじゃ。しかし大御所様は、ここばかりは、いたく拘泥《こうでい》されてのう。秀忠様のご意見を聞いてから」

「上様の？」

「そうじゃ」

「なぜそこまでおこだわりに……大御所様ご自身、さんざん大坂城の絢爛《けんらん》をご覧になったではありませんか」

「わしに申すな」

「それに現実の問題として」

と、正清は天守の図面をやぶれそうになるくらい何度も手のひらでなでまわし、

「現実の問題として、これだけ大きな壁面をすべて塗り籠《こ》めることのできる大量の漆喰《しっくい》など、関東のどこにもありませぬ。漆喰づくりには石灰《せっかい》が欠かせませぬし、石灰は石灰石鉱山《いしばいやま》からしか掘り出せませぬ。人工的にこしらえるわけにはまいらぬのです。ここがもしも上方《かみがた》であれば、近江国伊香《おうみのくにいかご》、太平寺《たいへいじ》、石部《いしべ》といったあたりの村々で産出しますし、あるいは京の北方《きたかた》、鞍馬《くらま》の山中にももとめられますが、いずれも大した量ではない。染めものの媒染《ばいせん》（定着剤）になるくらいが関の山で……」

「しかし、さがせ」

「はあ」

「わしからはもう『白は無理です』とは申し上げられぬ。大御所様のご意志なのじゃ。さがせ正清。さがすのじゃ」

鉱山をさがすのは、犬猫をさがすのとはわけがちがう。それでも正清は、

「やってみます」

あっさり言うと、堂々と一礼し、退出した。

成算があったのにちがいない。大工頭というのは大工の棟梁《とうりょう》というより、こんにちで言うならゼネコンの社長にちかい総合職なのだ。その待遇も、旗本待遇

である。のちの話だが、家康からは一千石の俸禄をもらい、朝廷からは大和守《やまとのかみ》の官位をもらうことになる。

　中井正清、もともとは大和国の人。

　大和国斑鳩《いかるが》にあって法隆寺《ほうりゅうじ》の工匠・中村伊太夫のもとで修業した中井孫太夫が父である。いわゆる宮大工の家系だった。ゆらい斑鳩はふるい寺が多く、たえず修繕や新築がおこなわれていたため木造建築技術の最先端の地だったが、その技術者のなかでも正清は特にすぐれ、人の上に立ち、やがて豊臣秀吉に見いだされることになった。

　――わしのもとで、はたらけ。

と命じられ、京へ出ることになったのである。

　秀吉が期待したのは、正清の動員力だった。

　正清はよくこれに応《こた》えた。腕っこきの連中をまるごと京へひきつれて、大坂城、聚楽第《じゅらくだい》といったようなスケールの大きな作事を差配した。秀吉みずからの発願による、奈良東大寺《とうだいじ》と張り合うような巨大寺院である京の方広寺《ほうこうじ》も正清の手になるものである。秀吉の信頼はいよいよ厚くなったが、秀吉が死に、関ヶ原の戦いが終わると、こんどは家康に、

——こっちへ来い。

と言われ、家康の下についた。

豊臣家とは縁《えん》を切ったかたちだが、これは裏切りにはあたらない。関ヶ原の戦いというのは、建前の上では豊臣政権内部の内輪もめにすぎないからだ。あれは要するに徳川家康と石田三成という家臣どうしがごたごたを起こし、

——私闘に走っただけである。

というのが豊臣家の公式な見解だった。法理論上は「天下分け目の戦い」などという大げさな話では断じてなく、天下は依然として豊臣の手のなかにあるという立場なのである。

そんなわけだから、正清が家康の下についたのは、豊臣家の陪臣《ばいしん》（家臣の家臣）となったにすぎぬ。

——裏切りでも何でもない。

それが豊臣家の虚勢であり、家康のつけ入る隙《すき》だった。家康はこのようにして豊臣家から重要な技術をうばい去った。ただの一兵もうごかさずにである。

正清は、家康のもとでも精力的に活動した。

伏見城

二条城《にじょう》
知恩院《ちおんいん》
といったような国家的規模の城や寺をつぎつぎと担当し、竣工《しゅんこう》にみちびいた。正清はいわば司令官だった。ときには江戸の屋敷から一歩も出ぬまま数百、数千の人間をあやつって普請を進めることもした。いまもむかしも建築界では人が人を呼び、仕事が仕事を呼ぶ。仕事が最大の宣伝である。正清のもつ企業グループは、いよいよ大きくなるばかりだった。

ところで。

規模がここまで大きくなると、組織にはゆとりが出る。大工、大鋸挽《おがひき》、瓦師、左官、指物《さしもの》師といったような現場労働者とはべつに、ホワイトカラーも雇《やと》えるようになる。お金の計算にのみ従事する者とか、諸大名家との連絡役とか。なかでも正清がもっとも重視したのは、

——しのびの者。

と彼自身たわむれに言うこともある、いわば探偵部の連中だった。

しのびの者は、時期によって異なるが、およそ五十人から百人である。全国あちこちへ飛んで優秀な人材を見つけたり、優秀な工法を見つけたりしては正清へ

注進する役だったという。ときには拉致同様に連れ去って江戸へおくりこむこともあったという。

彼らのなかには、山見《やまみ》と呼ばれる一団もあった。

山師である。おもに各地の山々を見歩いて金銀の鉱脈を発見するのが仕事だけれども、そういう連中のひとりが、或《あ》る日、ふらりと正清をおとずれて、

「石灰は、八王子《はちおうじ》にあるようですぜ」

暗い声で、ぼそぼそと報告した。正清はよろこんで、

「わしが、じかに確かめる」

石灰石鉱山は、成木《なりき》の地にあった。

こんにちの東京都青梅《おうめ》市成木である。正清が現地へ行き、地もとの百姓に案内させてその山へのぼってみると、なるほど草木が払われた一帯はいちめん青みがかった白褐色《はくかっしょく》の地。小規模ながら焼き立て（採掘後の処理、後述）もしている。

地もとの百姓に言わせれば、

「あんた、いまさら何を言ってんべえ。ここの石灰はむかしから有名だべ。何しろあの大きい大きい八王子城の御用もつとめたくらいじゃあ」

ということになるのだが、しかし八王子城というのは面積こそ広大だが典型的

な山城で、門や櫓なども木目むきだしの武骨なつくり。当世ふうに漆喰でしらじらと壁をぬりこめる建物はほとんど存在しなかったし、いまでは八王子城そのものが廃城となっている。この城はもともと小田原城の支城であり、後北条氏の支配するところだったため、秀吉による小田原攻めのあおりを受けて焼け落ちてしまったのだ。

いずれにしても、成木の地は、石灰の零細《れいさい》な産地にすぎなかった。

が、正清が江戸へかえり、

「それ行けっ。あそこは天下の霊峰じゃ。わが国の普請の歴史が変わるぞうっ」

派手な文句とともに技術者をどっと派遣すると、現地の百姓が、

――こりゃあ、無尽蔵《むじんぞう》だべ。

目をむくほどの石灰石がつぎつぎと採掘されたのだった。最新技術のなせるわざだった。零細産地は、たちまち日本一の採石場となった。

もっとも、この石をそのまま江戸へ運ぶわけではない。

掘り出してすぐ、焼き立てと呼ばれる工程を経る必要がある。焚《た》き立てともいう。これがまた旬月《じゅんげつ》の間に日本初の大規模なものとなった。正清は一日《いちじつ》、藤堂高虎の屋敷へあがり、

「御鷹狩《おたかが》りの途次《とじ》、ほんのわずかでもよいのです。大御所様じきじきにご覧いただけませぬでしょうか。はばかりながら、きっとご満足いただけるものとお察しいたしまする」

と申し出た。この慎重な男にはめずらしい高言である。よほど誇《ほこ》らかだったのだろう。高虎はこれを家康に取り次いだが、家康の答は、

——竹千代《たけちよ》に、行かせよ。

それきりだった。竹千代とは秀忠の幼名である。秀忠はこれを受けて、おもてむきは、

——武士のたしなみ、猪《しし》狩りに来た。

ということで、江戸から二十里《り》（約八十キロ）の道をはるばるたどって草ふかき成木の地に立ったのである。慶長十一年冬のことだった。

†

成木の地で、正清は、

「ご覧なされ。上様」

いつになく興奮ぎみに話しはじめた。陽《ひ》はまだ高い。秀忠は、われながら気のない声で、

「ああ。見ている」

「あれが、焼き立ての工場《もちば》です」

「ああ」

秀忠の視線の先には、山があった。

山すそがあり、山すそに沿って素焼きの窯《かま》がたちならび、その手前にはだらだらと田んぼが広がっていた。もっとも、いまはもう刈り取りが終わって草一本はえていないし、ゆうべは少し雨もふった。窯では火を使うのだろうが、飛び火の危険は、

（いちおう、あるまい）

秀忠はまずそう思った。実際家なのである。

窯は、みなおなじ大きさだった。

高さ三尺《じやく》（約九十センチ）、幅四尺（約百二十センチ）、こんにちでいうと軽自動車より少し小さいくらいのが五十以上もある。それぞれ中央下部に四角い穴が切られていて、人足が、柄《え》のついた鋤《すき》のような道具をたくみに使って青白い原

石（石灰石）をどんどん放りこんでいる。原石はあらかじめ小石程度の大きさに砕《くだ》かれている。

窯には、もうひとつ穴がある。

てっぺんの屋根にひとつずつ、円形のそれが口をあけている。ここでは人足が藁《わら》ぶくろをさかさにして、黒い木炭を落としていた。窯のなかは見えないが、上が木炭、下が石灰石という黒白の二層構造になっているはずだった。

作業が終わると、人足は全員いったん窯から離れた。そうして、べつの一団があらためて窯の上にのぼる。めいめい松明《たいまつ》を手にしている。少し離れた田んぼのまんなかに立っていた人足頭の老人が、チョチョッと鳥のように舌を鳴らして、

「切り火ーぃ、入《い》りょうびょーう」

さびさびと声をのばしたのが合図だった。彼らはいっせいに、

「入りょうびょーう」

「入りょうびょーう」

と和すと、松明を穴へさしこんだ。木炭に点火したのである。

あたりは、もう夕闇が濃い。

人足たちの顔もわからぬほどだった。ほどなく窯の火がまわりだし、穴から

橙色《だいだい》の光がちらちらと洩《も》れた。五十以上ものフットライトが背後の山を漆黒《しっこく》の一枚絵《いちまいえ》にした。

ふしぎな神々《こうごう》しさがある。しばらくして人足たちが穴を粘土《ねんど》で封じてしまうと、上向きのあかりは消え、ぱちぱちと炭の爆《は》ぜる音だけが籠《こ》もり声をあげた。

はじめて見た者は、たいていが、

——この世のものとは、思われぬ。

と感嘆する光景だったが、しかし秀忠は、それよりもむしろ窯の下のほう、もうひとつの四角い穴をさっきから注視している。ここは粘土でふさいでいないので、わずかだが、内部の光がうかがわれるのである。

(燃えやすいよう、炭に風を送るのであろう)

勤勉というか何というか、詩情よりも自然科学的な観察眼のほうが先に来るタイプ。秀忠はようやく正清のほうを向いて、

「どのくらい焼くのだ?」

「一昼夜です」

正清は、よくぞ聞いてくれたと言わんばかりに、

「あすの朝になったら炭を消し、石灰を搔《か》き出して、さまして、俵につめこむの

です」

「つめこんだら？」

「俵の上から水をかけます。しばらく置くと、石灰はくずれて粉になります。人足どもは、ふくると呼んでいるようですが」

「ふくる」

秀忠は、まだあどけなさの残るしぐさで首をかしげると、

「語源は何じゃ」

「はあ？」

正清は、目をまるくした。そんなものに思いを馳《は》せたことがなかったのだろう。

「とにかく上様」

話をそらすと、ふところから匂い袋のようなものを取り出して、

「お手を」

秀忠が右手をひろげて出すと、その手のひらに袋からさらさらと白い粉を落とした。

「これが、ふくるです」

粉は、主成分が水酸化カルシウム。いわゆる消石灰である。現代のわれわれに身近なのは小学校などの校庭に白線を引くあの材料だろう。

「ふうん」

秀忠は、もういっぽうの手で粉をつまみ、目の高さにもちあげた。指先をこすり合わせて粉を落とす。かたくり粉のようにキュキュッと軽い音が立つ。粉はみな手に達しないうちに風で散り、霧消《むしょう》した。秀忠はのこりの粉を地に落とし、ぱんぱんと手を払ってから、

「これを、つまり江戸へ運ぶのだな？」

「お察しのとおりです。江戸では左官どもが待っております。彼らはこの粉にふたたび水をまぜ、ねばりを出すため布海苔《ふのり》などの煮汁《にじる》をまぜ、強度を得るためすさ（藁や麻《あさ》や紙などをきざんだもの）をまぜて練《ね》りあわせるのです。それを土壁の上にすべらかに塗る。ふくるはやがて乾《かわ》ききり、もとの石にもどることで堅固な、純白の、内外の湿気をよく加減する最高の壁となるのです」

「それがつまり、漆喰か」

「ひょっとしたら、聖徳太子《しょうとくたいし》の時代にも用《もち》いられたかもしれませぬ」

「父上の天守にも、な」

秀忠は、わずかに感情をあらわした。

口調が皮肉になったのである。正清は、気づかぬふりをしたのだろう、二、三度そっけなくうなずいてから、

「ほかにも櫓、煙硝蔵《えんしょうぐら》、御殿、番所、曲輪の仕切り塀《べい》……いたるところに用いられまするぞ。塗るべき壁はあまりにも広く、ふくるは無限に必要となる。有史以来のおびただしさ。ここから運ぶにも従来の道では渋滞するので、とうとう専用の道をきりひらくありさま」

最後の一句は、やや自慢そうだった。茫々《ぼうぼう》とひろがる武蔵野《むさしの》の萱原《かやはら》をひたすらに横切る一本道。のちに本街道（甲州《こうしゅう》街道）の脇街道となり、こんにち、青梅街道と呼ばれることになる。秀忠は顔をしかめて、

「道など、どうでもよい」

手をひろげ、虫を追うようなしぐさをした。

一歩、前へ出た。正清の目の前に立ち、正清にぐっと顔をちかづけて、

「それよりも父上は、なぜ天守を建てておられるのじゃ。わしがあれほど不要じゃと申したに」

正清はあとじさりしつつ、しかし威厳はうしなわぬ声で、

「大御所様には、大御所様のお考えがあるのです。佐渡守様より洩れうかがったところでは、天守というものの大切なはたらきは……」

ことばをつづけようとしたが、秀忠はあっさり、

「大名に金を使わせる、であろう」

「ようおわかりで」

「何を申す」

秀忠は、鼻を鳴らした。

江戸城建設は、天下普請である。全国の大名を動員し、わりあてを決め、競争意識をあおりつつ大規模工事に従事させる。原則として徳川家は一文《もん》も出さない。そのことによって大名たちに金を使わせ、人を使わせ、その潜在能力を減殺《げんさい》せしめるのだ。

その目的は、私《わたくし》には徳川家の永遠の安泰にあり、公《おおやけ》には幕府権力を昂然《こうぜん》たらしめて二度とふたたび世の中を戦乱のちまたへと返さぬことにある。普請は金がかかるほどよく、したがって天守はあるほうがいい。家康はこれまでの長い生涯でさんざん戦場に出て、さんざん死体を見て、さんざん火薬と血と焦げ肉のにおいを嗅《か》いだからこそこの利点が意識されるのだろうが、

「それくらい、わしにもわかるわ」

秀忠は、声つよく言い放った。正清は眉《まゆ》を八の字にして、

「ならば、そのようなご不満顔はおよしくだされ。上様がそのようなご様子では、人足どもの士気にもかかわる……」

「不満なのではない」

「え？」

秀忠は、きゅうに顔をはなすと、興味をうしなったような声で、

「建てると決まったものは致し方ない。いまさらやめろとも言えぬではないか」

「では、何がお気がかりで？」

「壁じゃ。天守の外壁《そとかべ》。どうして白壁などにしたのか」

「それは、わしも」

と、正清は立ったまま腰をかがめ、ひざを打った。

「わしも、最初から面妖なと思うておりましたのです」

「そうであろう。黒壁のほうが、はるかに銭《ぜに》がかかる。父上の天下普請のご趣旨に照らせば、どう考えても、そちらが正しいではないか」

秀忠はそう言うと、白いあごに指をあてた。正清は、反論というよりも議案の

提出といったような口調で、

「それはおそらく、こういうことでしょう。大御所様がその判断をくだされた時点では、まだそれがしはこの成木の鉱山《やま》を見つけておりませんでした。石灰石の調達には、よほど手間がかかる。だから黒壁よりも金がかかると……」

「ならば、鉱山が見つかった時点で方針転換してもいいはずじゃろう。父上にはやはり、白壁にこだわる理由がおありなのじゃ。銭金《ぜにかね》以外の理由がな。わしには、それがわからぬ。正清、おぬしは？」

「わかりませぬ。ただ……」

「ただ？」

「おそらくこのたび、大御所様が——あの鷹狩りのお好きなお方が——みずからこの地に来ることをせず、上様に来るようおっしゃったのは、上様ご自身で……」

「わし自身で、答をさがせと」

「いずれにしても」

正清はきびすを返し、足をふみだした。

秀忠に背を向けたことになる。ゆっくりと宿所への道をたどりながら、

「江戸城は、一刻《いっこく》もはよう完成させねば」

日は、すっかり暮れている。

秀忠は首を横に向け、ふたたび窯のほうを見た。人足どもが車座になって酒盛《さかも》りをはじめたのは、徹夜で火の番をする、その無聊《ぶりょう》をなぐさめるのだろう。正清といい、人足どもといい、かりにも征夷大将軍《せいいたいしょうぐん》の前でずいぶん不行儀な態度に出たものである。

(わしには、父上のような威厳はない、か)

秀忠は、苦笑いした。

叱《しか》る気にはなれなかった。自分を卑下《ひげ》したのではない。ただ居丈高《いたけだか》になるのが面倒なだけだった。窯の下からのぞく五十以上の火は、いっそうさかんになっている。きびしく冷えこむ武蔵野の夜気のなか、その光が、光の列だけが、秀忠を何かひどく安堵《あんど》させた。

†

江戸へもどると、家康は、城づくりへの興味をうしなっている。

ほかの話はいろいろとするのだが、城のことを切り出したとたん、

「鷹狩りの鷹は、やはり真白斑《ましらふ》にかぎるのう」

など他愛《たあい》ないほうへ話を変えてしまうのがつねだった。天守はもちろん、石垣や櫓のことでも同様の態度なのである。

(おやじも老いて、あれこれ考えられぬようになったか)

秀忠はそう考えてみたけれども、たとえば京の摂関家《せっかん》の誰それが官女と姦通《かんつう》して妻にばれた、などというようなゴシップを披露におよぶときの家康の話のうまさときたら、聞いている秀忠が腹をかかえて笑うほどなのである。へんに教訓めかすこともないし、おなじ話をくりかえすこともない。耄碌《もうろく》などしていないのだ。

となると、これはもう、

(父上は、城にはあえて目をつぶると。このわしにやってみよと)

或る日、秀忠はにわかに立ちあがった。

藤堂高虎に命じて普請奉行の内藤忠清《ないとうただきよ》、貴志正久ら関係の臣下十数名をあつめさせ、彼らを平伏させて、

「向後《こうご》、城普請の指図はこの秀忠がする」

と宣言したのである。

「むろん最重要のことがらに関しては大御所様に話をあげ、その裁可をあおぐが、それ以外の重要事、なかんずく天守に関してはわしの決定を徳川の決定と心得よ。よいな」

臣下どもは、顔を見あわせた。

ほとんどが秀忠よりも年上である。これまで内心では、

――親の七光りが。

などと軽《かろ》んじるところが大きかったが、このときばかりは老臣が二つ三つ末《まっ》梢《しょう》的な質問をしたほかは全員、息をわすれた。威厳に打たれたというよりは、若さの勢いのようなものに呑《の》まれたのだろう。

「よいな」

秀忠は、仁王《におう》立ちして彼らを見おろしている。

†

やはりと言うべきか。

まずあらわれたのは、石灰だった。或る日、中井正清がこまったような顔で御殿の広間へやってきて、

「足りませぬ」

と言い出したのである。秀忠は着座したまま、

「足りぬ？」

「ええ」

正清は説明した。江戸城内の天守、櫓、壁、長屋等はもちろんのこと、城外の武家屋敷や寺社の塀、商家の蔵などを塗りこめる左官たちからも、

——買わせてくれ。

という依頼が殺到しているのだという。石灰というこの少し前の時代にあらわれた、そうして最近その便利さがにわかに喧伝《けんでん》されるようになった建材を、どの施主もぜひにと使いたがったのである。変わったところでは、大判小判の吹立《ふきたて》（鋳造《ちゆうぞう》）をおこなっている日本橋金座の後藤庄三郎からも、

——作事場《ば》は、すべて漆喰の壁でありたし。

としつこく言ってきているとか。秀忠はそれを聞くと、

「後藤庄三郎？　ああ、あの京から来たなりあがりか。仕事熱心じゃのう。板壁

ではだめなのか？」

正清の態度は、以前とはちがう。

家康に対するのとほぼ同様の礼儀正しい口調でもって、

「地金《じがね》の精錬には大量の炭が要《い》るよしにござりまする。屋内があまりにも高温になりますため、壁はなかなか燃えにくく、かつ風のよく通るものがよろしいとか」

「だから漆喰か」

「御意」

「屋外で吹けばよい」

「そういうわけには参りませぬ。大判小判は天下の宝。素性あやしき者どもが意のままに出入りできる環境《ありさま》では通貨の信用にもかかわる」

正清の言うとおりだった。秀忠はしばし沈思すると、顔をあげて、

「これはもう、石灰の産出そのものを増やすほかないな」

それができるなら苦労はせぬ、というような戸惑いと軽蔑のいりまじった表情を正清は見せて、

「それがしは、成木のほかに大量の出どころを存じませぬ。はばかりながら、正

清が知らぬとは、天下が知らぬということ」

「そうじゃ」

秀忠はひざをたたき、身をのりだして、

「下野国葛生《しもつけのくにくずう》の地に、ありと聞くぞ」

「葛生？」

「備前守《びぜんのかみ》が申しておった」

備前守とは、伊奈忠次。

家康の代官頭である。このころは川普請に精を出している。その究極の目的は、前にも述べたとおり、利根川を東へ折ることだった。

上野国水上《こうずけのくにみなかみ》の水源から南東ないし南へながれくだって江戸湾へそそぐこの大河をぐいと鹿島灘《なだ》のほうへ曲げ、江戸を川底から引っぱり出す。人の住める土地にする。その大事業のために北関東各地をとびまわっている伊奈忠次なら、なるほど、たまたま山へふみこんだとき岩肌に露出する石灰石の鉱脈を見つけることもあるだろう。単なる山師の売りこみとはちがうのである。

正清は、ぱっと顔をあかるくして、

「おもしろい。この正清も知りませなんだ。さっそく……」

と言いかけたのを秀忠はさえぎって、

「さっそく人をやって試し掘りさせよ。見込みがあれば、ただちに御用としてしまえ」

「御用となると、掘り出し場は巨大になりまする。備前守様の川普請のさわりになるやもしれませぬ」

「そうなったら、備前守のほうが普請のやりかたを変えるのじゃ」

結果として、この企画はうまくいかなかった。なるほど葛生の山の埋蔵量は厖《ぼう》大《だい》だったが、この時期はまだ、北関東全域にわたって浅い川がだらだらと網の目のように流れており、場所によっては、

——綾瀬《あやせ》。

と呼ばれるほどだったため、江戸とのあいだに青梅街道のような堅固な一本道を整備することができなかったのである。石灰がいくら採《と》れたところで運搬の方法がないのは致し方なかった。

もっとも、のちの世のことになるが、この地勢的情況は一変する。

伊奈家をはじめとする代官頭による川のまとめや付け替えの結果、水上《すいじょう》交通がたいへんに発達したからだ。葛生産の石灰も船にのせられ、渡良瀬川等で運ば

れることによって江戸に出まわるようになった。

成木の八王子石灰に対して、野州《やしゅう》石灰と呼ばれるほどの一大勢力となったばかりか、幕末には八王子を上まわるに至ったのである。

ちなみに言う。両者のあいだの生産競争は、江戸近郊における石灰相場の大幅な下落という経済的現象をも引き起こした。

農民ですら石灰をたやすく買うことができるようになったため、徳川時代には、建材ではなく肥料として石灰を仕入れ、田んぼや畑にまくという新しい習慣が生まれたほどである。その効果は劇的だった。酸性化しやすい日本の土壌には、アルカリ分の補給材として石灰はぴったりだったのである。

ともあれ。

秀忠は、城づくり街づくりに精を出している。

建材の調達に腐心している。或る日、秀忠はふたたび正清を召《め》し出して、

「材木は、足りておるか」

正清は、

「それが」

と返事しようとしたけれども、秀忠は、すばらしい着想をした人に特有のあの

光りすぎる目の色で、

「足りぬのか。石灰などより、はるかに大切ではないか。わしに案がある」

「承《うけたまわ》ります」

「これまた青梅に拠《よ》ればよいのだ。あの山には豊かな森があり、山すその平地がある。わしはこの目でしかと見たぞ。林業《そまだし》にはぴったりではないか」

指二本でまぶたをつまみ、大きく上下へ押しひらいてみせた。正清は平伏して、

「天下の名案にござりまする」

「運搬には、街道をたどる必要はないぞ。丸太は水に浮く。伐《き》り出すそばから筏《いかだ》に組み、多摩川へながすのじゃ」

多摩川は甲斐国《かいのくに》北東部の笠取《かさとり》山に端《たん》を発し、おもに南東方向へながれて青梅をとおり、荏原《えばら》付近をとおり、江戸湾へそそぐ。なるほど長距離輸送の手段としてはもっとも速くて手間がかからないだろう。正清はうやうやしく一礼して、

「承知しました」

あとで正清は、身のまわりの世話をする観助《かんすけ》という少年に、苦笑いして、

「上様は、少々ご熱心にあそばす故《ゆえ》」

ぐちをこぼしたという。木材はこびに川を使うというのは古来の大常識なのである。秀忠はまだ二十九歳と若く、野外活動の経験もとぼしいだけに、こういう勇み足ないし干渉過多がときどきあった。

いや。

年齢のせいばかりではないのだろう。

秀忠はもともと三男で、徳川家を継ぐに足る人材とは誰からも思われなかったばかりか秀忠自身でさえ、

——わしは、徳川にふさわしからず。

と劣等感を抱いていた。そのぶん思いがけず征夷大将軍に就任すると、誰よりも幕府へのこだわりが強くなった。家康よりも強かったろう。家康にとって幕府とはあくまでも徳川の延長線上にあるものにすぎなかったが、秀忠は、

——幕府は、公儀。

という意識のほうが勝《まさ》っている。

徳川は「私」であり幕府は「公」。それをみずから峻《しゅん》別《べつ》して国家そのものへの貢献となすのが将軍のつとめなのだ。

或る意味、うんと高級な官僚主義。

この当然の結果として、秀忠の言動は、しばしば役人のようになった。その証拠にといえるかどうか、スペインから来た宣教師ドン・ロドリゴ・アルベルダは、本国に向けた手紙のなかで、秀忠のことを、

「先王フェリペ二世のごとし」

と評価している。

フェリペは、世界史上最強の王のひとり。いわゆる無敵艦隊《アルマダ》を擁《よう》する「日の没せぬ」絶頂期スペイン帝国のあるじだが、エスコリアル宮から一歩も出ず、まいにち執務室にひきこもって各地への命令書ばかり書いていた。

もちろん、秀忠はフェリペではない。

フェリペよりは外出をこのむ。或る朝、ぐっすりと寝て起きると、

「どれ」

御殿を出て、ふらりと天守の普請場へ足を向けた。

おなじ本丸内のことだから、五分とかからぬ。天守はともかく、天守台はすでに完成していた。

石垣で築かれていた。伊豆《いず》産のことさら大きい、ことさら白く角立《つのだ》ったものを厳選して、四角錐《すい》の下半分のかたちになるよう積みあげている。

底面が四角形である角錐の、上半分を切り去ったかたち。それ自体がすでにして人の背よりもはるかに高く、ひろびろと黒いかげを曳《ひ》いているが、天守台の上では、五階建ての天守が、その骨組みが、ひゅうひゅうと颪を鳴らしている。

柱のあいだから洩れる朝日に、うっすら色がついていた。

†

骨組みは、基本的に、きわめて単純な構造である。

縦横《たてよこ》にずらりと無数の柱を立てる。柱はみな角材であり、柱と柱のあいだはぴったり一間《けん》(約一・八メートル)。柱の上ではさながら碁盤の目のごとく縦横に角材たちが寝かせてあり、梁《はり》や桁《けた》になっている。この梁や桁がすなわち上の階の土台となるわけだ。

土台の上には、また一間間隔で柱を立てる。このくりかえしで最上階である五階まで組み進んでいくのである。

釘《くぎ》は、もちいない。

柱の上側に枘《ほぞ》(「凸」の字状の突起)を設け、梁に枘穴をあけて、前者を後者にはめこむだけ。それだけで全体がびくともしないのだ。組みの正確さにももちろん拠るが、そもそも角材の一本一本がかなり太いため、じゅうぶん構造上の強度が出る。この点、八王子の材木はなかなか良質だった。全階をつらぬく長大きわまる通し柱もこの江戸城では使わなかった。使う必要がなかったのだ。

(骨は骨で、うつくしいな)

秀忠はぼんやりと思いつつ、石段をのぼり、天守台の上にあがった。そうして首を上に向けた。朝焼けで、雲が燃えるようである。

くわん

くわん

と最上階のあたりの足場から乾いた木のぶつかる音がふってくるのは、骨組みづくりが終わっていないのだろう。まだまだ未完成なのだ。秀忠は、ふたたび視線を下へ向けた。正面の一階部分はすっかり骨組みが安定しているので、工程が、つぎの段階に入っている。

壁塗りである。作業そのものは始まっておらず、骨組みの手前で十四、五名ほどの左官たちが輪になって立っている。きょう一日の仕事のための打ち合わせをしているのだろう。

威勢よく何ごとかを話しあったあげく、左官頭らしいごましお頭の男がぱんぱんと手をたたいて、

「ようし、かかれ」

「おう！」

ほかの者がそれぞれの持ち場へ散ってしまうと、秀忠はそいつに近づいて、

「おぬしが、かしらか」

「そうだよ」

即答。どこか寺男のような雰囲気がある。秀忠は、

「名前は？」

「伊吹《いぶき》」

やや胸をそらした。本名ではあるまい。古来、石灰の産地として知られる近江国と美濃国《みののくに》のあいだの伊吹山から採った渾名《あだな》だろう。自称か他称か知らぬけれども、この仕事を誇りとしていることがよくわかる、なかなかゆかしい名前だった。

「伊吹よ」

秀忠は腰をかがめ、ことばづかいも丁寧《ていねい》に、

「これから作事というときにすまぬ。おぬしらの仕事について、その技について、ちと子供でもわかるよう教えてほしいのだが」

「……あんたは？」

男は、うたがわしそうな目で秀忠を見あげた。

秀忠、平服。

侍臣《じしん》のふだん着を借《か》りてきたから、まさか将軍とは思われまい。生まじめな秀忠がこのときはめずらしく少々いたずら心を起こす気になって、

「上様の近侍《きんじ》の者じゃ。上様は何でも、壁塗りの仕事にいたく興味を抱かれたようでなあ。わしに行って聞いてこいと」

こまったものだ、という顔をしてみせた。伊吹老人は、

「ありがたき名誉じゃ」

と言ったけれども、その口調はまったくありがたそうではない。

——素人《しろうと》め。時間のむだだ。

という不満がありありと目の色に出ているので、秀忠はかえって好感をもった。伊吹はひとつ息を吐《は》くと、現場のほうを手で示して、

「あれが、東向きの一階部分だ。はしからはしまで十六間（約二十八・八メートト

ル)、のっぺりと左右にひろがってるが、そのなかでも仕事の段階《だん》はまちまち。左、中《なか》、右で、それぞれ下塗り、中塗り、上塗りをやっていると見ていいだろう。左から順に見ていこうか」

伊吹がそちらへ歩きだすと、秀忠は、あわてて背中にしたがった。石垣の上だから歩きづらい。まずは左はしに近いところで立ちどまって、

「ここの普請場じゃあ、下塗りをやってる。『塗り』といっても、実際は一から壁を張るんだ」

そこにはまず、骨組みだけがある。例の角材が一間間隔でずらりと立っているのだが、その一間のまんなかに、それぞれ間柱《まばしら》と呼ばれるほっそりした角柱を立てるのが左官たちの仕事の手はじめだった。これは力学上の構造物ではない。壁をしっかり張るための単なる支持材にすぎないのである。

間柱を立てると、柱とのあいだに腰貫《こしぬき》という帯《おび》状の横板を張る。そうしてその上下に、小指ほどの太さの篠竹《しのだけ》を縦横に張る。縦と横の交点はすべて藁縄《わらなわ》でぎちぎちに固定するため、全体としては、さながら竹の網のような外観を呈する。向こうがわは見えづらい。もちろん、ところどころに窓の部分はあけておくのだ。

この網の上へべっとりと壁土《かべつち》を盛り、さっさっと鏝《こて》で均《なら》していく。三人の左官

があたっている。

「壁土も、ただの粘土じゃない」

伊吹はそう言った。何でもざくざくと切った藁をまぜて一年以上置いたものだとか。置くうちに藁が発酵し、飴《あめ》色がかった鼠《ねずみ》色になり、粘りが劇的に増したところで使うのだという。左官の仕事は、塗ることではない。塗る前の土づくりからはじまっているのだ。

「ここまでが、下塗りだな」

伊吹はそう言うと、ひとつ右の現場のほうへ歩いていって、

「つぎは、中塗りだ」

ここも、左官が三人。

しゃりっ、しゃりっと小気味《こきみ》いい音を立てて鏝を自在にうごかしている。そのさまは見ていてほれぼれするほどだが、伊吹はあっさり、

「つぎへ行こう」

「え?」

「ここじゃあ乾いた下塗りの壁におなじ壁土を塗ってるだけだ。いわゆる二度塗り。ほんとうはむつかしい仕事なんだが、素人にはわからんし、わかる必要もな

い」

「どうして二度にわけるのだ？　一度にぶあつく塗ればいいのではないか」

秀忠が、疑問を呈した。それこそ素人まるだしの疑問である。伊吹はごく軽い口調になって、

「そんなことしたら、芯のところが乾かねえよ。いいか、お若い侍さん、女の着物ってのは一枚一枚ぬがしていくだろ？」

「はあ、まあ」

「俺たちの仕事はその逆さ。うすものを一枚一枚やさしく着せてく感じだな。無《ぶ》粋《すい》な仕事だよ」

はっはっはと伊吹は大笑いしたが、謹直な秀忠には、どこがおもしろいのかわからなかった。きょとんと突っ立っていると、伊吹はばつが悪そうに頭をかいて、

「つぎへ行こう」

ふたりは足をふみだし、いちばん右の壁面の前に立った。秀忠は、

「ここが、上塗りだな」

「そうさ」

伊吹の声は、ちょっと得意そうになった。

「女の顔で言やあ化粧《けしょう》にあたる。まっしろな漆喰様のお出ましだ。あそこでふくるを」

と指さした方向には、漆喰練りの職人がいる。地面に置いた大きな盥《たらい》へどさどさと白い粉を入れ、水を入れ、海藻の煮汁を入れている。入れながら、べつの人足たちが舟の櫂《かい》のような大きな木べらを上下へたくみに翻《ひるがえ》しつつ盥のなかで周回させている。

「ふくるってのは……」

左官頭が言いかけたのへ、

「あの白い粉であろう」

と、つい秀忠はさえぎってしまった。

「なぜ知ってる？」

伊吹がけげんな顔をする。秀忠はあわてて、

「いや、以前に上様の御用で八王子へ行ったことがあってな」

「ああ、鉱山《やま》か。じゃあ石灰にはくわしいな」

（どうかな）

秀忠は内心、首をひねった。くわしくはないだろう。がしかし、石灰および石灰を主成分とする漆喰という材料を天守の壁にもちいることの意味については、ほかの誰よりも考えてきたつもりである。

（父上は、なぜ漆喰を）

このことだった。

言いかえるなら、なぜ家康は江戸城の天守の壁を、

――黒壁にする。

とは言わなかったのか。そちらのほうが常識なのに。家康がつねに手本としてきた信長の安土城、秀吉の大坂城はどちらも威厳あふれる黒板壁だったのに。経験豊富な中井正清や藤堂高虎ですら答を出せなかったこの疑問を、

（わしは、解かねば）

そんなわけだから、秀忠は、いま目の前でおこなわれている漆喰ぬりの作業にはことのほか関心がある。正直なところ、下塗り、中塗りの工程になどは芝居の前口上ほどの注意も払わなかったのである。

「数は？」

ふと、秀忠は伊吹に聞いた。伊吹は、

「数？」

「左官の数じゃ」

と言うと、秀忠は現場のほうへ指をかざし、

「一、二、三……ぜんぶで八人」

白い漆喰をなめらかに伸《の》している職人たちの数をかぞえた。そうして伊吹へ、

「ここだけ八人も割《さ》いているのはどうしてなのだ？　ほかの箇所とくらべて、ひとりひとりの割り当てがずいぶんせまい。たとえば半分の四人でも、二倍の広さを塗ることにすれば結果はおなじではないか」

「そうすると、二倍の時間がかかっちまう」

「まずいのか」

「なるべく短時間でやっつけたいんだ、漆喰ってのは。塗りあがりの時間に差があると、かわき具合にも差が出ちまう。縒《よ》れや割れのもとになる」

「なるほど」

「いい質問《ものどい》だったさ」

伊吹がにやりと笑ったとき、天守台の下のほうから、

「おいおい」

声をあげつつ、どかどかと石段をのぼってきた男どもがある。

十人くらいか。みな小素襖《こすおう》を身にまとい、黒烏帽子《くろえぼし》までかぶっているが、服の中身の人間はあまり上品な感じではなく、やはり人足の一種かと思われた。もっとも、左官や木組みの連中のように日に焼けてはおらず、手指もわりあいほっそりしている。

(内装業者《しつらいや》か)

と秀忠は見た。案《あん》の定《じょう》、先頭に立っている目つきの悪い男が、

「われは、権太《ごんた》ちゅう指物師や」

石段の下から、擦《す》りあげるように伊吹をにらんだ。伊吹はそちらを見おろし、ぐっと肩に筋肉をあつめて、

「何の用だ」

権太らは石段をのぼりきり、伊吹の目の前に立って、

「あんたはんら、ずいぶん雅《みや》びな仕事ぶりやないか、ええ？　見ればまだ漆喰すら塗ってへんところが多いやないか。あんたはんらの日切り《ひぎ》(工期)が遅れとるよって、こっちは待ちぼうけ。いつまでたっても内部《なか》に入れず、給金払って手下をぶらぶら遊ばせよる」

上方ことばである。

おそらく指物師のうしろにいるのは、建具屋、絵師、畳《たたみ》師といったあたりなのだろう。内装産業はもともと組織的にも品質的にも西高東低の傾向がつよく、上方者はしばしば露骨に関東者を見くだす。そういう業界なのである。

いっぽう伊吹は、

「仕方ねえだろ」

と、こちらは舌を巻くようなあずまことばで、

「そもそもの骨の組みあがりが遅かったんだ。迷惑をこうむってるのは俺たちもおなじだ。悪いのは上様だよ」

「上様が」

(わしが)

権太と秀忠が、同時に伊吹の顔を見た。

伊吹は、秀忠など眼中にない。顔をまっ赤にして、ひたすら権太へ、

「そのとおりよ。上様が『天守はいらねえ』とか何とか、若い身そらで大御所様にばかな横槍《よこやり》を入れたもんだから取っかかりが遅れたんだってうわさだぜ」

「ほんまかいな」

「ほんとうさ。どのみち御殿から一歩もお出にならねえ若殿様が、ろくに普請場も見ねえでぐらぐら頭だけで考えるからこうなるんだって、お前ら、上様に言ってこい」

「言えるわけないやろ。責任転嫁《かこつけ》はやめい」

と、上方者は存外権威に従順である。うしろの同志をちらりと見てから、

「とにかく塗師めら、はよう作業を……」

伊吹の背後にも、気がつけば作業途中の左官らがあつまっている。なかには威嚇《いかく》のためだろう、鏝を頭上にかざしているやつもいる。一対一の論争は、数十人規模の実力行使と化そうとしていた。

秀忠は、動じない。

というより、最初からそんなもの目に入っていない。右を向き、左を向き、それぞれの怒号を聞きつつ、あらためて誰もいない普請場のほうを見ているうち、

「わかった！」

とつぜん、ぱっと顔を無邪気にした。

「え？」

（白の理由《わけ》）

秀忠は、やにわに伊吹の手をとると、

「そんなに仕事が遅れたのか。知らなんだ。悪かった。今後、作業ははよう進むぞ。天守はあっというまに建つ。半年で建つ」

ものごころついたときから大人に言うことを聞かせつづけている人間に特有のあの自信にみちた言いかたで、そう告げた。

「は、半年？」

目を白黒させる伊吹。秀忠は手をはなすと、こんどは権太のほうへ、

「指物師」

「はいっ」

「とっとと去《い》ね！」

一転、かみなりを落とした。

権太はその場に平伏したが、秀忠は、まるで死罪でも言いわたすかのような冷酷な口調で、

「天守には、おのれらの仕事はない」

「は、はっ」

「わしが決めた。手下には御殿の修復でもさせておれ」

着ながしの裾《すそ》をひるがえし、すたすたと御殿のほうへ去ってしまった。

†

とどのつまり。

半年で、ほんとうに建った。

半年で建つのも宜《むべ》なるかなというくらい外観が簡素だったのである。高さこそ二十五間（約四十五メートル）、こんにちの十五階建てマンションに相当するけれど、デザインはいわば壁と屋根を交互にかさねただけ。装飾的要素はほとんどなかった。

外観に変化をつける破風《はふ》（屋根の山形の部分）にしたところで、大坂城のような巨大な入母屋《いりもや》破風ではなく、つつましやかな千鳥《ちどり》破風や唐《から》破風をところどころ配するだけ。かろうじて雄々《おお》しい要素をさがすなら、てっぺんにそびえる雌雄《しゆう》一対のしゃちほこくらいだが、そのしゃちほこにしても単なる木造の魚に金箔を貼っただけのもの。特段の色彩的、意匠的主張にはなっていなかった。

そのかわり。

天守全体が、白一色だった。

これは強烈なかがやきだった。壁がすべて白漆喰塗籠《ぬりごめ》であるのはもちろん、屋根瓦も、木板《きいた》の上にまっしろな鉛の板を貼りつけた鉛瓦なのである。石垣の石はもちろん伊豆産の白いもの。江戸城天守は、そう、純白の天守にほかならないのだ。

完成後、まもなく。

天守を見るため、家康がわざわざ駿府から来た。見あげつつ、

「ほう」

右のまぶたをクイともちあげて、

「白鷺《しらさぎ》の舞うさまか、はたまた雪の富士か。うつくしく仕上がったのう」

声は、あまり弾《はず》んでいない。

横で様子をうかがいながら、秀忠は、

「お気に召しませんか、父上」

聞いてみたけれど、家康はただ、

「最上階にのぼる」

親子は中井正清を先に立てて、天守に入った。

一階は、がらんとしている。内装というものが無にひとしい、柱も梁もむき出しの空間だった。いちおう畳は敷かれているし、武者走《むしゃばし》り（外周部の廊下）と身舎《もや》（中心部の部屋）のあいだには襖をはめこんであるけれども、机や夜具をどれほど運びこんだところで、

（ここではやはり暮らせぬな。物置のようなものじゃ）

秀忠は、苦笑いした。不満なのではない。そうするよう指示したのは秀忠自身なのである。実際のところ、あの指物師の権太など、

「これで普請は終わりではないのでしょう？　上様はわれわれに仕事を用意しておられるのでしょう？」

しきりと正清へ問い合わせたというが、秀忠の決意はゆるがなかった。この天守は、外装は簡素だが、内部はもっと簡素なのである。階段も、単なる寄木細工《よせぎざいく》。二階以上も同様である。

正清

家康

秀忠

の順で二階にあがり、三階にあがる。みな同様の内装である。追従の家臣を四

階に待機させ、三人のみで五階にあがると、そこにはもはや畳すらない。

つめたい木の床をふんで家康は北向きの窓の前に立ち、

「どれ」

窓からぬっと顔を出した。廻《まわ》り縁《えん》（ベランダ）はないし高欄《こうらん》もないため、これしか広い眺望を得る方法はないのである。

眼下には、江戸の街がひろがっているはずだった。秀忠はななめうしろから家康の横顔を見つめつつ、

（父上は、いま何をお考えか）

そのことのみが気がかりだった。この天守に満足なのか、不満なのか。あんまり不満なら、

――つくりなおせ。

くらいのことは言いかねぬ日本最強の権力者なのである。

強風がごうと壁にぶちあたり、みしりと天守そのものを揺らした。秀忠は、ひたすら父の背を見ている。

†

いっぽう、家康は。

窓から首を出し、江戸の街を見おろしつつ、

（十七年）

などと考えている。

（入府以来、十七年か）

そのことに、われとわが胸を打たれている。

ふりかえれば、すべてのはじまりは豊臣秀吉のひとことだった。小田原攻めの陣中で、秀吉は、

——家康殿には、関八州を進呈する。

にこにこと、純粋な好意であるかのごとく言ったものだった。

——そのかわり現在の領国である東海《とうかい》五か国はぜんぶ差し出さっしゃれ。

美田と泥沼を交換しろというようなものである。家臣たちは「断固拒否すべし」と言いつのったし、家康自身、そのことに心がかたむきもしたが、結局、こ

の国替えを受け入れたのは、

（関東には、手つかずの未来がある）

その直感の故だった。うまく手を入れ、田をひらき、街をつくれば関東は上方にもまさる大生産地帯になる。大消費地になる。その中心地として小田原ではなく江戸をえらんだのも、いろいろ地勢的な理由はあるけれども、究極的には、

（手つかずの、土地）

日本史上もっとも人と米と土と金《かね》を投入した、巨大なばくちにほかならなかった。

その大ばくちの結果が、いま、純白の屋根ごしに眼下へひろがっているのである。

（わしの、街じゃ）

家康は、じっとしていられなかった。

首をひっこめ、こんどは東向きの窓から外を見た。つぎは南。つぎは西。くるくると廊下をまわりつつ何度も四方を見わたして、景色をひとつひとつ目でひろいあげる。無数の地名を脳裡《のうり》に呼び出す。それらの地名のことごとく、家康には、肌に吸いつくような実感があった。

（わしの、街）

神田の山をくずして海をうめたてた日比谷の地面。鋳貨《ちゅうか》工場から白黒のけむりを立ちのぼらせる日本橋の金座。銀座。本郷や愛宕《あたご》下などの整然たる武家屋敷たち。はるばる七井（井の頭池）から引いてきた上水道が外濠と立体交差する水道橋。そこを通って城内にひきこまれた清冽《せいれつ》な水は、いまも人足たちの渇《かわ》いたのどを冴《さ》え冴《ざ》えとうるおしているはずである。

ふたたび手前に視線を寄せれば、北桔橋門のまわりの石垣がだいぶん積みあがっている。搦手だから大《おお》普請だ。いまこの瞬間、何万の、いや何十万の人々がこの江戸で息をしているかは想像もつかない。むわっと熱い人いきれがここまで立ちのぼってくるかのようである。

「……われながら、ようやったわい」

入府当初はぼろぼろの城とわずかの漁民しかなかったこの寒村が、いまでは一大開発現場となっているのだ。

おそらく、今後もそうありつづけるのだろう。江戸は永遠に普請中。成長をやめる日は来ない。そこに街があるかぎり、槌音《つちおと》はひびき、道路は均され、海は埋められつづけるのだ。

家康は、胸がつまった。

関ヶ原の戦いに勝ったときですらあふれなかった熱い何かが目じりからあふれ出す。あわてて指でぬぐったが、横には秀忠がいる。

(見られた)

秀忠は、目をそらさない。

矢のような視線でこちらの横顔を射つづけている。もっとも家康は、秀忠の主たる関心が父の涙にはないことを知っている。それよりもはるかに気になっているのは例のあのこと、それにちがいないのだ。

「父上」

口をひらいた。

真率《しんそつ》そのものの顔である。家康が洟《はな》をすすり、目を合わせると、

「父上が、天守の外壁は白にせよと。その理由がわかりました」

(ほら)

家康は、いつもの家康にもどっている。窓から体をはなし、その場の床板にあぐらをかいて、

「申してみよ」

秀忠もあぐらをかいたため、親子はおなじ目の高さで正対することとなった。

これまで何もしゃべらなかった中井正清も、少しためらったあげく家康のうしろにまわり、正座する。ちょうど横が階段である。正清はその四角い穴をのぞきおろして、

「茶を所望。しょもーう」

階下でにわかに足音がして、しずまると、秀忠は、

「黒なのでしょう」

そっと口をひらいた。

「父上はもちろん、最初のうちは、威厳ある黒板壁《くろいたかべ》をお考えになっていた。安土城や大坂城のごときを江戸に建てようとなさっていた。その意をひるがえされたきっかけは、むろん私のあの『天守はいらない』という生意気きわまる献言《けんげん》にあったのでしょうが……」

秀忠はそこで口を閉じ、家康を上目づかいに見た。家康はうなずいて、

「つづけよ」

「はい」

ことばを選びつつ、秀忠はつづけた。

そもそも自分があんなことを言ったのは、もはや戦争の時代ではない、という認識からだった。日本中が戦争にあけくれた織田豊臣のころなら天守というものは住まいにも櫓にもなっただろうし、客人をまねく展望台にもなっただろう。が、戦争がほぼなくなり、幕府もひらかれた今となっては何の役目もない。建てても意味がないのではないか。

われながら過激の論で、家康はさぞかし困惑しただろう。しかし実際のところ、内心では、

「一理ある、と思われたのではないでしょうか。いかがですか父上」

「うぬぼれたな、秀忠」

「覚悟の前です」

家康は少しの間《ま》ののち、首を縦にうごかして、

「つづけよ」

「はい」

もっとも、いくら一理あると思っても、家康は天守を建てぬわけには参らなかった。諸大名に金を使わせることができなくなるし、何より天下にしめしがつかないのである。

いくら関ヶ原のいくさに勝利したとはいえ、大坂には、まだまだ豊臣家が健在だった。家康はもちろん、全国の大名にとっても旧主家である。心を寄せる者も多い。

そうして大坂には壮麗きわまる天守があるのだ。こっちも建てないことには、

——徳川は、大坂に気を遣っている。

などと天下のあらぬ勘繰《かんぐ》りを受けることになる。

——いやいや。もはや天守なるものは不要なのです。

と言い返せば言い返すほど弁解のけしきが濃くなるだろう。徳川が小さく見えるだろう。こういう板ばさみの状態をいっきに解決するために家康があみだした奇策こそ、そう、

「白一色の天守だったのです」

秀忠は、そう言った。

秀忠の単純な不要論より、或る意味、はるかに過激であろう。いったいに黒というのが土の色であり、よごれの色であり、死肉をむさぼる烏《からす》の群れの色であり、総じて戦争の色であるのに対し、白というのは、

平和

の色なのである。けがれなき色。太陽の光を連想させる再生の色。この世のあらゆる色をふくむ色。そういう色をこの江戸城天守という象徴的な建物に採用することで、天下万民に、

――いくさは、終わった。

そのことを、家康は高らかに宣言したのだった。

天下万民を、安心させるため。

ではもとよりない。そんな好人物では家康はない。今後この日本では永遠に徳川の世がつづくのだ、誰の反逆もあり得ないのだという圧倒的な力の誇示である。この堂々たる白無垢《しろむく》の前では、大坂城の黒光りなど、単なる虚勢にすぎないのだという挑発の意味ももちろんある。

「言いかえるなら」

と、秀忠はひざを進める。

ほとんど息のあたたかみの感じられるところまで家康に顔をちかづけてきて、

「言いかえるなら、われらが天守は未来《ゆくすえ》を向いている。江戸の街全体がそうであるように、きたるべき時代をのみ見つめている。いかがです、いかがです父上」

目をくわっと見ひらいている。一瞬でもはやく解答を得たいという若者に特有

の真摯《しんし》さ、ないし意志の弱さが光っている。

（若いの）

と思いつつ、家康は、

「ホイ」

と、風を受けながすように立ちあがり、あとじさりした。

「父上！」

秀忠も立ったとき、階段の下からとんとんと踏み板をふむ音が聞こえてきた。

十歳くらいの近臣が顔を出し、体を出し、足を出して床板に立った。両手には盆《ぼん》をささげ持っている。家康はそこから茶碗をひとつ取ると、湯気の立つそれを少しすすって、

「おお、うまい。ひえた体にしみわたるわ」

ほほえんだ。われながら、紙のしわを手でのばすような気持ちのいい微笑だった。

がらんとした五階の内部をゆっくりと見まわしながらまた茶をすすり、茶碗を盆にもどす。そうして北向きの窓のほうへ体を向けた。

「秀忠」

「はっ」

「見よ」

窓のほうを手で示した。

秀忠は、言うとおりにした。外を見おろしたのである。家康もとなりに立ち、おなじように視線を下に向けた。

「……白、ですね」

秀忠がつぶやいた。家康は、

「うむ。白じゃ」

家康の目に映じたのは、江戸という、白を基調とした都市だったのである。

武家屋敷や寺や商家の蔵はたいていが漆喰で白く塗られ、それがまた漆喰の白《しろ》塀《べい》でかこまれている。塀ぞいの水路はきらきらと白光を反射させ、水路ぞいの道もしらじらとした砂色だった。目を海に転じれば、無数の白木の石船が白い巨石をのせて港に来ている。海ももちろん白光のきらきら。

風景全体が、まことに軽やかな印象だった。あたかも窮屈な鎧《よろい》兜《かぶと》をぬぎすてたかのように。

「これからは、おぬしの時代じゃ」

家康はそう言うと、秀忠の横顔へ、やわらかな口調で、

「わしの意を、よう見とおした」

「父上」

秀忠は、試験に合格した生徒のように喜色をぱっとあらわしたが、

「半分じゃな」

家康は、くるりと秀忠に背を向けた。

「……え？」

「おぬしの言うたこと、わが心の半分を察したにすぎぬ。もう半分は」

家康は、おさない近臣のところへ行くと、盆から茶碗をふたたび取ってその場にすわりこんだ。

背中が、丸まっている。

もう湯気の出ていない緑色の水面をじっとのぞきこみながら、

「もう半分は、未来ではない。過去《こしかた》じゃ」

「過去？」

「白は、生《せい》のみの色にあらず。死の色でもある」

家康は、感傷的な口調になった。

死者の肌は蒼白《そうはく》である。しゃれこうべは白骨である。成仏できぬ魂がこの世に迷ういわゆる霊やもののけも、しばしば白無垢をまとっている。白はあらゆる色をふくむと同時に、あらゆる色をうしなった色でもあるのだった。

「白は、死の色……」

「悪いと申しているのではない。わしはそのことを徳としているのじゃ。わしの今日《こんにち》あるのは、無数の死者のおかげなのじゃからな」

家康を生みはぐくんでくれた父・松平広忠《ひろただ》。三河岡崎において家の勢力をはじめて大きく拡大させた祖父・清康《きよやす》。成瀬《なるせ》正義《まさよし》や鳥居元忠のごとき家康の身代わりで凄絶《せいぜつ》な討ち死にをした家臣たち。あるいは家康を世に出してくれた織田信長や豊臣秀吉。

何よりもこれまで建築、塗装、採掘、埋め立て、開墾、検地《けんち》、操船、運搬……それぞれの危険な職場で命がけで立ちはたらいて城づくり、街づくりに貢献した無名の人足のひとりひとり。

「そういう累々《るいるい》たる死体の上にわしはあり、そなたはある。よいか秀忠。この天守は、それらを祀《まつ》る白御影《しろみかげ》の墓石じゃ。ねんごろにせよ」

「墓石、ですか」

秀忠は突っ立ったまま、戸惑いの表情を浮かべるばかり。しきりとまばたきをくりかえしている。

(無理もない)

と家康は思った。秀忠はまだ若い。墓など興味がないだろう。家康はちがう。もう老いた。未来よりも過去において多くのものを持っている人間なのである。が。

そのことは、存外甘美でないこともない。家康はふっと笑うと、

「これからは、おぬしの時代じゃ」

秀忠に言って、一日の仕事をすべて終えた職人のように静かに茶を口にふくんだ。

†

家康はその後、九年も生きた。

徳川の世はその後、二百六十年もつづいた。宗教的権威にも外国王家との婚姻にも依存せぬ単独家系による世襲政権としては世界史的に見ても異例の長期間だ

が、このあいだ、戦争はたしかに起きなかった。

いや。実際には豊臣殲滅《せんめつ》戦である大坂の陣が起きているし、幕末の動乱もいろいろとある。その意味では戦争は起きている。しかしながら全国の大名はとうとう江戸城そのものへは弓を引くことをしなかった。慶応《けいおう》年間に幕府をほろぼした薩摩《さつま》、長州《ちょうしゅう》を中心とする諸藩連合軍でさえ、いわゆる無血開城によって銃砲をもちいず城を接収したのである。徳川時代とは、ただちに平和時代にほかならなかった。

むろん、その理由のすべてを天守の白さに帰するのは無理があるだろう。

だいいち江戸城のそれは数度の改築を経たあと、約五十年後、明暦《めいれき》三年（一六五七）の振袖《ふりそで》火事によって全焼し、以後ふたたび建てられることがなかったのである。再建計画は立てられたのだが、当時の第四代将軍・家綱《いえつな》の補佐役というべき会津《あいづ》藩主・保科正之《ほしなまさゆき》が、

「天守というのは実用性がない。いまの時代には必要ではない」

と強硬に主張したことが決め手になった。老中その他は、これにしたがった。

偶然かどうか、秀忠のそもそもの論とおなじだったのである。

保科正之は、秀忠の実子。

母親（妾《めかけ》）の身分がひくかったため親子の対話はなかったが、つねづね秀忠が父であることを誇りにしていたという。逆にいえば秀忠の素志は、この庶子によって実現を見たことになるかもしれない。秀忠はこの二十五年前、五十四歳で世を去っていた。

そんなわけだから、純白の天守は、いまはない。

徳川の平和《パックス・トクガワーナ》のためにどれほど実質的な貢献をしたかも推《お》し量《はか》るすべがない。がしかし、少なくとも、この天守が日本の風景の原点となったことは確かである。そのことはまちがいないのだ。

そう。

木造、瓦、白漆喰の組み合わせが生み出すうつくしさを庶人に知らしめ、全国に行き渡らせ、それを主調とする街なみを数多くつくらせた。いわば美意識の標準器。その意味では、江戸城天守はいまも堂々とそびえ立っている。日本人の心のなかに。まばゆいばかりの白光とともに。

解説――味読に足る、見事な本

東京大学史料編纂所教授　本郷和人《ほんごうかずと》

どうにも解《げ》せないことがある。一一五九年に平治《へいじ》の乱が起き、平清盛《たいらのきよもり》は源《みなもとの》義朝《よしとも》の軍を撃破した。このとき義朝は東国へ逃げ帰って再起を図ろうとするが、途中の尾張《おわり》で討ち取られた。義朝の後継者である十三歳の頼朝《よりとも》は捕《と》らえられて首を打たれるところだったが、清盛の継母である池禅尼《いけのぜんに》が助命を嘆願してくれたおかげで斬首《ざんしゅ》を免《まぬが》れ、流刑《るけい》に処せられた。清盛が情に厚い人物であったことは理解できる。でもなぜ、このとき彼は頼朝をよりにもよって伊豆《いず》に流したのか。

伊豆は関東平野のすぐ隣り。関東は源氏とゆかり深い土地柄である。これでは頼朝に、東国の兵を率《ひき》いて「謀反《むほん》を起こせ」と言っているようなものではないか。なぜ平家の支配力が強い西国に流さなかったのか。事実、土佐《とさ》に流されていた頼朝の同母弟、希義《まれよし》という人物は、源平の抗争が始まるや、あっという間に平家方の武士に殺されてしまった。頼朝を西国に流しておけば、平家は滅《ほろ》びずにすんだかもしれない。

そこで豊臣秀吉《とよとみひでよし》である。秀吉は一五九〇年、関八州を支配下に置く小田原北《おだわらほう》条《じょう》氏を滅ぼした。すると東海地方からその関東に、徳川家康《とくがわいえやす》を移封《いほう》した。家康のそれまでの所領は三河《みかわ》（三〇）・遠江《とおとうみ》（二五）・駿河《するが》（一五）、それに織田信長《おだのぶなが》が斃《たお》れた後に獲得した信濃《しなの》（四〇）と甲斐《かい》（二〇）の五ヶ国。（　）内はこの時点でのおおよその石高（数字万石）で、合計一三〇万石。一方、関東はおよそ二五〇万石。つまり移封後の土地の収入は倍近い。

石高は動員兵力に直結する。この時点での常識として、一〇〇石あたり三人の兵を募《つの》れる。つまり二五〇万石の所領なら八万人もの兵を養《やしな》える。それで秀吉の直轄地《ちょっかつち》はどれほどかというと二二〇万石くらい。家康より少ないのだ。もちろん秀吉は抜け目なく金山・銀山や主要港湾を押さえ、経済の豊かさで家康を圧倒していた。それにしても、である。一番のライバルであるはずの家康へのこの扱いはなんなのだ。実際、秀吉が死ぬと、関東でじっくりと実力を蓄えた家康は、豊臣政権を打倒してしまった。

清盛に秀吉。彼らがひとかどの人物であり、将来を見据《みす》える目をもち、人並み外《はず》れた思考力を有していたことは疑いない。だとしたら、なぜ？　結局は関東は、それだけ「だめな土地」だと認識されていた、「見捨てられた土地」だったと考えるほかない。

　そう考えると、こんな話も納得できる。秀吉の同僚だった滝川一益《たきがわかずます》は武田《たけだ》家を滅ぼしたあとに上野《こうずけ》と信濃一部、五〇万石の領地を得たが、関東の田舎《いなか》では「茶の湯の冥加《みようが》も尽き果てた」と嘆息《たんそく》した。家康と同じように会津《あいづ》に移封されたた蒲生氏郷《がもううじさと》は九二万石という大領を得た（その前は伊勢松坂《いせまつざか》一二万石）のに涙した。天下動乱の戦いが起きたときに、僻遠《へきえん》の地にいてはしかるべき働きができない、というのである。

　日本列島はもともと「西高東低」である。西国は気候は温暖で作物はよく育つ。中国大陸や朝鮮半島などから、新しい文化は常に「西から」やってくる。「大王」をやめて初めて「天皇」を名乗った天武《てんむ》天皇の統治下、列島には行政単位としての「国」が置かれたが、あれだけ広域な東北地方には太平洋側に「陸奥《むつ》」、日本海側に「出羽《でわ》」。たった二ヶ国しか設定されなかった。朝廷は東北地方を責任をもって統治する意志がなかったのである。それは関東も、さほど変わりは無かったであろう。

　地図帳を開いて関東平野を見てみると、実に「きみどり色」が気持ちよく広がっている。これならさぞや耕作にも適していただろうと思いきや、実はそうではなかった。いまもっとも土地の価格が高い東京都の一帯は水が出てろくな作物が育たなかった。だから武蔵《むさし》の国の国衙《こくが》（いまの県庁）は海から距離のある都下の府中《ふちゅう》にあるし、武士たちの武蔵における本場は秩父《ちちぶ》丘陵だった（秩父党が武蔵随一《ずいいち》の武士団だった）のである。

清盛は頼朝を伊豆に流しておけば、もうその存在を忘れることができた。秀吉は家康を関東に体《てい》よく追い払って、うるさいのが居なくなったわい、と京都（政庁である聚楽第《じゅらくだい》）・大坂（事実上の都）・伏見《ふしみ》（隠居所）に拠点を築きながら、安心して政務に励《はげ》んだ。

要するに。家康がやってきたときに、関東は、現代の私たちには想像もつかないような「まるでだめな土地」だったのだ。ところが家康は文句一つ言わずに秀吉の命令を受け入れ（ちなみに、尾張・伊勢から家康が領していた東海へ移封を打診されて異を唱えた織田信雄《のぶかつ》は、秀吉の怒りに触れて改易《かいえき》された）、太田道灌《おおたどうかん》の記憶はかすかに残っていたにせよ、まったく新しい町として江戸を開き、関東を治め、じっくりと地力をつけていった。来るべき天下制覇のために。

源頼朝の足跡を記した本として、鎌倉幕府の正式な歴史書である『吾妻鏡《あずまかがみ》』がある。そのもっとも基本的な本は『北条本』といって、小田原北条氏が所蔵していたものといわれていた。ところが最近の研究によると、一度はバラバラになったこの本を全国くまなく調査し、収集して今の形にまとめたのは徳川家康であるという（だから『北条本』では無く、『徳川本』とでも名を改めねばならない）。家康は『吾妻鏡』を読み込み、関東に幕府を開いた頼朝の活動をしっかりと勉強していたのだ。

本書は壮大な荒野を開拓し、大都市・江戸を作った家康と、その家臣たちと、地元の職人たちの活動を描いている。利根《とね》川の流れを大きく曲げ、金貨を鋳造《ちゅうぞう》し、飲み水を引き、江戸城の石垣を積み、天守閣を建てる。その一つ一つに男たちは文字通り命を賭《か》ける。

たとえば、利根川。江戸湾に注いでいた利根川を、現在のように鹿島灘《かしまなだ》に注ぐように作り変えるまで、関東の代官頭に任じた伊奈《いな》家は三代、四人の当主が奮闘《ふんとう》した。この大河川をコントロールすることにより、江戸の町は拡大し、関東平野には豊かな実りがもたらされた。いま「伊奈」の名を冠した地名が複数残るが、これは地元の人々の、彼らの活躍に対する感謝の表れである。それで、そこまで幕府に貢献した伊奈家はどれだけの褒美《ほうび》を得たのかと見てみれば、実は大名にすら取り立てられていない。七〇〇〇石の旗本止《はたもと》まりである(同じ代官頭の大久保《おおくぼ》長安《ながやす》のように、没後に家を潰《つぶ》されなかっただけましかもしれないが)。他の人々にも共通することだが、カネではない。名誉でもない。男たちはやりがいを求めて、おのが仕事にプライドをもって「江戸」を、現在の東京を「建てた」のだ。

彼らの仕事を統括する徳川家康の描写が実に興味深い。著者は「大きな仕事を成し遂《と》げた偉人」というふうには家康をデザインしない。どこにでもいそうな、時にわがままなおじさん。その生々しさがおもしろい。確かに高尚な夢や希望だけでは、庶民の生活をすくい取ることはできまい。彼の「生活への関わり」は、本書の叙述の最後で、天守閣を築き上げながら、みごとに昇華されていく。新しい時代を「建てる」とは、まさにこういうことだろう。味読に足る、見事な本である。

注・この作品は、平成二十八年二月祥伝社より四六判として刊行されたものです。

家康、江戸を建てる

一〇〇字書評

切・り・取・り・線

購買動機（新聞、雑誌名を記入するか、あるいは○をつけてください）

□（　　　　　　　　　　　　）の広告を見て
□（　　　　　　　　　　　　）の書評を見て
□ 知人のすすめで　　□ タイトルに惹かれて
□ カバーが良かったから　　□ 内容が面白そうだから
□ 好きな作家だから　　□ 好きな分野の本だから

・最近、最も感銘を受けた作品名をお書き下さい

・あなたのお好きな作家名をお書き下さい

・その他、ご要望がありましたらお書き下さい

住所	〒				
氏名		職業		年齢	
Eメール	※携帯には配信できません	新刊情報等のメール配信を 希望する・しない			

この本の感想を、編集部までお寄せいただけたらありがたく存じます。今後の企画の参考にさせていただきます。Eメールでも結構です。

いただいた「一〇〇字書評」は、新聞・雑誌等に紹介させていただくことがあります。その場合はお礼として特製図書カードを差し上げます。

前ページの原稿用紙に書評をお書きの上、切り取り、左記までお送り下さい。宛先の住所は不要です。

なお、ご記入いただいたお名前、ご住所等は、書評紹介の事前了解、謝礼のお届けのためだけに利用し、そのほかの目的のために利用することはありません。

〒一〇一‐八七〇一
祥伝社文庫編集長　坂口芳和
電話　〇三（三二六五）二〇八〇

祥伝社ホームページの「ブックレビュー」からも、書き込めます。
http://www.shodensha.co.jp/bookreview/

祥伝社文庫

家康《いえやす》、江戸《えど》を建《た》てる

平成30年11月20日　初版第1刷発行
平成30年12月20日　　　第2刷発行

著　者　門井慶喜《かどいよしのぶ》
発行者　辻　浩明
発行所　祥伝社《しょうでんしゃ》
東京都千代田区神田神保町3-3
〒101-8701
電話　03（3265）2081（販売部）
電話　03（3265）2080（編集部）
電話　03（3265）3622（業務部）
http://www.shodensha.co.jp/

印刷所　図書印刷
製本所　ナショナル製本
カバーフォーマットデザイン　芥　陽子

Printed in Japan ©2018, Yoshinobu Kadoi　ISBN978-4-396-34474-0 C0193

祥伝社文庫の好評既刊

門井慶喜
かまさん
榎本武揚《えのもとたけあき》と箱館《はこだて》共和国

最大最強の軍艦「開陽《かいよう》」を擁して箱館戦争を起こした男・榎本釜次郎《かまじろう》武揚。幕末唯一の知的な挑戦者を活写する。

宮本昌孝
陣借り平助《へいすけ》

将軍義輝《よしてる》をして「百万石に値する」と言わしめた――魔羅賀《まらが》平助の戦《いくさ》ぶりを清冽に描く、一大戦国ロマン。

宮本昌孝
天空の陣風《はやて》
陣借り平助

陣を借り、戦に加勢する巨軀の若武者平助。上杉謙信の軍師の陣を借りることになって……。痛快武人伝。

宮本昌孝
陣星《いくさぼし》、翔《か》ける
陣借り平助

織田信長に最も頼りにされ、かつ最も恐れられた漢《おとこ》――だが女に優しい平助は、女忍びに捕らえられ……。

宮本昌孝
風魔 (上)

箱根山塊に「風神の子」ありと恐れられた英傑がいた――。稀代《きたい》の忍びの生涯を描く歴史巨編！

宮本昌孝
風魔 (中)

秀吉麾下《きか》の忍び、曾呂利新左衛門《そろりしんざえもん》が助力を請うたのは、古河公方氏姫《こがくぼううじひめ》と静かに暮らす小太郎だった。